KB240194

정치적 인간과 성적 인간

한국 근대문학의 언어·주체·이데올로기 II

지은이

한수영(韓壽永, Han, Soo Yeong)_ 경북 문경에서 태어나 부산에서 성장했다. 연세대학교 중어중문학과, 같은 학교 대학원 국어국문학과에서 석사 및 박사과정을 마쳤다. 박사학위 논문은 『1950년대 한국문예비평론연구』(1995)이다. 동아대학교 국문과 교수(2002~2011)를 거쳐 지금은 연세대학교 원주캠퍼스 국문과 교수로 있다. 계간 『역사비평』 편집위원(2002~2007), 미국 듀크대학교 아시아태평양연구소(APSI) 객원교수(2008~2009) 등을 지냈다. 지은 책으로 『문학과 현실의 변증법』(1997), 『소설과 일상성』(2002), 『한국 현대비평의 이념과 성격』(2002), 『친일문학의 재인식』(2005), 『사상과 성찰』(2011), 『전후문학을 다시 읽는다』(2015) 등이 있다

정치적 인간과 성적 인간 한국 근대문학의 언어·주체·이데올로기 Ⅱ

초판인쇄 2017년 9월 30일 **초판발행** 2017년 10월 10일
지은이 한수영 **펴낸이** 박성모 **펴낸곳** 소명출판 **출판등록** 제13-522호
주소 06643 서울시 서초구 서초중앙로6길 15, 1층
전화 02-585-7840 **팩스** 02-585-7848
전자우편 somyungbooks@daum.net **홈페이지** www.somyong.co.kr

값 18,000원 ⓒ 한수영, 2017
ISBN 979-11-5905-223-1 93810

정치적 인간과 성적 인간

한수영

한국 근대문학의
언어·주체·이데올로기 Ⅱ

Political Human and Sexual Human
Language, Subject and Iceology
in Korean Modern Literature II

소명출판

수 년 전, 논문집『사상과 성찰』을 낼 때 부제를 '한국 근대문학의 언어·주체·이데올로기'라고 달았다. 6년 만에 다시 논문집을 엮어 내면서 '한국 근대문학의 언어·주체·이데올로기Ⅱ'라는 부제를 붙인다. 이 책에 실린 5편의 논문과 2편의 서평은, 하나의 주제 아래 묶이거나 체계와 일관성을 지닌 글들은 아니지만, 여전히 나의 관심이 한국 근대문학의 언어와 주체, 그리고 이데올로기에 있음을 확인시켜 준다.

'정치적 인간과 성적 인간'이라는 책 제목은, 이효석을 다룬 논문에서 따왔다. 이효석 문학에서의 '정치'와 '성'을 각각 전기와 후기의 특징으로 나누거나 서로 모순되는 듯 해석하는 이원적 접근방법을 극복하고 그것들이 한 작가의 사상 안에서 어떻게 공서共棲하거나 내접內接하는가를 밝혀보고자 내 나름으로 애쓴 글이다. 아울러, 인간의 해방을 이야기할 때 '정치적 해방'과 '성적 해방'이 결코 서로 배치背馳되거나 모순되는 것이 아님을 주장하고자 한 그의 생각을 제대로 재구성하고 재해석해보고자 애쓴 글이다. 그런 애정 덕분에 논문의 제목이 책 제목이 되었다.

나이가 들수록 텍스트나 작가에 대한 애정 없이 글을 쓰기가 점점 힘들어지는 것을 느끼게 된다. 지금보다 좀 더 젊었을 때도 그런 경향이 없지는 않았지만, 그래도 그때는 학계의 쟁점이나 논쟁적 주제를 의식하면서, 거기에 말석末席이라도 차지하고픈 치기稚氣 같은 것이 있었음을 고백하지 않을 수 없다. 그런 맥락에서, 단언컨대 이 책에서 내가 다룬 텍스트와 작가들은 모두, 논문쓰기라는 길고 힘든 '노동'을 거뜬히 감당할 수 있을 만큼 내게 '읽기의 즐거움'을 안겨 준 원천들이다.

문득 오래 전에 읽은 고사故事 한 도막이 떠오른다. 약藥을 가르치고 배우던 스승과 제자가 있었다. 배움이 여러 해를 지나자, 스승이 제자에게 일렀다. 세상에 나가 일 년간 돌아다니며 약으로 쓸 만한 풀을 구해 오라고. 일 년 뒤, 제자는 수십 종의 약초를 구해 스승 앞에 내놓았다. 스승은 말없이 공부를 좀 더 하라고 일렀다. 다시 여러 해가 지난 뒤 똑같이 하명하고, 일 년 뒤 제자는 이전보다 더 많은 약초를 구해 왔다. 스승은 제자에게 좀 더 공부를 하라고 다시 일렀다. 다시 여러 해가 지난 뒤 같은 과제를 내리고, 제자는 일 년 뒤 돌아왔다. 그런데 이번에는 빈손이었다. 스승이 왜 빈손이냐고 물었고, 제자는 이렇게 답했다. 이 세상의 모든 풀들이 다 약초여서 그것들을 모두 담아 올 수가 없었노라고. 그러자 드디어 스승이, 이제 공부는 할 만큼 했으니 세상에 나가 네 일을 하라고 일렀다 한다.

정확한 기억은 아니다. 그리고, 이 비슷한 내용의 이야기가 서양에도 있었던 것 같다. 전거典據나 출처가 중요한 것은 아니다. 한국 근대문학의 수많은 텍스트들과 명멸했던 그 많은 문학가들에 대한 내 심정이, 스승의 세 번째 명을 받고 하산한 제자가 세상의 온갖 풀과 잎을 마주했을 때의 그 느꺼움과 비슷하다는 것을 이야기하고 싶을 따름이다. 아마도, 이야기에 등장하는 스승은 제자의 공부 깊이를 인정한 것이 아니라, 세상의 모든 풀과 잎과 사람에 대한 제자의 애정을 인정한 것일 거라고, 내 나름으로 해석한다.

최서해의 '분노', 안수길의 '내부망명', 이상의 '성性', 그리고 김수영의 '자기번역'은, 그들과 텍스트들을 좀 더 깊이 이해하고 재해석하기 위한 하나의 방편이자 길이다. 그들의 심부深部와 사상의 고갱이에 가닿을 길이 어디 그것뿐이겠는가. 아마도 시간이 더 지나 다시 읽는다면, 그때는 다른 길을 찾아내고 다시 그 길을 밟으며 텍스트의 즐거움을 누리고 있을는지 모를 일이다.

두 개의 서평을 함께 엮는다. 논문쓰기 못잖은 공력이 든 글이기도 하거니와, 방민호 교수의 노작에 대한 논평은 십여 년 전에 내가 『친일문학의 재인식』을 쓸 때 가졌던 문제의식의 지속과 변화를 확인하는 계기가 되어 주었고, 생전 처음 라틴아메리카 문학에 대해 글을 쓰는 낯선 기회를 제공한 『맘브루』 읽기는 한국전쟁의 의미를 세계사의 지평에서 근원적으로 고민하도록 일깨워 준 귀중한 경험이었다.

대학원에 진학해 우리 근대문학을 공부하고 싶다고 학생들이 찾아올 때마다 묻는다. 공부하는 일이 여러 의미로 고역苦役인데 그 고역을 즐겁게 할 수 있겠느냐고. 학생들에게 묻지만, 실은 그 물음은 언제나 스스로에게 던지는 자문自問이기도 하다.

'즐거운 고역'이라는 역설이 가능한 것은 늘 동행이 있어서이다. 근대문학을 같이 공부하는 선후배와 동학들, '문학과 사상연구회'의 오랜 사형師兄들께 감사드린다. 그리고 또 하나의 동행자인 소명출판의 박성모 선생과 편집자들께도 감사드린다.

이번에도 어김없이 초고를 붙들고 교정과 교열에 아내가 애를 써주었다. 그의 동행이야말로 '즐거운 고역'이 오래 지속될 수 있었던 가장 큰 힘이었음을 전한다.

2017년 9월 일산의 우거에서
한수영 씀

차례

한국전쟁의 타자성과 세계성 289
라파엘 움베르또 모레노-두란의 『맘브루』에 나타난 한국전쟁과 콜롬비아

'분노'의 공公과 사私

최서해 소설의 '분노'의 기원과 공사公私 인식을 중심으로

1. 서해 소설에 대한 문학사적 평가와 재독再讀의 필요성

이 글은 최서해의 소설을 기존의 독해 방식과는 조금 다른 각도에서 읽어보고자 하는 하나의 작은 시도로 쓴다. 이 글이 최서해 소설을 재독하기 위해 제안하는 열쇳말은 '분노'라는 정서 혹은 감정이다.[1] 사실, '분노'라는 단어는 최서해의 소설을 떠올릴

[1] '분노'는 논자에 따라 때로는 정서(emotion)로, 때로는 감정(feeling)이나 기분(mood), 정동(affect)으로 분류된다. 이 글은 '분노'의 범주구분이나 분류가 목적이 아니므로, '분노'가 이들 중에 어디에 속하는 것인가에 대해서는 상론하지 않는다. 다만, 이후의 논의에서 확인되듯이, '분노'가 단순히 사태에 대한 즉자적이고 일시적인 심리적 반응에 머무는 것이 아니라, 그 자체가 이미 일정한 인식론적 인과 관계의 맥락에 따른 반응이라는 점을 강조하는 것으로 대신한다. '분노'의 개념적 정의에 앞서, 그것이 감정이나 정서와 관련된 하위 범주임을 먼저 밝힌 이유는, '분노'의 개념을 고정된 의미(meaning)로 확정

때면 거의 동시에 연상될 정도로 그의 문학을 이해하는 익숙한 키워드의 하나라고 할 수 있다. 이미 서해가 활발하게 활동하던 1920~30년대에도 그의 소설에 나타나는 '분노'의 양상에 관심을 보인 경우가 적지 않았다. 그 글들은 대체로 서해 소설의 주인공들이 보이는 격정의 분출을 '광분'이나 '울분' 등으로 범주화하면서, 그 정서와 감정의 주체가 '무산자'나 '빈민'이라는 점, 그리고 그 주체들을 둘러싼 극도의 궁핍과 비참함에 논의의 초점을 두고, 서해 소설에서 '분노'가 지니는 의미와 기능을 설명하고 있다.

특히, 그의 소설들 중에서도 「탈출기」를 비롯한 「토혈」, 「고국」, 「박돌의 죽음」, 「기아와 살육」, 「큰물 진 뒤」, 「홍염」 등 수편의 텍스트들은, 가장 신경향파다운 소설이자 최서해다운 소설로 받아들여지고 있다. 그러나, 이 소설들을 포함하여, 많지 않은

하기 어려울뿐더러, 그리 유용하지도 않기 때문이다. 오히려, 그것은 동서양의 철학이나 문학, 혹은 사상사에서 '맥락(context)'을 통해 규정되는 측면이 더 유용하다. 예컨대 '분노란 무엇인가?'라는 질문보다도, '그 분노는 정당한가 아닌가?' 혹은 '그 분노는 개인적인가 공적인가?'라는 질문을 통해 '분노'의 의미가 규정되는 것이 사전적 정의보다도 더 유용하다는 것이다. 서해의 소설과 관련하여, 한 가지 미리 밝혀둘 것은, 본 논문에서 말하는 '분노'는 대상을 향한 비이성적이고 비합리적인 폭력 행위나 그것을 촉발하는 감정(상태) 자체만을 한정적으로 가리키는 것이 아니라, 억압·수모·침해·부정·불의 등에 대한 정서적 반작용을 폭넓게 의미한다는 점이다. 이런 전제가 필요한 이유는, 흔히 서해 소설의 '분노'를 몇몇 특징적인 소설의 결구(結構)에 등장하는 '광분(狂奔)'이나 '폭력'으로 한정해서 이해하는 경우가 많기 때문이고, 그렇게 제한적으로 읽었을 때는 '분노'가 그의 소설에서 차지하는 기능과 의미가 충분히 드러나지 않는다고 판단하기 때문이다.

그의 작품들에 거듭 반복적으로 등장하는 '분노'라는 '정서'는 이런 소설들을 그것만의 '개성'으로 만드는 중요한 '요소'로 간주되면서도, 다른 한편에서는 항상 극복과 지양의 대상이었으며, 불완전하고 불충분한 '주관적 감정'의 잉여로 취급되어 왔다.[2] 동시에, '분노'는 늘 '가난'과 '억압'의 후경後景이 됨으로써, 가난함에 관한 묘사의 핍진성, 혹은 억압받는 자의 '고통'에 대한 '공감'의 매개로써만 다루어지고, 그 기원을 둘러싼 좀 더 풍요로운 해석에 이르지는 못했다. 더러, '분노'를 조밀하게 분석하고자 애쓴 논문들[3]의 경우도 대개는 소설의 결구結構에 등장하는 '폭력'이나 '광기'의 전조前兆로서만 그것을 다루고 있을 뿐이어서, 여전히

---

2   최서해의 소설들 중에는 이른바 '신경향파적 특징'을 잘 드러내주는 작품만 존재하는 것이 아니라, 다양한 성향의 작품들이 꽤 많다. 이에 대해서는 필자의 글, 「돈의 철학, 혹은 화폐의 물신성을 넘어서기─최서해의 장편소설 『호외시대』론」, 한국문학연구학회, 『현대문학의 연구』 3, 1993를 참조. 나는 서해 소설의 발전도정을 네 단계로 나누고, 1) 부르주아 계몽주의에 영향을 받아 『학지광』 등에 투고하던 10대 후반의 습작기, 2) 만주체험을 바탕으로 『조선문단』을 통해 등단해 왕성하게 활동했던 '신경향파' 시기, 3) 살인과 방화와 같은 극단적 결말 대신 합리적 현실변혁을 모색하는 시기, 4) 반성적 소시민의 시각을 반영한 말년의 작품들로 구분했다. 대체로 '신경향파 문학'과 겹치는 것은 위의 네 단계 중 2)의 단계에 해당하는 작품들이고, '분노'가 작품에 직접 드러나는 것도 2)단계의 텍스트들에 집중되어 있다고 보는 것이 일반적인 관점이다. 본 논문에서는, 물론 텍스트의 표면에 직접 노출되는 정도와 그에 대한 묘사의 비중 등에서는 차이가 나타나기는 하지만, '분노'의 문제가 1)~4)와 두루 관련이 있음을 강조하고자 한다. 이에 대해서는 다시 논의하게 될 것이다.

3   서해의 소설에 나타난 폭력과 광기를 중심으로 그것을 심리적 기제와 연결지어 해석한 유태영, 「최서해 소설에 나타난 폭력의 성격연구」, 한국언어문화학회, 『한국언어문화』 23, 2003; 박신헌, 「최서해 소설에 나타난 tremendismo」, 한국어문학회, 『어문학』 54, 1993 등을 들 수 있다.

'분노'는 충분히 이해되거나 분석되어 왔다고 보기 어렵다.

손유경은 '분노'를 극단적인 궁핍의 정서적 부산물이나, 비이성적 폭력의 전조로서만 한정하지 않고, 그것의 사회적 맥락과 연원에 주목해서 최서해 소설의 재해석을 시도하고 있어 주목할 만한 선행 연구라고 할 수 있다.[4] 그는 "분노한 인간이 드러내는 폭력성이 반드시 분노와 폭력의 비합리성이나 동물성을 입증하는 것은 아니다"[5]라고 전제함으로써, '분노'를 합리적 이성과 연결지어 이해하려는 본 논문과 문제의식을 공유하고 있다. 또한, "(최서해의 작품은) 고통의 공유만이 진정한 연대의 조건이 된다는 사회주의 지식인들의 믿음이 맹목적 신념으로 바뀔 때 초래될 위험을 경고하고 있다"[6]는 진단은, 그의 소설에 나타난 리얼리티가 리얼리즘 미학의 일반적 기율과 얼마나 다른 궤적을 그리고 있는가를 새롭게 조명해 보려는 이 글의 논점과도 연결되는 부분이 있다. 그러나, 손유경은 이러한 재인식의 필요와 전제를 최서해 소설의 특질로서보다는 신경향파 소설, 나아가서는 1920년대 소설 전반에 걸쳐 나타나는 공통의 감정요소나 행동요인으로 설정하고 있을 뿐만 아니라, 소설들에 나타나는 '정서/감정'의 미적 기능을 '고통의 공유'로서의 계급문학이 지닌 맹목성에 대한 비판적 반성으로서만 주목하고 있어서, '분노'가 서

---

4   손유경, 『고통과 동정』, 역사비평사, 2008 참조.
5   위의 책, 178쪽.
6   위의 책, 203쪽.

해 소설에서 차지하는 서사적 기능과 의미에 대해 세밀한 논의를 전개하는 데까지는 이르지 못했다.

이 글은, '분노'를 둘러싼 기존의 해석과 평가가 지닌 타당성과 의의는 그것대로 인정하되, '분노'가 단지 가난이나 억압 혹은 극도의 궁핍으로부터 비롯된 주정적主情的 광기의 전조로 읽어왔던 기왕의 해석 지평을 좀 더 확장하여, 그의 소설에 나타나는 분노의 또 다른 기원을 찾고, 그것이 서사구조와 어떤 인과관계를 구성하는가를 새롭게 분석해 보고자 한다. '분노'를 '가난과 억압의 경험'에서 비롯되는 정서적 반응양태로만 한정짓지 않고 좀 더 근원적인 맥락에서 접근했을 때, 우리가 발견할 수 있는 것은, '분노'가 공사公私 영역에 관한 서해의 논리구조의 특성으로부터 비롯된 딜레마의 한 현상형식이라는 점이다. 서해 소설들에는 '사적 영역(=가족)'과 '공적 실천(=혁명 혹은 운동)'이라는 이분법적 '공 / 사'의 범주 구분이 전제되어 있고, 소설 구조 안에서 이 둘은 상호교섭하거나 변증법적인 통일연관을 확보하지 못한 채, 철저하게 상호배타적인 관계로 설정되어 있다. 이것은 작가 최서해의 개인의 한계라고도 볼 수 있지만, 좀 더 확장하자면, 전통적·유가적儒家的 공사公私 인식이 급격히 해체되어 가는 한편, 새롭게 유입되는 서구의 근대적 공사公私 인식이 아직 제대로 자리 잡지 못했던 당시의 과도기적 특성의 반영이라고 볼 수 있다. 서해 소설에는 전통적 공사의 인식과 서구의 근대적 공사 인식이 서로 착종되어 있었고, 이를 통합적으로 해결할 수 없는 모순과 딜레마로 인해, 주인공들은 절망적 '분노'에 빠지게 된다. 극도의 궁핍과 비인간적 억압으로 인한 고통이 '분노'의 직접적이고도 표면적인 '이유'에 해당한다면, 이러한 공사公私 영역의 경계구분에서 비롯된 혼란과 착종은 표면에 바로 드러나지는 않지만 '분노'의 기원起源에 해당한다고 볼 수 있다. 다른 한편으로 이러한 딜레마는 서해 소설의 독특한 크로노토프를 형성하게 되는데, 그것은 '인식'과 '실천' 사이에 놓여 있는 '변화의 계기'를 시공간적으로 '지연遲延'시키는 형태로 드러난다. 다시 말하자면, 인간이 자신과 세계에 대해 커다란 '인식의 전환'을 경험하게 되었을 때, 그 '인식'의 전환은 곧바로 '실천'으로 전환되는 것이 아니라, 그 '전화轉化'의 과정에 무수한 실존적 어려움이 있음을 묘사한다는 것이다. 경향문학을 해석하는 미학적 전통에 의하면, 인물들의 이러한 '주저躊躇'와 '머뭇거림'은 흔히 소시민 계급 특유의 이중성 때문이라고 해석된다. 그리고 이러한 소시민 계급의 이중성은, 더 고양된 혁명의식과 계급투쟁의 경험에 의해 극복될 수 있거나, 혹은 극복되어야 하는 당위로 해소된다. 서해는 '존재전이'의 그러한 '결단'을 끊임없이 '지연'시킴으로써, 경향문학 일반의 정형화된 서사구조에 저항한다. 따라서 서해의 소설은 '신경향파 문학'의 한 전형典型으로서의 가능성과 한계로만 측정될 것이 아니라, 경향문학의 소설사적 위계를 구성하는 미학적 구도 바깥에, 그의 소설이 지닌 형식적 의미와 기능을 따로 자리매김할 필요가 있다.

2. '분노'의 배제와 그 인식론적 근거

서해가 활동하던 당대든 최근이든, 그의 소설에 나타나는 '분노'는, 사태에 좀 더 어울리게 말하자면, 단순한 해석에 머무르기만 한 것이 아니라, 사실은 문학사에서 타개와 배척의 대상이었다고 할 수 있다. 그것은 최서해가 『조선문단』을 통해 등단하던 초기부터 최근의 연구까지 일관된 논리적 구조와 맥락을 유지하고 있다. 발표 당시의 반응을 잠깐 살펴보기로 하자.

최서해의 「탈출기」(1925.3)와 「박돌의 죽음」(1925.5), 「기아와 살육」(1925.6)은 각각 2·3개월의 차이를 두고 『조선문단』에 잇달아 발표되었다.[7] 그런데, 이 작품들에 대한 문단의 반응은

7　이 무렵의 최서해는 습작들을 여러 편 지니고 있다가 일정한 시차를 두고 발표했던 까닭에, 발표 순서는 큰 의미가 없다. 또한 습작을 이미 발표했다가 다시 개작하여 발표하는 경우도 종종 있었다.(「토혈」과 「기아와 살육」의 경우) 혹은 내용상 이어지는 작품을 떼서 발표한 듯 짐작되는 경우도 있었다.(「탈출기」와 「고국」) 다만, 여기서 논하고자 하는 것은 작품의 일정한 경향의 차이에 대한 당시 문단의 반응의 비교이다.

큰 차이를 보인다. 당시 『조선문단』은 다달이 '합평회'를 열고, 이를 지상에 옮겨 실었는데, 「탈출기」가 발표되자, 극찬에 가까운 논평들이 이어졌다. 예컨대, 합평회 참석자였던 양백화는 "근래에 내가 본 중으로는 이렇게 인상 깊은 작作은 처음"이라거나, 염상섭은 "3월 창작소설 중으로는 제일"이라고 평가한다. 다른 참석자들인 현진건, 나도향, 박종화를 포함, 거의 모든 합평회 참석자들이 「탈출기」의 '체험'의 구체성에 대해 논평한다. 다만, 나도향은 '체험'의 구체성에 동의하면서도, '체험'만으로 소설이라고 할 수 있는지에 대해 의문을 표하거나, 주인공의 '탈출'의 이유가 설득력이 떨어진다는 비판적 의견을 개진하나, 이내 다른 참석자들의 찬사에 묻히고 만다. 나도향도 말미에는 "근래에 이런 작作이 없다"고 상찬한다.[8] 두 달 후에 발표된 「박돌의 죽음」에 대해, 나도향이 「탈출기」의 체험의 구체성에 비해 '작위적'이라고 비판의 선편을 던지자 현진건, 양백화, 염상섭 등은 묘사와 주제의식 등에서 여전히 인상 깊었다고 옹호한다.

그러나 한 달 뒤 발표된 「기아와 살육」에 대해서는, 이전과 판이하게 혹평 일색으로 바뀐다. 참석자들 중에서 주로 나도향과 염상섭이 발언하는데, 내용을 간단히 요약하면 다음과 같다.

---

8 「조선문단 합평회 제2회」, 『조선문단』, 1925.4, 81~82쪽. 인용의 경우, 특별한 예를 제외하고 한자는 필요한 경우에 괄호 병기하고, 맞춤법과 띄어쓰기는 현재의 어문규범을 따른다. 이하 인용문 모두 이렇게 처리한다.

도향―표현방법에 있어서 치밀하지도 않고 적중하지도 않아서 부자연스럽다.

상섭―실감을 주지 못한다. 전작(前作)에 비해 작자의 인생관이 배치된다. 전작은 굳세게 살자는 점이 투철했는데, 이번에는 생활에 패배 당하고 자기를 멸살(滅殺)시켰다.

도향―서해의 문장은 난해하다. 문필가로서 문장 수련에 노력이 필요하다.

상섭―작자의 사상상(思想上) 동요가 보인다. 주인공이 살인을 하거나 미치지 말라는 것은 아니지만 종래의 태도를 엿보게 하여 주기를 바란다.[9]

합평회에서의 발언이 워낙 짧고 압축·요약되어 있기 때문에, 이것만으로 평자들의 논리를 충분히 짐작하기는 어렵지만, 발언의 대강을 유추해 보건대, 최서해 소설은 '체험의 구체성'에서 높은 점수를 받은 반면, 「박돌의 죽음」이나 「기아와 살육」에서 드러나는 주인공의 살인이나 엽기적 복수 같은 것은 별반 평자들을 설득하지 못했음을 알 수 있다. 특히 염상섭에게 서해 소설의 그와 같은 결말 처리 방식은, 사회에 대한 '생산적인 사상'이라고 받아들여지지 않았던 것 같다. 합평회의 평가는 대체로 당대의 반응과 크게 다르지 않았다.

---

9 「조선문단 합평회 제5회」, 『조선문단』, 1925.7, 149~150쪽.

'살인'과 '방화' 혹은 억압에 대한 개인의 주정적主情的 복수 등
이 나타나는 것은 비단 최서해 소설에서만 그러했던 것은 아니다.
일반적으로 이런 화소話素의 빈출頻出은 이른바 '신경향파소설'의
주요 특징 중의 하나였다. 잘 알다시피, '신경향파소설'의 이러한
특징은 이른바 '내용 / 형식 논쟁' 이후에 제기된 '목적의식기의
창작방법'에 의해 첫 번째로 문학사에서 배제의 대상이 된다. 이
논의를 가장 주도적으로 이끌었던 박영희의 평가는 다음과 같다.

> 신경향파 문예에 나타난 주인공인 농부, 노동자, 무산자의 생활
> 은 사회적 원인에 서서 즉 계급적 ××과 사회적 불안에서 출현되
> 는 주인공의 생활은 문학상에 주관강조적으로 전개되니 그 주인공
> 은 울분과 고민 끝에 ××, ××, 폭행, 호규(號叫)로서 결구를 짓
> 고 말았다. 그러면 이러한 작품과정에 있어서 사회적 원인과 주인
> 공의 행동이 사회현상적, 혹 사회사상적으로 어떠한 평가를 가질
> 수 있을까? **신경향파의 문예의 주인공의 행동의 발단은 사회적으로
> 원인하였다고 볼 수 있다. 그러나 그 주인공의 행동의 종결은 비사회적
> 이라고 볼 수 있다.**[10] (강조-인용자)

박영희의 결론은 이런 것이다. '신경향파 문학'은 "부르주아
계급, 독자에게 무산계급에 대한 정의감과 의분을 일으키는 기

---

[10]　박영희, 「'신경향파' 문학과 '무산파'의 문학」, 『조선지광』, 1927.2. 58쪽.

능 이상의 것은 할 수 없었다”는 것, “이 현상은 노동자가 자본가
와 경제적 투쟁을 조직적으로 하기 전에 있었던 한 행동에 불과
하다는 것”.[11] 이후에 전개되는 프로소설의 양상은 주인공의 개
인적 복수나 살인, 방화 같은 결말구조가 사라지고, 농민조합이
나 노동조합을 매개로 한 조직적 대응과 지식인 주인공 등의 ‘혁
명전위’와 ‘노동자 / 농민 대중’으로 나누어지는 계몽주체와 계
몽대상의 이분법적 구조가 한동안 판박이처럼 반복된다.

　프로문학운동의 정당성과 리얼리즘 미학의 변증적 발전과정
에 관한 임화의 문학사 구도構圖는 지금까지도 거의 고전적 권위
를 지니고 있다고 할 수 있는데, 그의 경우도, 최서해를 비롯한
신경향파 문학에 대한 평가에 있어서 박영희의 관점을 크게 벗
어나지 않는다. 신경향파 문학에 대한 임화의 평가는 “낡은 문학
으로부터 프로문학에 이르는 한 개 과도적 문학이었다”는 것으
로 압축할 수 있는데, 그것은 “조선의 신흥계급이 계급 그 자신
으로부터 그 자신을 위한 계급으로 성장할 자각적인 과도기의
예술적 반영이었다”[12]는 것으로 귀결된다. 요컨대, 신경향파문
학에 대해 상대적으로 가장 유연하고 균형 잡힌 평가를 내리기
위해 애쓰고 있음에도 불구하고, 여전히 ‘신경향파문학’은 프로

11　위의 글, 58쪽.
12　임화, 「조선신문학사론서설―이인직에서 최서해까지」, 『조선중앙일보』, 1935.10.9
　　～11.13. 여기서는 『임화문학예술 전집 2권―문학사』, 소명출판, 2009, 436～
　　437쪽에 실린 것을 인용함.

문학의 발전 도정이나 리얼리즘 문학의 발전 과정에서 하나의 '과도기적'인 문학에 지나지 않는 것이었다.[13]

지금까지의 과정을 요약하자면, 서해는『조선문단』으로 대표되는 민족주의 진영에서도 환영받는 동시에, 프로문학 진영에서도 그 존재가치를 인정받는 특별한 위치의 작가이기도 하면서, 그의 소설에 반복적으로 등장하는 주관적 감정(=분노)의 과잉과 폭력적 결말로 인해, 양쪽 진영으로부터 동시에 그 한계를 비판받았던 것이라고 할 수 있다. 두 진영의 비판 논리에는 공통적으로 '분노'를 합리성이나 이성 혹은 사회질서나 제도적 규범과는 무관하다고 보는 논리가 작용하고 있다. 다시 말하면, '분노'는 분노하는 주체의 비참한 상황을 알 수 있는 표징으로서는 인정

---

13 박상준은 박영희와 임화로부터 비롯되는 최서해문학에 관한 소설사론의 구도, 즉 '신경향파소설로서의 전형적인 성과이자, 다음 단계인 본격 프로문학으로서의 결여 형태라는 과도기적 특성'에 이의를 제기하고, 서해 소설의 상당수는 이른바 '신경향파적 특징'에 수렴되지 않는 다른 개성과 구조를 보여준다고 주장한다. 박상준,『한국소설 텍스트의 시학』, 소명출판, 2009, 161~189쪽 참조. 그리 길지 않은 활동 기간에도 불구하고 서해 소설의 소재와 양상이 오로지 '신경향파적 특징'에 수렴되지 않고 다양한 특징들을 보여준다는 그의 지적은 타당하다. 다만, '분노'의 기원과 그 서사적 인과관계를 임화의 해석과는 다른 맥락과 지평에서 읽어내고자 하는 본 논문의 비판적 지향과는 일정한 거리가 있음을 확인해 두고자 한다. 본 논문은, 서해 소설의 '분노'가 단지 '신경향파적 특징'을 드러내는 작품들에만 한정되지 않으며, 더욱이 그 소설의 결말이 살인이나 방화로 끝나는 폭력적 상황의 전조로서만 의미를 가지는 것이 아니라는 전제에서 출발하고 있다. 다시 요약하자면, 본 논문은 임화로부터 비롯되는 기존의 문학사적 중평(衆評)의 허점을, 서해소설이 지닌 소재 및 형태의 다양성을 읽지 못했다는 데서 찾는 것이 아니라, 서해 소설에 내려진 '신경향파적 특징'이라는 논리구조 자체의 문제점을 지적하고 있다는 점이다.

할 수 있지만, 그것은 제도와 사회질서, 혹은 법체계 내부로 들어와 해소되어야 할 '감정'일 뿐, 그 이상의 의미를 두어서는 곤란하다는 태도라고 할 수 있다.

여기서, '분노'를 배제하는 인식론적 기원에 대해 잠시 검토해 볼 필요가 있다. '분노'는 정서나 감정의 하위범주인데, '분노'와 같은 주정적 대응이 극복과 지양의 대상이 되는 이유의 근저에는 기본적으로 감정이나 정서에 대한 부정적 인식이 작동하고 있다. 감정과 정서에 대한 부정적 인식은, 그것이 이성을 위협하는 것으로 이해되었기 때문이다. 서양철학사에서 '감정'은 오래 전부터 중요한 관심 대상이었기는 하지만, 그것은 이성과 대비되면서 종종 '주인(이성)'과 '노예(감정)'의 관계로 비유되었고, 이성의 지혜로 감정의 위험스러운 충동을 조절해야 한다는 인식이 강한 전통을 형성해 왔다고 할 수 있다.[14] 아울러, 서양철학사에서의 인간의 자기 이해가 이성이나 합리성을 통해 접근되어왔으며, 이것은 인간의 감정이 인간의 '자기 정체성ego identity'이나 '인간됨being humans'의 규명을 위한 방법론으로서 적극적으로 인정되지 않았음을 의미한다.[15] 감정과 정서에 대한 이런 부정적 인식의 전통은 동양에서도 비슷한 양상을 보인다. 조선 유학사에서 가장 유명한 철학논쟁이었던 '사단칠정논쟁'에서의 칠정七

14　최현석, 『인간의 모든 감정』, 서해문집, 2011, 12쪽.
15　손병석, 『고대 희랍로마의 분노론』, 바다출판사, 2013, 12쪽.

情(곧 喜·怒·愛·懼·哀·惡·欲)이 이 글에서 말하는 감정이나 정서와 대응하는 것일 터인데, '사단'과는 달리 '칠정'은 스스로 '선善'이 아니고, '중용'을 유지하지 못하므로, '선'하도록 다스려야 한다는 주문이 개입된다는 점에서, 그 바탕에는 서양철학에서의 '감정'에 관한 태도와 동일한 전제가 자리 잡고 있다고 할 수 있다.[16] 이 글의 논의 대상인 '분노'로 범위를 좁혀 보면, 불교에서는 삼독三毒이라 하여, 탐貪(탐냄), 진瞋(성냄), 치痴(어리석음)를 이르고, '분노'를 아예 번뇌의 원인이자 선善을 해치는 악惡의 뿌리로 설정해 두고, 이것으로부터의 놓여남이 번뇌로부터 벗어나 해탈의 길로 가는 것임을 강조한다.

요컨대, 감정이나 정서에 공통으로 들어가는 한자 '정情', 혹은 emotion이나 feeling, affect와 같은 것은, 늘 '성性'이나 'reason'의 대립자로 이해되어 왔으며, '성'이나 'reason'에 의해 다스려지거나 극복되어야 할 '대상'이었던 셈이다.

신경향파 소설에서 '분노'가 독특한 개성적 요소임에도 불구하고, 논자들이 등장인물들의 '분노' 자체에 대해서는 그다지 호의적이지 않았던 것, '분노'보다는 그것을 유발시킨 '가난'이나 '억압'이라는 '원인'과 '배경'에 더 많은 비중을 두고 읽었던 점, 그리고 동시에 '분노'라는 정서나 감정이 주인공의 행위에서 차

---

16   유영희, 「사단칠정−도덕적 감정과 일반적 감정」, 한국사상연구회 편, 『조선의 유학개념들』, 예문서원, 2002, 238~258쪽 참조.

지하는 비중이나 기능보다는, 그 결과로서 드러나는 '살인'이나 '방화'와 같은 '폭력'의 '개연성'을 '분노'의 개연성보다 더 우위에 두었던 점, 마침내 그러한 폭력적 대응방식이 다른 형태의 보다 '합리적인 것'에 의해 지양되어야 하는 것으로 본 것 등등이 모두 이러한 인식론적 태도와 무관하지 않다고 볼 수 있다.

'분노'는 과연 비이성적이고 비합리적인 즉자적 심리반응에 불과한 것인가. 그것은 반드시 더 이성적이고 합리적인 단계의 반응양식이나 행위로 옮겨가거나 지양되어야 하는가. 거꾸로 말하면, 좀 더 이성적이고 합리적인 단계라고 인정되는 반응양식이 가능해지면 '분노'는 저절로 소멸되는 것인가.

'분노'에 관한 기존의 이해 방식은, 최서해가 그토록 반복적으로 '분노'를 자기 텍스트에 배치한 이유를 충분히 이해하지 못한 것이라고 생각한다. 최서해의 '분노'는, 개인사와도 연관되는 자기체험의 '보여주기'와 연관된다기보다는, 한 인간의 변모와 관련된 실존적 결단의 '자기설득'과 더 깊은 관련을 가지는 것이었다. 이것은 '공적公的 분노'가 개인의 결단과 정치적 행위로 이어진다는 인과적 자동성과는 다른 지점에 놓이는 인식이다. 다시 말하자면, 공동체의 가치나 공공의 이념이 훼손된 것을 깨닫는 순간, 곧바로 그 가치나 이념의 회복을 위해 인간이 행동으로 나아가지는 않는다는 것을, 서해는 이해하고 있었다. 예컨대, 민족해방이나 계급혁명운동에 개인이 뛰어들지 않는 이유가 각 개인

이 그 필요성과 정당성을 몰라서만은 아니라는 것이다. 서해는
이 결단적 행위의 앞과 뒤에는 공적公的 당위와는 구분되는 사적
私的 영역의 어떤 계기들이 매개되어야 한다고 생각했다. 그 사
적 영역의 몫으로 서해가 소설에 배치한 것이 바로 '가족'이었
다. 그리고 '분노'는 개인의 결단이 사적 영역으로부터 공적 맥
락으로 전이되는 '정서적 계기'로 설정되어 있다.

3. 분노하는 '주체'와 이성 / 비이성의 문제

우선, 서해 소설에서의 '분노'가 오로지 인물들이 처해있는 극
도의 가난과 억압적 상황에서만 비롯되는 것인가에 대해 살펴보
기로 하자. 최서해 소설의 '분노'의 이유나 성격을 살피기 위해
서는 무엇보다도 그의 문필활동의 초입을 다시 들여다 볼 필요
가 있다. 신경향파 소설의 대표 작가로서만 널리 알려진 까닭에
서해의 습작 시절은 그리 관심의 대상이 된 적이 없다. 흥미로운
것은, 습작기[17] 서해의 소품들이 보여주는 지향은, 1920년대 중

---

17 여기서의 '습작기'란, 서해가 간도에서 돌아온 후『조선문단』을 통해 등단하
면서 본격적으로 작가생활을 시작하기 이전의 일정 기간을 가리킨다.

반 이후와는 사뭇 다르다는 사실이다.

청년 청년아…… 대양보다도 넓으니라 너의 사상이여, 지구보다도 무거우니라 너의 책임이여……. 태산을 끼고 북해를 뛸 용기도 너에게 있으며 역발산기개세(力拔山氣蓋世)하던 항우의 기운도 너에게 있나니라. (…중략…)

월백풍청커든 양서를 읽어 신지식 배움도 가하며 동서양사를 평론하여 往古今來에 영웅을 명상함도 亦可也요, 망망한 대해에 일엽편주를 勇壯히 저어 컬럼보쓰의 장쾌한 사상을 養함도 장부의 행사요, 인적이 미급한 처를 답파하여 모짜트의 모험적 사상과 인내력을 양함도 또한 가하며, 고산준령에 등립하여 한니발의 용장한 알프스 越과 저— 코르시카 풍운아 나폴레옹의 고상한 기상을 양함도 가하니라. (…중략…)

아아! 기묘하고도 용장한 청년들아! 너희는 인내, 향상, 분투, 자활의 사상을 양하라. 然而 三夏의 호시절을 헛되이 송하여 금풍상하에 白髮嘆을 발치 말고 6대주를 무대로 삼아 대대적 위인이 되어 혁혁한 위공을 세울지어다. 청년 청년아![18]

---

18 최서해, 「반도청년에게」, 『학지광』, 1918.3. 여기서는 곽근 편, 『최서해전집』 하, 문학과지성사, 1987, 189~190쪽에서 인용함. 이하 최서해의 텍스트는 특별한 경우를 제외하고는 전집에서 인용하여, 따로 각주를 달지 않고 '전집 하, 189쪽'의 형태로 표시함.

습작기의 서해는 이광수를 사숙하고 있었고 『학지광』이나 『청춘』에 수필과 산문시 등을 발표했다.[19] 인용문을 통해 확인되듯이, 습작기의 서해는 이른바 부르주아 계몽주의의 강한 사상적 영향 아래 놓여 있었음을 짐작할 수 있다. 등단 이후의 서해 소설에는, 가난에서 오는 고통보다도 더 근원적으로, 한 때 심취했던 이러한 부르주아 계몽주의, 혹은 인륜지덕人倫之德으로부터 배반당했다는 자각이 '분노'의 근본 이유가 된다.

어떻게 하면 살 수 있을까?…… 이러한 생각은 이때 내 머리를 몹시 때렸다. 이때 나에게 부지런한 자에게 복이 온다 하는 말이 거짓말로 생각되었다. 그 말을 지상의 격언으로 굳게 믿어 온 나는 그 말에 도리어 일종의 의심을 품게 되었고 나중은 부인까지 하게 되었다. 부지런하다면 이때 우리처럼 부지런함이 어디 있으며 정

---

19   이는 서해 자신의 회고뿐 아니라, 이광수의 회고에서도 확인된다. 다만, 『학지광』에서와는 달리 『청춘』에는 서해의 글이 실제로 게재되었던 것은 아니고, 수필 현상공모에 입선했다는 사고(社告)의 형태로 두 번 등장한다. 서해는 「학지광」에 글을 싣게 된 것도 이광수의 추천이었다고 회고한다. 두 사람은 다년 간 서신을 교환하면서 문연(文緣)을 쌓았다. 서해와의 교분에 대한 이광수의 회고는 「前 '조선문단' 회고담」, 『조선문단』, 1935.8에 자세히 나와 있다. 한 가지 흥미로운 것은, 『조선문단』을 통해 작가로 입신하게 되는 것도, 춘해 방인근과 함께 『조선문단』을 주재하던 이광수를 통해서였는데, 이광수와의 개인적 문연(文緣)과는 달리, 「탈출기」 이후의 대부분의 작품들이 사숙하던 이광수의 사상적 영향을 급진적으로 부정하는 내용이라는 점이다. 이후에도, 서해는 이광수와의 개인적 친분과 카프 조직원으로서의 처신 사이에 상당한 갈등을 겪는다.

직하다면 이때 우리 식구같이 정직함이 어디 있으랴? 그러나 빈곤
은 날로 심하였다. (…중략…) 나는 여태까지 세상에 대하여 충실
하였다. 어디까지든지 충실하려고 하였다. 내 어머니, 내 아내까지
도 뼈가 부서지고 고기가 찢기더라도 충실한 노력으로써 살려고
하였다. 그러나 세상은 우리를 속였다. 우리의 충실을 받지 않았다.
도리어 충실한 우리를 모욕하고 멸시하고 학대하였다. 우리는 여
태까지 속아 살았다.(「탈출기」, 전집 상, 19~22쪽)

「탈출기」의 주인공은 부르주아 계몽주의가 설파하는 '근면'
과 '독학篤學', '성실'과 '정직'은 민중의 피를 짜는 '마주魔酒'에
불과한 것이라는 자각에 이른다. 그는 "허위와 요사와 표독과 게
으른 자를 옹호하고 용납하는 이 제도는 그저 둘 수 없"으며, "애
잡짤한 감정과 분함을 금할 수 없다"고 토로한다.

「기아와 살육」의 주인공인 '경수'의 분노도 같은 맥락에서 야
기된다. '경수'는 어려운 집안 살림에도 무리해 가면서 중학을
마친, 당시로서는 고학력자다. 그는 학업을 강행한 자신을 자책
하고 후회한다. 그러나, 곧 그 자책과 후회는 분노로 옮겨 간다.

(내가 그른가? 공부도 있는 놈만 해야 하나? 식구가 빌어먹게
집까지 팔면서 공부하게 한 죄가 뉘게 있나? 내게 있을까? 과연 내
게 있을까? 아아, 세상은 그렇게 알 터이지. 흥, 공부를 하고도 먹을

수 없어서 더 궁항에 들게 되니, 이것도 내 허물인가? 일을 하잖는다구? 일? 무슨 일? 농촌으로 돌아든대야 내게 밭이 있나, 도회로 나간대야 내게 자본이 있나? 교사 노릇이나 사무원 노릇을 한 대야 좀 뽀루퉁한 말을 하면 단박 집어세이고…… 그러면 나는 죽어야 옳은가? 왜 죽어? 왜 거저 죽어? (…중략…) 있는 놈은 너무 있어서 걱정하는데 한편에서는 없어서 죽으니 이놈의 세상을 거저 두나?) 경수는 이렇게 도쳐 생각할 때면 전신의 피가 끓어올라서 소리를 지르고 뛰어나가면서 지구 덩어리까지라도 부숴 놓고 싶었다.(「기아와 살육」, 전집 상, 32~33쪽)

그의 소설에 나타나는 '분노'하는 주인공들은, 많은 경우 부르주아 계몽주의에 대한 배신감과 환멸을 경험한다. 그들은 단지 가난하고 못 배운 '무산자'나 '인민'이 아니라, 한 때 열렬한 계몽주의의 신도였으며, 그를 위해 학업에 정진하거나 근면한 노동을 위해 투신한 사람들이다. '가난'은 현상적으로 드러난 '결과'이기는 하지만, 그것 자체가 '분노'를 야기시킨 것이 아니라, 이념과 제도가 주체의 신뢰와 괴리되거나 안정된 삶을 보장해 주지 못하기 때문이다. '분노'의 주체는 가난한 현실이 주는 비참함에 즉자적으로 대응하는 주체가 아니라, 그 원인을 상당히 이성적이고 지적으로 재구해 내는 주체이다. 따라서 최서해 소설의 '분노'는 '광분'과 '살인' 혹은 '방화'로 귀결되는, '신경향파소설'의 파괴적 결말의 '원인'으로 치부되기 전에, 먼저 주체가 현실에 대한 경험의 지적 재구성과 판단, 그리고 객관적 인식을 통해 형성된 것임을 이해할 필요가 있다.

최서해 소설에서 등장인물들이 '분노'하는 또 다른 이유로는, 타인의 무관심과 배려 없음, 즉 타자로부터의 '소외'를 들 수 있다. 「탈출기」의 주인공 내외는, 먹고 살기 위해 여러 일을 전전하다가 마침내 집에서 두부를 쑤어 내다 판다. 그러나 이웃들의 비웃음을 산다. 이웃들은 "신수가 멀쩡한 연놈들이 그 꼴이야. 어디 가 일자리도 구하지 않고 그 눈이 누래서 두부 장사 하는 꼬락서니는 참 더러워서 못 보겠네"(전집 상, 22쪽)라고 비아냥거린다. 「기아와 살육」에서 경수의 분노가 폭발하게 되는 지점은 중국인의 개에게 물려 처참한 모습으로 집에 실려온 어머니의 몸뚱아리를 보는 순간이 아니라, 그 비참한 정황에서의 동네 사람들의 태도를 보고서였다.

> 모였던 사람은 하나 둘씩 흩어진다. 누가 따뜻한 물 한술 갖다 주는 이가 없다. 경수는 머리가 띵하였다.(「기아와 살육」, 전집 상, 38쪽)

그 이후의 경수의 행동은, 우리가 익히 아는 바와 같이, 거리로 달려 나가 마구잡이 폭력을 휘두르는 것이다.(그는 그 이전에 먼저 가족들을 모두 살해한다) 구체적인 응징과 복수의 대상도 없는 무차별 폭력뿐 아니라, 이미 자신의 가족을 먼저 살해했다는 점에서, 경수의 행동은 이성이나 합리의 이름으로 설명하기에는 무리가 있다. 그러나, 경수의 '분노'는 공동체에 대한 그 나름의 가치와 지향에 근거해서 형성된 것이라는 점은 헤아릴 필요가 있다. 그 공동체적 가치나 지향은, 딱히 한 두 마디로 규정하기는 어려우나, 포괄적으로 뭉뚱그리자면, 인의仁義에 바탕을 둔 '타자에의 배려'라고 할 수 있다.

「박돌의 죽음」의 마지막 장면은, 식중독으로 아들을 잃은 박돌 어미가 돈이 없다고 약을 지어주지 않은 김초시를 찾아가 그의 얼굴을 사정없이 물어뜯으며 난동을 피우는 것으로 묘사된다. 이 대목에서 박돌 어미가 보여주는 잔인한 복수와 광기는 흔히 인육人肉을 입으로 뜯어내는 카니발리즘으로 해석되곤 하지만, 작가가 애써 배치해 놓은 최후의 몇 문장은 종종 간과되고 만다.

"어찌 저럼메?"
"모르겠소."
밖에 선 사람들은 서로 의아해서 묻는다. 모든 사람은 일종 엷은 공포에 떨었다.(「박돌의 죽음」, 전집 상, 66쪽)

마을 사람들의 이 무관심과 무지는, 광란이 벌어지고 있는 김 초시네 마당 풍경과 극단적인 콘트라스트를 이룬다. 동시에, 박 돌 어미가 아들을 살리기 위해 백방으로 뛰어다니다가 지쳐서 내뱉는, "에구, 한심한 세상도 있는 게! 의원만 그런 줄 알았더니 모두 그렇구나!"와 서로 대응관계를 이룬다. 박돌 어미의 절망 은 "온 세상의 불행은 혼자 알고 옴짝달싹할 수 없이 밑도 끝도 없는 어둑한 함정으로 점점 밀려들어가는 듯"(전집 상, 61쪽)한 느낌에서 온다. 그 절망은 '가난하다'는 현상보다도 더 근본적이 고 공포스러운 것이다.

가난한 이웃에 대해 배려와 동정이 없는 이유가, 다른 이웃들 역시 가난에 시달리기 때문이라고도 볼 수 있다. 그런 논리라면, 가난에서 벗어날 경우 동정과 배려는 저절로 회복되어야 할 것 이다. 최서해 소설의 등장인물들은 대체로 '절대적 빈곤' 상태에 서 허덕이는 것은 사실이지만, 서해는 인물들의 고통이 '절대적 빈곤' 자체에서 오는 것이 아니라, 빈곤에 처하게 된 원인과 과 정, 그리고 가난한 사람들 사이에 존재하는 비정함 때문이라는 점을 놓치지 않는다. 그러므로 가난한 사람들의 궁핍을 실감나 게 묘사한 데에 서해 소설의 개성과 특질이 있다고 보는 것은, 그의 소설의 제한된 단면을 보는 것이다. 주인공을 비롯한 '가난 한 사람'들을 절망의 나락에 떨어트리고, 마침내 '분노'하게 만 드는 것은 '동정'없는 세상의 비정함이고, 신사상으로서의 '계몽주의'가 제시했던 권학勸學과 근면의 허구에 대한 자각 때문이었다. 요컨대, 서해 소설을 관통하는 '분노'는 인물들의 극빈極貧과 고통을 드러내는 감정의 표상으로서만 의미를 가지는 것이 아니라, 그 이면에 복잡한 지적 내력과 사상적 재구再構의 과정을 거친 합리와 이성이 작용하고 있음을 확인할 필요가 있다.

4. 서해 소설에서의 공公과 사私의 구조

앞서 살펴본 것처럼, '분노'를 단지 극도의 빈곤과 고통에서 야기된 감정적 표상이 아니라, 지적 내력과 사상적 재구의 과정을 거친 것임을 전제할 때, 우리가 확인할 수 있는 것은 그의 소설에 나타나는 '분노'의 또 다른 기원이라고 할 수 있는 '공 / 사'에 관한 그의 독특한 인식이라고 할 수 있다. 이 문제와 관련해서 이 글이 제시하고자 하는 추론은 다음과 같다. 최서해의 '분노'는 작가의 삶을 구성하는 사적私的 영역과 공적公的 영역에 관한 합리적이고 자기설득적인 통합적 매개 논리를 확보하지 못하고, 개미 쳇바퀴 돌 듯 무한 반복하는 딜레마로부터 비롯되고 있다. 여기에는 작가 개인의 인식론적 한계와 착종도 작용하고 있지만, 더 확장해서 생각해 보면 전통적 혹은 유가적儒家的 공사公私 영역의 붕괴나 해체를 대신하는 근대적 공사公私 개념 또는 공사公私 영역의 구분 및 상호교섭에 관한 인식의 대체가 제대로 이루어질 수 없었던 환경적 요인도 중요하게 작용하고 있다.[20]

　최서해 소설의 주인공들은 대체로 불공평한 현실을 타개하기 위한 사회운동(=공적 행위 혹은 영역)에 뛰어들고자 소망하고, 또 실제로 그것을 실천으로 옮기는 인물들이 다수 등장한다. 그러나, 소설의 서술시점(현재시점)은 거의 대부분, 그러한 공적 영역에서의 실천이 실패로 돌아간 상태에서, 그 상태에 이르기까지의 과거를 회상하는 방식으로 서사구조를 조형造型한다. 공적 영역으로 자신을 던져 넣는 '실천'이 실패로 돌아가는 다양한 원인

20　안용희는 최서해에 관한 기존 해석에 이의를 제기하면서, '가난'에 관한 최서해의 문제의식이 '연대'를 강조하기 위함이었다는 새로운 주장을 내놓았다. "사랑과 광기가 사회라는 힘을 인식하고 가족과 사회를 떠나는 순간 더 이상 최서해의 소설은 '근대문학'의 논리에 포섭되지 못한다. 기본적으로 문학이 사회와 국가의 시스템 안에서 유지된다고 할 때 적절한 분류와 배치를 통해 수치화되지 못한다면 그 지점은 배제되거나 순치되어야 한다. 그런데도 최서해의 소설은 끊임없이 가족과 제도를 넘어 보편적 연대를 꾀하는 지점들을 생산해낸다." 안용희, 「'그늘에 피는 꽃', 최서해 문학의 아포리아」, 『민족문학사연구소』 57, 2015.4, 27쪽. 안용희의 이러한 설명은, 최서해 소설이 카프에서도 민족주의진영에서도 최종적으로 일정한 '한계'로 받아들여질 수밖에 없었던 '이유'와 맥락에 관한 본 논문의 논리와 연결되는 지점이 있다. 그러나, '가난'의 문제에 대한 서해의 태도를 곧바로 '공동체에 기반한 유대와 연대의 지향'으로 연결 짓는 해석은 좀 더 논리적 매개가 필요하다고 본다. 나는, 그 딜레마를 극복하기 위한 힘겨운 고투에도 불구하고, 서해가 여전히 '공 / 사' 간의 적절한 매개를 자기논리 안에서 확보하지 못한 채, 개인과 사회, 혹은 공적 범주와 사적 영역의 경계 사이에서 혼란을 겪고 있는 것이 그의 소설에서 갈등과 혼란, 그리고 종국에는 '분노'가 야기되는 중요한 이유라고 생각한다.

중에서 가장 지배적인 것은, 공적 실천을 위해 버리고 떠나온 '가족'에 대한 의무불이행의 무거운 죄책감이다. 최서해 소설에서 '가족'은 철저히 '사적 영역'에 배치되어 있다. 그러므로 다소 도식적이지만, 서해 소설에서의 공사公私의 구도는 'A=가족=사적 영역 / B=혁명 또는 사회운동=공적 영역'이라고 압축해서 구조화할 수 있다. 서해 소설에서 A와 B의 영역은 서로 교섭하거나 상호침투하지 않는다. 주인공이 A의 영역에 속해 있는 한, B의 세계와는 전혀 상관하지 못하며, 반대로 B에 속해 있는 동안에 A는 철저히 배제되는 관계다. 그리고 대부분의 작품은 B에 속하고자 하는, 혹은 현재 B에 속해 있는 화자(또는 주인공)가, B를 위해 배제했던 A의 세계(에 속한 인물들=가족)에 대한 무한한 연민과 동정, 그리고 자책감을 토로하는 방식으로 구성되어 있다. 이 철저한 상호배타적 구조화로 인해, 서해 소설의 주인공(혹은 화자)의 대부분은 딜레마에 빠지게 된다. 속화俗化해서 표현하자면, '혁명을 따르자니 가족이 울고, 가족을 따르자니 혁명을 할 수 없는' 형국이다. 게다가, 서해 소설의 주인공들은, 개인의 출세욕이나 명예욕을 종종 공적 영역에의 '실천'으로 위장하거나 오해하기도 한다. 따라서, '분노'는 단지 가난과 억압의 경험으로부터 비롯되는 것이 아니라, 이 딜레마로부터 벗어날 '출구'를 확보하지 못한 데서 비롯되는 측면이 크다고 생각한다.[21]

21   김재영은 최서해에 관한 최근의 연구에서 이와 관련된 흥미로운 문제제기를

우선, 서해의 공사公私 인식과 그의 소설의 내적 구조가 맺고 있는 상관관계를 검토해 보기로 하자. 서해 소설에서 공적인 삶(혁명 혹은 사회운동)을 가로 막는 최대의 방해요소이자 장애가 바로 '가족'이라는 사적 영역의 문제인데, 특히 그의 소설에서는 '어머니'가 그 중심을 차지한다. 서해 소설에 드러난 '공 / 사' 인식의 논리적 구조를 요약하면, 그것은 유가의 '修身齊家治國平天下'[22]에 연결된다. 『대학』의 본문에는 이 구절이 들어간 긴 문

하고 있어 주목된다. 그는 최서해 소설에서 '분노'보다는 '공포'를 좀 더 지배적인 심리적 기제로 읽어낸 후, 이 '공포'가 '파국' 또는 '전복'의 상상력과 연결되어 있다고 진단하고, 가장 문제적인 것은 "그 '전복'이 프로문학자들이 갖고 있었던 '역사적 낙관'과는 거리가 먼, 그 방향을 알 수 없는 파국으로서의 전복"이라고 해석했다. 「최서해 초기소설에 형상된 '공포'와 '파국의 상상력'」, 『현대문학의 연구』 55집, 2015 참조. 본 논문에서 검토하고자 하는 '분노'와 김재영이 추출한 '공포'는 다른 범주에 속하는 것이지만, 서해 소설을 프로문학의 발전 과정의 어느 지점, 특히 미발전단계의 어느 지점에 배치한 후, 경향소설의 '미완'의 형태로 읽고자 하는 기존의 해석지평과는 다른 맥락에서 그 특징과 개성을 읽고자 하는 점에서는 상통하는 부분이 있다. 다만, 김재영은 서해 소설의 근원적 상상력이 '세계의 파국'과 연결되어 있다고 해석하는 데 비해, 나는 전면적인 비극적 세계관으로 직접 연결 짓기보다는, 그가 무언가 합리적인 출구 혹은 대안을 모색하려고 애쓰지만, 그의 사유 세계 내부에서 그것을 발견하지 못하는 무력감이 '분노'로 이어진다고 보는 점에서 일정한 차이가 있다고 생각한다.

22 이 구절은 『대학』에 나온다. 원문은 다음과 같다. "物有本末 事有終始 知所先後 則近道矣 古之欲明明德於天下者 善治其國 欲治其國者 先齊其家 欲齊其家者 先修其身 欲修其身者 先正其心 欲正其心者 先誠其意 欲誠其意者 先致其知 致知在格物 格物而后 知至 知至而后 意誠 意誠而后 心正 心正而后 身修 身修而后 家齊 家齊而后 國治 國治而后 平天下" 조선시대의 '공 / 사'론을 이해하는 데는 성호 이익이 하나의 준거점이 된다. 성호 이익이 그런 역할을 한다고 보는 이유는, 조선시대 대표적인 유가철학의 논쟁이었던 '사단칠정론'을 성호 이익이 '공 / 사'론의 범주로 접근함으로써 논의의 맥락을 바꾸어 놓았기 때문이다. 성호는 '사단=공 / 칠정=사'라는 이분법에 의거해서 '사단칠정론'을

장 사이사이에 계속하여 '시종始終'이라든가 '선후先後'라는 시간을 나타내는 명사나 부사가 들어가 있어, 수신·제가·치국·평천하 사이에는 시간적 선후관계나 인과관계가 성립되는 것처럼 읽힌다. 그러나, 이 구절의 해석에서 시간적 선후나 인과관계를 대입하는 것이 옳은가의 여부를 떠나, 서해 소설에서는 최소한 '수신·제가'와 '치국·평천하'는 명백히 분리된 두 개의 서로 다른 영역으로 인식되고 있다는 점이다. 특히 서해에게서 중요한 것은 '제가'와 관련된 자기의식이다.[23]

'이 / 기론'으로부터 '공 / 사론'으로 범주 전환시켰다. 성호가 설명한 한 예는 사단과 칠정에 같이 들어있는 '오(惡)'의 설명방식인데, '사단'의 '惡'는 '不善'을 미워하는 것이므로 '공'이지만, '칠정'의 '惡'는 개인적인 이해관계로 대상을 미워하는 것이어서 '사'에 해당한다는 해석이다. 조선유학 연구자들은 성호 이익의 이러한 '공 / 사'론이, 조선 후기 '공공성'의 철학적 성찰을 보여주는 한 사례이자, 고전유교(공맹시대의 유교)의 '공 / 사'론을 재해석한 신유학(주자학)의 '공 / 사론'의 영향을 받은 것이라고 해석한다. 신현승, 「성호 이익의 공공성 이념과 정치철학 고찰」, 『인문과학연구』 44, 2015.3, 501~503쪽. 한편, 배병삼은 공맹시대의 원시유교의 '공 / 사' 인식이야말로, 서구의 근대적 '공 / 사' 인식이 가져온 폐해와 한계를 극복할 진정한 철학적 대안이라고 주장하면서, 본디 원시유교에서는 '공 / 사'가 대립적 개념이 아니었다는 해석을 제기한다. 그에 의하면, 대학의 '수신제가치국평천하'에서 '수신제가'는 '사'의 영역이고, '치국평천하'가 '공'의 영역이리라는 짐작은 전형적인 서구의 근대적 공사론에 입각한 것일 뿐, 실제로 유교에서는 '공 / 사' 개념이 '영역'개념이 아니라 '가치개념'이었음을 강조한다. 즉, 가정 안에서 '공 / 사'가 있고 국가나 사회 차원에서의 '공 / 사'가 있는 것이지, 개인이나 가정이 '사'이고, 국가나 사회와 같은 '공적 영역'이 곧 '공'을 가리키는 것은 아니라는 주장이다. 배병삼, 「유교의 공과 사」, 『동서사상』 14집, 2013.2 참조.

23　한 가지 밝혀 둘 것은, '수신제가치국평천하'의 네 가지 범주가 항상 기계적으로 '공과 사'로 나누어지는 것은 아니라는 점이다. 유가적 전통에서의 '공 / 사'의 구분과 그 개념은 본 논문에서 구획하고 있는 것처럼, '수신제가=사', '치국평천하=공'처럼 단순하지 않다. 유가 사상사에서 '공 / 사' 개념의 역사

(가) 만수는 어머니의 정경을 잘 이해하였다. 자기 하나를 위하여 남에게 된소리 안된소리 듣고 진일 마른 일을 가리지 않고 고생한 어머니를 버리고 천애 타국(간도―인용자)으로 갈 일을 생각할 때면 그 가슴이 쓰렸다.

"부모의 은혜를 배반하는 자여! 벌을 받으라."

하는 듯한 소리가 귓가에 쟁쟁 울리는 듯하였다.

"성인의 말씀에 충신은 효자의 문에서 구하라!"

고 하였다. 부모에게 불효가 되는 것이 어찌 나라에 충신이 되랴?

(나) 아니다. 온 인류가 태평해야 부모도 있고 나도 있다. 부모도 있고 나도 있어야 효도도 이루어지는 것이다. 아! 만수여! '나'여! 주저치 말아라. 떠나거라. 어머니께 효자가 되려거든 인류를 위하

적 전개를 검토한 한 사전(辭典)에 의하면, '공 / 사'의 인식에서 '공 / 사'를 대립개념으로 파악하기 시작한 것은 '순자'에서부터이며, 그의 제자인 법가 (法家)의 한비에 이르러, '공 / 사'를 이율배반적으로 대립시키고, 특히 '부자 (父子)' 관계 등에 결합되어 있는 가(家)의 양상이나 그것을 이론화한 유가의 효(孝) 등의 윤리를 '사(私)'라 하여 물리치는, 명료한 이분법적 인식이 자리 잡게 되었다고 설명한다. 미조구치 유조・마루야마 마쓰유키・이케다 도모히사 편, 김석근 외 역, 「공사(公私)」, 『중국사상문화사전』, 책과함께, 2011 참조. 그러나, 본 논문에서 '수신제가'와 '치국평천하'를 공과 사로 나누어보려는 가장 큰 이유는, 서해 소설에서의 두 세계의 경계가 이분법적으로 확연하게 나누어져 있기 때문이다. 서해 소설의 이러한 특징은, 유가적 '공 / 사' 개념이 해체되기 시작하고 그와 동시에 서구의 근대적 '공 / 사' 개념이 막 유입되기 시작하면서 생겨난 착종과 혼란의 한 징후라고도 읽을 수 있다. 그의 소설에 '성인', '충신', '효' 등이 등장하면서, 동시에 '인류'와 같은, 전통적 유가개념에서는 보기 어려운 '공적 개념'이 등장하는 것이 그 예이다. 서해가 활동하던 시기에, 유가적 '공 / 사'의 확실한 해체와 서구의 근대적 '공 / 사' 개념의 명징한 이해에 기초한다는 것이 오히려 비현실적인 것에 가깝다고 할 수 있다.

라…… (…중략…)

(다) "아니다. 그것은 어머니의 그름이 아니다. 재래의 인습과 제도가 우리 어머니를 그렇게 가르쳤다. 그 인습에 너무 젖은 우리 어머니는 나를 사랑하여서 잘 되라고 그렇게 하신 것이다."

그는 이렇게 돌쳐 생각할 때면 어머니께 대한 실죽한 마음은 불현 듯 스르르 풀리고 눈물이 옷깃을 적셨다. 이렇게 눈물에 가슴이 끓을 때면 어머니를 저항하고 싶지 않았다. 그래도 어머니의 명령 아래서 수굿이 일생을 보내고 싶었다.

(라) 그러나 그것은 한 순간의 생각이었다. 자기의 힘을 생각하고 세상을 바라보는 그로서는 어머니의 은혜에 자기의 전 인격을 희생할 수는 없었다. 은혜는 은혜이다. 은혜로 말미암아 나의 전인격을 희생할 수는 없다 하는 생각이 서로 싸울 때면 그의 고민은 격심하였다. 그는 어쩌면 좋을지 몰랐다.(「해돋이」, 전집 상, 200~201쪽)

중편 「해돋이」의 주인공 만수는, 간도에서 사회주의 운동을 하다가 지금은 감옥에 갇혀 있다. 그가 가족을 버리고 간도로 떠나기까지의 복잡한 심경을 묘사한 위 인용문에서, 서해 소설의 전형적인 공사公私 인식이 드러난다. (가)~(라)는 홀어머니를 모시고 가족을 봉양해야 하는 의무(=제가)와 불합리하고 불공평한 사회를 바꾸어 인류를 구하고자 하는 욕망(=치국 또는 평천하) 사이에서 끊임없이 진자운동을 하는 주인공의 심리를 묘사하고 있다.

'분노'와 연관지을 때, 서해 소설의 '가족'은 이중적이고 모순적인 기능을 떠맡고 있다. 그 모순적인 기능은 「전아사」의 주인공이 내뱉는 다음의 독백에 절실하게 함축되어 있다.

> 어머니는 나의 큰 은인인 동시에 큰 적이다.(「전아사」, 전집 상, 332쪽)[24]

어머니(또는 가족)가 '적'이 되는 이유는, '분노'의 공적公的 표출, 즉 사회를 바꾸고 제도를 개혁하는 혁명운동에 뛰어들고자 하는 주인공의 의지를 꺾는 가장 큰 장애물이기 때문이다. 「탈출기」의 주인공은 "나는 나에게 닥치는 풍파 때문에 눈물 흘린 일은 이때까지 없었다. 그러나 어머니가 나무를 줍고 젊은 아내가 삯방아를 찧을 때 나의 피는 끓었으며 나의 눈은 눈물에 흐려졌다"(전집 상, 18쪽)고, 친구에게 토로한다. "차라리 나의 고기가 찢어지고 뼈가 부서지는 것은 참을 수 있으나, 내 눈 앞에서 사

24　이 독백은 1980년대 노동자시인 시절의 박노해가 법정에서 만난 어머니를 향해, "오 어머니, 당신 속엔 우리의 적이 있습니다"라고 절규하는 시구절과 절묘하게 닮았다.(박노해, 「어머니」, 『노동의 새벽』, 풀빛, 1984, 140쪽) 동서고금의 모든 혁명가(운동가)에게, 가족은 이중의 질곡으로 작용하고 있음을 확인하게 되는 작은 증거라고 할 수 있다. 문제는 텍스트 내부에서 그것이 어떻게 처리되고 있으며, 어떻게 기능하는가 하는 문제일 것이다. 이 문제는 다시 후술하기로 한다.

랑하는 늙은 어머니와 아내가 배를 주리고 남의 멸시를 받는 것은 참으로 견디기 어렵다"고 절규한다. 그는 이 사랑하는 가족을 포함해, 가난 속에서 고통과 핍박받는 세상을 구제하기 위해 'X X단'에 가입하기로 결심한다. 그러나, 그가 떠나는 날부터 '식구들은 더욱 곤경에 들고', '눈 속이나 어느 구렁에서 죽는 줄도 모르게 굶어 죽을지도' 모르는 상황에 놓이게 된다. 「탈출기」는 "가족을 못 살리는 힘으로 어찌 사회를 건지랴"라고 주인공의 탈가脫家를 만류하고 나무라는 친구 김군에게, 주인공 박군이 자신의 탈가의 절박하고 불가피한 경위를 호소하는 내용으로 채워져 있다. 서해의 거의 모든 소설에는 '가족'이 무한한 애정의 대상이자 동시에 주인공의 발목을 옥죄는 족쇄로 그려진다.

(어머니, 처, 자식 − 그 조그마한 데 끌릴 것 없다. 내 식구만 불쌍하냐? 세상에는 내 식구보다도 백배나 주리는 사람이 있다. 이것저것 다 돌볼 것 없이 모든 인류가 다 같이 살아갈 운동에 몸을 바치자!) 그는 속으로 이렇게 결심도 하고 분개도 하였으나 아직 그렇게 나서기에는 용기가 부족하였다. 아니 용기가 부족이라는 것보담 식구에게 대한 애착이 너무 컸다. (…중략…) 그는 이 생각 저 생각 끝에, 모두 죽어라! 하고 온 식구를 저주했다. 모두 다 죽어주었으면 큰 짐이나 벗어놓은 듯이 시원할 것 같다.(「기아와 살육」, 전집 상, 32쪽)

그러나 서해가 가장 공들여 묘사하는 대목은 거의 예외 없이 '짐'이자 '적'이 되는 가족들의 고통 받는 장면이다. 논리적 순서로 보자면, 가족의 고통이 그의 '분노'의 기원이다. 세상의 구원을 꿈꾸는 것도 그 출발은 가족의 고통으로부터 시작된다. 혁명을 따르자니 가족이 울고, 가족을 따르자니 혁명이 불가능해지는 모순적 상황이 서해 소설의 '가족'이 놓인 자리다. 이런 모순적 상황의 근원은, 주인공이 지나치게 봉건적인 가부장적 책임의식에 사로잡혀 있기 때문이며, 동시에 주인공을 제외한 다른 가족 구성원들이 주인공의 공적公的 결단과 사회적 행위를 전혀 이해하지 못할 뿐 아니라 이해하기 위해 애쓰지도 않는다는 사실에서 비롯된다.

앞서 살펴본 바 있는 중편 「해돋이」는, 서해 소설에서는 드물게도, 운동에 투신한 아들을 그리워하는 '어머니'가 종종 초점화자로 등장하지만, '어머니'는 아들의 사회적 행동의 의미를 전혀 이해하지 못한다. 사적 영역에서 한 발자국도 나아가지 못하는 어머니에 대한 애증愛憎에 시달리다가도 주인공은 어머니를 이해하려 애쓴다. 종국에 그가 도달하는 결론은, "어머니의 사상에 반항한다. 그러나 어머니를 반항하는 것은 아니다"라는, 자신을 향한 타협의 지점이다. 그러다가 어느 순간에, "아! 어머니는 또 내 일에 방해를 놓으시나? 하고 생각할 때 칼이라도 있으면 그 앞에서 어머니를 찌르고 자기까지 죽고 싶"을 정도로 다시 번민을 되풀이한다.

5. '변신'의 고통에 집중하는
'지연遲延'의 크로노토프[25]

그런데, 좀 더 중요하고도 흥미로운 문제는, 이러한 '공사公私' 영역의 모호한 경계와 통합적이고도 자기설득적인 논리 확보의 실패로 인해 발생하는 '분노'와, '분노'라는 감정의 촉발을 둘러싼 서사 내부의 인과적 묘사가, 근대 소설사에서 일찍이 찾아보기 어려웠던 독특한 최서해만의 크로노토프를 형성한다는 점이다. 그것은, 한 인간의 실존적 변신(변모)[26] 혹은 사상의 전환에

---

25 '크로노토프(chronotope)'는 미하일 바흐찐에게서 빌려온 용어이다. 그는 이 용어를 생물학자 우호뜸스키(A. A. Uxtomskij)로부터 차용한 것이라고 밝혔다. 미하일 바흐찐, 전승희 역, 『장편소설과 민중언어』, 창작과비평사, 1987, 260~261쪽. 바흐찐은 서양의 서사문학의 역사적 전개과정을 시간 및 공간 구성의 '차이'를 통해 분류하기 위해 이 개념을 도입했다. 본 논문에서는, 인식과 감각에 관한 소설과 경전의 차이를, 특히 서해 소설에서의 그 특징을 경향문학 일반의 시간적 구성과 구분하기 위해 빌려 쓴다. 본 논문에서 말하는 '지연'의 시간형식이 크로노토프의 유형이나 범주로서 학문적 시민권을 확보할 수 있기 위해서는 더 많은 논의와 풍부한 예증이 필요하다고 본다. 다만, 여기서 확인하고 싶은 것은, 서해 소설에서의 주인공의 사상적·실천적 변신의 과정이 다른 경향문학에서의 그것과 매우 다른 시간구성을 보여주고 있다는 점이다. 이러한 실존적 변신 혹은 전환의 '지연'을 지칭할 마땅한 개념을 아직 확립하지 못했기 때문에, 서사구조의 시간형식을 개념적 범주로 만든 바흐찐의 '크로노토프'에 기대어 설명한다.

26 변신, 혹은 변태(變態)는 본디 생물학의 개념이다. 영어 metamorphosis는 동물이나 식물, 예컨대 애벌레의 성충되기나 알의 상태에서 올챙이를 거쳐 개구리로 바뀌어가는 과정을 일컫는 개념이라고 할 수 있다. 이것이 문학이나 철학, 신학의 영역으로 옮겨오면 다양한 변신 모티프들을 설명하는 개념으로 확장된

매개되는 '지연遲延'에 관한 집요한 묘사이다. 여기서 말하는 '지연遲延'은, 이를테면 『논어』에 나오는 유명한 구절, '朝聞道夕死可矣'[27]가 드러내는 시간표상과는 정반대편에 서 있는 시간표상이다. 서해 소설에는 사회주의에 경도된 주인공들이 이 사상에 공명하면서도, 이 사상을 실천하는 일의 어려움을 지겹도록 되

다. 이를테면 단군신화에서 곰이 여성 인간으로 바뀐다든지(신화), 그리스·로마 신화를 바탕으로 한 오비디우스의 『변신이야기(*Metamorphoses*)』, 그리고 불신자(不信者)의 상태에서 신을 응접하고 독신자(篤信者)로 바뀌는 종교적 모티프에 이르기까지 그 예는 실로 다양하다. 아마도 프란츠 카프카의 『변신』(독일어 제목은 *Die Verwandlung*이며 영어 번역 제목은 대체로 *metamorphosis*로, 때로는 *transformation*으로 옮겨진다)은, 그러한 변신 모티프를 차용한 근대문학의 한 사례에 해당할 것이다. 본 논문에서의 '변신'은, 마르크스주의, 혹은 사회주의 혁명 이념의 세례를 받기 전과 받은 후로 나뉘는 인간의 실존적 변화(과정)를 가리키는 제한적이고 특수한 의미로 사용한다. 그러나, 결국 이것은 인간의 실존적 변신 혹은 변화 과정을 추적하는 근대문학의 전반적인 예술화 과정과 연결된다. 바흐찐은 앞의 책, 『장편소설과 민중언어』에서, 신화로부터 근대소설에 이르기까지, 그러한 '변신' 모티프가 '시간'을 매개로 하여 일상과 초자연적 공간 안에서 어떻게 다르게 나타나고 있는가에 대한 유형화를 시도한 바 있다.

27 『논어』의 「이인(里仁)」편에 나오는 유명한 구절이다. 유가의 해석사에는 여러 가지 풀이가 있다. 그러나, 가장 소박하게 옮기자면, '아침에 도를 듣는다면 저녁에 죽어도 좋다'는 것으로, 나는 이것이 '진리' 혹은 '깨달음'에 관한 '시간표상'의 형식이라고 생각한다. 불교식으로 보자면, 이것은 '돈오돈수(頓悟頓修)'에 가까운 것이다. 반면에, 이러한 경전의 '지혜'나 '깨달음'에 관한 시간표상과는 정반대로, 소설은 깨달음이나 진리가 '순간'과 관계하는 방식이 아니라, 그것이 지각과 감각, 그리고 일상을 통해 어떻게 드러나는지를 다룸으로써 시간적으로 '지연'시킨다. 가령, 김만중의 소설 『구운몽』은 육욕(肉慾)과 출세욕을 비롯한 모든 세속 욕망의 부질없음을 환기시키는 주제로 압축되지만, 그 '주제의식'을 구현하기 위해 서사의 내부에서 욕망과 출세에 관한 사건들을 풍부하게 묘사해야만 한다. 그 점에서, 『구운몽』은 소설이 '진리'와 교섭하지만, 지각과 감각을 통해 '진리'에 관한 깨달음을 '지연'시키는 한 예라고 할 수 있다.

풀이해서 보여준다. '진리를 알게 된다면 당장 죽어도 좋다'는 태도가 아니라, 거꾸로 '진리를 알게 되어도 내가 그 진리를 실천하거나 구현하려면, 너무도 많은 난관들이 존재한다'고 하소연하는 형태라고 할 수 있다. 그리고 이러한 '지연'의 형식은 서해 소설이 경향문학의 발전과정에서 그저 하나의 '과도기'적 양식이나 형태로서가 아니라, 그것 나름의 고유한 시공간적 구성 방식으로 볼 수 있는 하나의 근거가 된다.

이 문제를 검토하기 위해서는 우선, 서해 소설의 '분노하는 주체'의 성격을 검토할 필요가 있다. '분노'가 이성의 통제를 벗어난 정념 또는 감정의 노예상태이고, 따라서 바람직하지 못한 '비정상적 상태'로 봤던 서양철학사의 전통 가운데에서, 아리스토텔레스는 '분노'의 필요와 정당성을 강하게 역설한 독특한 철학자의 한 사람이었다. 그는 마땅히 분노해야 할 일에 분노하지 않는 사람은 어리석은 사람으로서 비난받아야 한다고 했다.

당연히 노여워해야 할 일에 대해서 노여워하지 않는 사람은 바보라고 생각되며, 또 올바른 자세로, 마땅한 때에, 혹은 노여워해야 할 상대방에 대해서 노여워하지 않는 사람도 바보로 여겨진다. 왜냐하면 이런 사람은 감각도 없고 고통도 느낄 줄 모르는 사람이라고 생각되며, 또 노여워할 줄 모르는 자라 자기 자신을 수호할 법하지도 않은 사람으로 생각되기 때문이다. 그리고 모욕을 당하고도 참으며

자기의 친구가 모욕당하는 것을 참는 것은 노예적인 일이다.[28]

분노의 정당성에 관한 아리스토텔레스의 이 발언에 비추어 보자면, 서해 소설의 '분노하는 주인공'들은 최소한 '바보'이거나 '노예와 같은 자'의 상태에서는 벗어난 인물들인 셈이다. 문제는, 아리스토텔레스가 말한 '정당한 분노'의 여러 조건에서, '마땅한 방식으로 마땅한 때에 마땅한 사람들에게' 분노하고 있는가의 여부이다. 서해의 여러 소설 속에 그려진 피의 응징과 복수는, 아무리 후하게 보더라도 '마땅한 방식'이라고 보기는 어렵다.

그렇다면, 과연 '마땅한 방식'과 '마땅한 사람들'은 무엇인가? 서해가 그것을 모르기 때문에 소설의 결말을 이렇게 만들었던 것일까?

나는 일이 없으면 없느니만큼, 고통이 닥치면 닥치느니만큼 내 번민은 크다. 나는 어떤 날은 거의 얼빠진 사람처럼 눈을 감고 깊은 생각에 잠긴 일도 있었다. 이때 머릿속에서는 머리를 움실움실 드는 사상이 있었다. '오늘날에 생각하면 그것은 나의 전 운명을 결정할 사상이었다.' (…중략…) 나는 이것을 인간의 생의 충동이며 확충이라고 본다. 나는 여기서 무상의 법열을 느끼려고 한다. 아니 벌써부터 느껴진다. 이 사상이 나로 하여금 집을 탈출케 하였으며, ×

<hr>

28　아리스토텔레스, 최명관 역, 『니코마코스윤리학』, 서광사, 1989(6쇄), 132쪽.

×단에 가입케 하였으며, 비바람 밤낮을 헤아리지 않고 벼랑 끝보다 더 험한 선에 서게 한 것이다. (…중략…) 나는 이러다가 성공 없이 죽는다 하더라도 원한이 없겠다. 이 시대, 이 민중의 의무를 이행한 까닭이다.(「탈출기」, 전집 상, 22~23쪽)

「탈출기」(1925), 「전아사」(1926), 「해돋이」(1926), 「의사」(1927) 등에 나오는 인물들이 선택한 방식은, 비슷한 시기 그의 다른 소설들이 보여준 '분노'의 해소 방식과는 전혀 다르다. 이들은 '××단'에 가입해서 투쟁전선에 서거나(「탈출기」, 「전아사」), 운동으로 감옥살이를 하거나(「해돋이」), 부자들이나 치료하는 자기 직업에 스스로 분개하고 병원을 박차고 나와 모스크바를 향해 떠난다.(「의사」) 이러한 결말이, 소설 내부의 서사논리에 비추어 얼마나 설득력 있게 그려지고 있는가의 문제는 논외로 하더라도, 최소한 서해는 이런 방식이 '분노'의 합리적 해소에 더 가깝다는 것을 인지하고 있었을 것이다.

당시든 지금이든, 서해 소설에 대해 가해지는 비판의 상당 부분은, 그 결말의 '전망없음'이라고 할 수 있다. 다시 말하자면, 주인공이 가난과 핍박에 시달리더라도, 그 문제의 해결을 개인적 복수가 아니라, 사회 제도 안에서 모색해야 한다는 것이고, 만약 기존의 사회 제도가 그것을 보장해 주지 않는다면, 새로운 사회 제도(혁명)를 마련해서 해결을 모색해야 한다는 뜻이다.

이런 관점에서 정리하자면, 결국 '분노'는 관리되어야 할 '대
상'이며 방치해서는 안되는 위험한 '정서적 인자因子'다. '분노'
의 개인적 표출이 합리적인 방식이 아니라고 비판하는 이면에
는, 그것의 표출을 위한 '합리적 방식'이 이미 존재한다는 사실
이 전제되어 있다. 거꾸로 말하면, 사회는 '분노'의 파괴적인 속
성을 완화하거나 재조정하기 위한 세련되고 체계적으로 조직화
된 정치적 제도나 구조를 마련해야 한다는 뜻이다.[29] '분노'를 비
이성과 비합리의 범주로 묶고, 야만과 문명의 구분 지표로 삼는
방식은, 그 이면에 관리되지 않은 '분노'가 지니는 위험성과 폭
력성에 대한 '공포'가 드리워져 있고, '분노의 내재화'를 '문명'
의 이름으로 유도하기 위한 통제와 관리의 거대한 전략을 떠올
리게 한다.

그런데, 서해는 그 '합리적 방식'이라는 것을 크게 신뢰했던
것 같지는 않다. '합리적 방식'은 '사상' 자체를 가리키는 것이
아니라, 그 '사상'이 무엇이 되었든 간에 그것을 매개로 한 문제
의 해결 '과정'을 의미한다. 「탈출기」는 그 후편에 해당하는 「고
국」과 나란히 겹쳐 읽어 보면, 결국 가족을 버리고 'XX단'에 뛰
어들어 활동한 것이 무망한 노릇이었음을 후일담 형식으로 고백
하는 글이다.[30] 서해가 사회주의 사상에 상당히 기울어져 있었음

---

29 손병석, 앞의 책, 21쪽.
30 「고국」(1924)이 먼저 발표되고, 「탈출기」(1925)가 나중에 발표되었지만, 두
    소설의 서사전개의 시간 순서는 「탈출기」가 앞서고, 「고국」이 뒤의 이야기이다.

은 사실이지만, ‘사상’에 대한 이해의 깊고 얕음을 떠나, ‘사상’이 곧 ‘합리적 해소’ 그 자체가 아님을 생득적으로 깨닫고 있었다. 그것은, 그의 삶의 전반기에 심취했던 ‘부르주아 계몽주의’가 삶의 구체성에 매개되었던 ‘사상’이 아니라, 서적과 글을 통해 감염된 ‘추상 덩어리’였고, 그 ‘추상’으로서의 ‘사상’이 삶과 겹쳐지는 순간, 물거품처럼 허망하게 깨져나가는 것을 경험했기 때문이기도 하다. 같은 논리를 대입하자면, ‘부르주아 계몽주의’ 대신에 들어선 사회주의 역시 ‘사상’으로서 하나의 ‘추상’인 점에서는 같다고 할 수 있다. 그 ‘사상’이 ‘추상’이 되지 않기 위해서는 삶의 구체성이라는 터널을 통과해야 하는 것이었다.

따라서, 서해 소설의 내적 논리에 비추어 보건대, 그에게 좀 더 중요한 문제는, ‘분노’의 표출 방식이 지니는 ‘합리 / 비합리’의 여부가 아니라, 그것이 합리적 방식이든 아니든, ‘분노의 주체’가 분노의 표출과 관련된 어떤 ‘행위’의 결단에 이르는 ‘과정’이었다. 서해의 소설에서 ‘체험’이 중요한 의미와 기능을 지니는 것도 이 지점이다. 다시 말하자면, 서해 소설에 드러나는 갖가지 밑바닥 인생 체험의 묘사는, 그것의 핍진성이나 경이로움 때문이 아니라, 어떤 ‘결단’의 개연성이나 필연성의 전제로서 중요한 것이라 할 수 있다.

앞서 검토한 것과 같이, 가족과 매개되는 이 모순적 상황을 서해가 이토록 자주 공들여 묘사하는 이유도, 이 딜레마에 대한 핍진한 묘사 없이, 주인공이 한 두 마디 주위들은 사상의 편린들에 추동되어 운동에 투신하거나, 조직에 몸담고 혁명전선에 가담하는 도식성을 소설가로서 받아들이기 힘들었기 때문일 것이다. 그는 운동에 뛰어들기 전에 모름지기 가장 일차적이고 중요한 통과제의의 관문인 '가족' 문제와 부대끼지 않으면 안된다는 것을 보여주고 싶었던 것이 아닐까. '가족'에 관한 소설적 형상은, 미루어 짐작컨대 그의 개인사의 여러 정황에서 비롯되는바 적지 않을 것이나, 당대의 어떤 작가들보다도 이 문제를 소재와 주제로 하여 여러 소설을 써낸 이면에는, 개인사의 체험뿐 아니라, 그 스스로 설정한 소설적 개연성의 논리가 작용하고 있으리라 짐작된다.

가족(의 고통)은 서해 소설 여러 곳에서 주인공들이 '분노하는 주체'로 구성되는 일차적인 이유이자 계기가 된다. 주인공들의 분노가 극도로 고조되는 것은 가족의 고통이 극대화되는 순간과 일치한다. 「박돌의 죽음」은 외동아들을 식중독으로 잃자 어미가 분노로 실성하며, 「기아와 살육」에서는 아내와 어머니가 죽음에 이르게 되자, '경수'의 분노가 폭발한다. 「큰물 진 뒤」에서는 홍수로 아내와 갓난아기를 잃자 윤호가 강도로 돌변하며, 「홍염」에서는 딸을 애타게 그리다가 아내가 죽자 '문서방'의 피비린내 나는 복수극이 펼쳐진다.

서해는 분노의 '공적 해소'가 공소空疎해지는 것을 막기 위해,

‘사적 계기’로 선회한다. 가족을 둘러싼 애증愛憎, 가족이라는 딜레마는 그런 이유와 맥락에서 선택된 어떤 ‘통과제의’의 의미와 기능을 띤다.

혁명운동에 뛰어든 ‘아들’을 지켜보는 ‘어머니’의 시각과 논리를 가장 뛰어나게 그렸다고 인정받는 막심 고리키의『어머니』와, 서해 소설의 ‘어머니(들)’를 비교해 보면, 그 차이가 명료해진다. 고리키의『어머니』에 등장하는 ‘어머니(뻴라게야)’는 술주정뱅이 열쇠수리공 미하일 블라소프한테 날마다 술주정과 폭력에 시달린다. 남편이 과음으로 인한 탈장脫腸으로 죽자, 이번에는 아들 빠벨 역시 아버지의 길을 걸어가는 것처럼 위태로운 생활을 한다. 어머니의 걱정을 사던 빠벨은 어느 날부턴가 갑자기 변한다. 소설에는 “점차로 모든 사람들의 평범한 길을 꺼리기 시작했다”[31]고 묘사되어 있다. 갑자기 변한 아들의 태도에 불안과 의구심을 느끼던 ‘어머니’는 아들에게 ‘뭘 읽고 있냐?’고 묻는다.

전 금서들을 읽고 있어요. 그것들은 우리 노동자들의 삶에 대해 얘기하고 있다고 해서 금지된 것들이에요…… 그것들은 조심조심 몰래 인쇄된 것이어서 만약에 제가 갖고 있다는 게 발각되면 전 감옥에 가게 돼요. 제가 진실을 알고 싶어한다는 이유로 감옥에 간단 말입니다. 이해하시겠어요?[32]

31　막심 고리키, 최윤락 역,『어머니』, 열린책들, 1989, 22쪽.

놀란 '어머니'는 "왜 그런 짓을 하느냐"고 묻고, 아들은 다시 장황하게 설명한다.

생각해 보세요. 어머니가 도대체 어떤 삶을 살아왔던가요? 어머닌 벌써 마흔이에요. 그런데 과연 어머닌 살아 있었다고 할 수 있겠어요? 아버지는 어머니를 때리기만 했어요. 지금 생각해 보면 아버진 비참한 삶에 대한 분풀이를 어머니의 옆구리에 해댄 거에요. 자기의 비참한 삶에 대한 분풀이를 말입니다. 비참한 삶이 자기를 짓누르고 있는데도 아버진 그게 무엇 때문인지를 몰랐던 거에요.[33]

아직 어린 빠벨의 변화가 걱정되고 두려웠지만, '어머니'는 빠벨이 집에 데려와 토론하는 그의 그룹 사람들을 알게 되고, 그들과 친해지면서 마침내 아들의 세계를 이해하기에 이른다. 어머니의 자각과 동조에 이르는 과정은 소설 전체 분량에 견준다면 소설의 앞부분에 매우 짧게 서술되어 있다.

이러한 어린애 같지만 그러나 결연한 신념은 점점 더 자주 그들 안에서 명백해지고 고양되어 강력한 힘으로 차츰 성장하여 갔다. 이러한 신념을 보았을 때, 어머니는 자신의 눈으로 직접 볼 수 있는

---

32   위의 책, 26쪽.
33   위의 책, 26쪽.

하늘의 태양과 같은 뭔가 위대하고 밝은 것이 세계 안에서 진정 잉태되고 있음을 본능적으로 느꼈다.[34]

소설 『어머니』가 청년 빠벨과 어머니 뻴라게야의 혁명적 변신 과정을 거의 다루지 않거나 과감히 축약한 데 비해, 서해 소설은 바로 '아들'과 '어머니'의 혁명적 변신 그 자체가 얼마나 힘겹거나 불가능한 것인지를 집중적으로 다룬다. 그리고 그 이유는 앞서 제시한 것처럼, 공사 간의 경계가 너무도 확연해서 이를 어떻게 통합해야 할 것인가에 대해 스스로 답을 구할 수 없었기 때문이다. 반대의 논리로 말하자면, 고리끼의 『어머니』의 경우, 그리고 많은 경향소설의 경우는, 서해 소설에서 지나치게 확대되어 있는 '사적 영역'—공적 세계로의 투신과 실천을 방해하는—의 세계가 지나치게 가볍게 취급되거나 생략되어 있다고 할 수 있다. 이 두 세계가 반드시 비슷한 비중으로 그려져야 한다거나, 혹은 이 두 세계가 과연 서해 소설에서 그런 것처럼 반드시 대립적이고 상호교섭이 불가능한 세계인가 하는 질문이 제기될 수 있을 것이다.[35] 이것은 정당한 질문이다. 그러나, 중요한 것은 역시 그

---

34   위의 책, 55쪽.
35   정치사상사에서, 한나 아렌트의 '공 / 사' 범주에 대한 논의는 칸트와 헤겔의
      법철학을 통해 구축된 서구의 근대적 '공 / 사' 인식의 틀을 일신하고 있는 것
      으로 주목받고 있다. 한나 아렌트는 그리스 시대의 '폴리스'를 공론 영역의
      하나의 모범이자 고전적 형태로 설정하고, 근대에 들어와 '사회'의 등장이 고
      전시대의 '공 / 사' 영역의 구분을 해체하고, 그 둘의 특징을 모두 수렴함으로

두 세계에 속한 일들이 지나치게 가볍게 취급되는 것도, 반대로 너무 지배적인 모티프로 그려지는 것도 모두 문제라는 점이다.

박노해의 시 「어머니」(1984)는, 서해가 1920년대 중반에 소설을 통해 묘사하고자 했던 공 / 사 간의 모순과 딜레마를 60년의 시간을 건너 뛰어 고스란히 다시 제기하고 있어, 한 개인이 혁명적 실천과 같은 특별한 공적 영역으로의 투신을 감행할 때 이 실

써, 공적 영역이 제대로 작동하지 않는 결과가 빚어졌다고 본다. 이 글의 논지와 관련해서 한 가지 흥미로운 점은, 한나 아렌트 역시 유가적 전통 못지않게 '공 / 사' 영역의 경계를 철저히 구분하고 있다는 점이다. 그는 국가와 정치를 '공적 영역'에 배치시키고, 그에 반해 가정(가족)과 경제를 '사적 영역'에 배치한다. 한나 아렌트, 이진우·태정호 역, 『인간의 조건』, 한길사, 1996, 특히 2장 '공론 영역과 사적 영역'을 참조. 그러나 이런 범주구분의 이원화의 유사성으로 한나 아렌트의 '공 / 사' 인식을 서해와 바로 연결 짓기는 어렵다. 무엇보다도 특징적인 것은, 서해 소설에서 가장 문제가 되는 범주 중의 하나는 의심할 수 없이 '가난(빈곤)'의 문제인데, 한나 아렌트는 프랑스혁명(러시아혁명까지 포함하여)이 '정치'의 회복이 아니라 '복지'(가난으로부터의 해방)에 초점을 맞춤으로써 결국 '실패한 혁명'이었다고 분석하는 대목이다. 홍원표 역, 『혁명론』, 한길사, 2004, 특히 1~3장을 참조 바람. 만약 한나 아렌트의 이러한 '혁명론' 혹은 '공 / 사' 인식에 토대해서 논지를 전개하자면, 카프의 서해 소설에 대한 비판을 어떤 맥락에 위치시켜야 하는가가 새로운 논쟁거리로 떠오를 수 있다. 즉, '목적의식기'의 등장은 '경제투쟁으로부터 정치투쟁으로' 옮겨가야 한다는 것이 주된 '슬로건'이었는데, 이것은 좁게 해석하자면 투쟁의 목적과 지향점을 '돈' 문제로부터 '정치' 문제로의 확장 / 이행으로 해석할 수 있지만, 종국에 가서는 '돈' 문제의 해결(빈곤으로부터의 해방)이 개인이 아닌 (혁명)조직(=당)과 빈곤계급의 연대를 통해서만 가능하다는 것으로 귀결될 경우, 한나 아렌트의 '비판'으로부터 여전히 자유롭지 못하기 때문이다. 그리고 이것과 대립되는 서해 소설의 지향점이 과연 '빈곤으로부터의 해방'인가 '공적 영역의 회복'인가의 문제로 논점이 옮겨 가야 한다. 서해 소설의 지향점이 '빈곤' 문제를 종국적으로 어디에 위치시키고 있는가의 문제는 훨씬 근본적인 차원에서부터 다시 검토되어야 할 사안이다. 이 논의는 차후의 과제로 돌린다.

존적 전환의 과정이 얼마나 해결되기 어려운 난제인가를 다시 문학사적으로 반복해 보여준다고 할 수 있다. 박노해는 "나로 하여 이 세상에서 단 하나 / 슬픔을 준 사람이 있다면 / 어머니 바로 당신입니다", 그리고 "이 세상에 태어나 단 한 사람 / 어머니의 가슴에 못을 박습니다"라고 고해한다. 그와 동시에, 서해가 그랬듯이 곧 이어서 "오! 어머니 / 당신 속엔 우리의 적이 있읍니다"라고 절규한다. 그것은 적敵들이 "간교하게도 당신의 비원 속에 / 굴종과 이기주의와 탐욕과 안일의 독사로 도사리며 / 간악한 적의 가장 집요하고 공고한 혓바닥으로 / 우리의 가장 약한 인륜을 파고들며 유혹"[36]하기 때문이다. 시 장르의 특성상 고농도로 압축되어 있지만, 이러한 갈등은 서해 소설에서 우리가 자주 목격하던 가족과 어머니를 둘러싼 모순과 딜레마를 그대로 축조築造한 것과 같다. 그러나, 시의 화자는 결의에 찬 비장함으로 "당신 속에 도사린 적의 혓바닥을 / 냉혹하게 적대적으로 끊어 버리는 / 진실로 어머니를 사랑하옵는 / 천하의 몹쓸 불효자가 되어 / 피눈물을 뿌리며 싸움터로 나아갑니다"라고 선언한다. 박노해의 「어머니」의 화자話者가 '천하의 불효자'가 됨으로써 '사적 영역'의 문제를 과감히 포기해버리는 결의를 보여주었다면, 서해의 소설은 여전히 '효자 / 불효자' 사이에서 갈등하고, 동시에 '사적 영역'과 '공적 영역'의 위계를 결정짓지 못하고 주저한다.

36   박노해, 앞의 글, 140쪽.

그런데, 다른 관점에서 보자면 서해 소설의 이러한 문제 제기는 '왜 혁명이 당장 실현되지 않는가?'에 대한 소설의 형식을 빌린 질문이기도 하면서, 동시에 '진리는 왜 세계 안에서 구현되지 않는가?'에 대한 질문이기도 하다. 이를테면, 서해 소설은 일반적인 경향소설의 서사적 구조, 예컨대 불공평하고 불합리한 세계에서 억압과 착취의 대상인 인물(들)이, 어떤 기회에 그 세계를 무너뜨릴 '진리'에 접속하고, 연대(조직)와 실천(운동)을 통해 그 '진리'를 현실에서 구현해 나가는 이야기 구조와는 동떨어진 방식으로, 그 '진리'와의 접속과 실천이 왜 잘 안되는지를 이야기하고 있는 것이라고 볼 수 있다. 동시에, 그런 맥락에서, 세계에 대한 총체적이고 과학적인 인식과 형상적 사유의 결합으로서의 '리얼리즘'이라는 미학적 정식定式과는 다른 의미와 맥락에서, 현실적 개연성을 구성하는 하나의 계기라고도 할 수 있다.

6. 맺음말

이 글은 최서해의 소설을 '분노'를 중심으로 다시 읽으면서, 기존의 연구와 비평이 놓치고 있는 몇몇 지점들을 환기하기 위한 목적으로 썼다. 이를 위해, 우선 '분노'가 특정한 작품들에만 집중 배치되어 있는 것처럼 이해해 온 기존의 독법을 확장하여, '분노'가 직접적으로 텍스트의 표면에 노출되는 작품은 물론이고, 그런 감정의 폭발이 전면에 드러나지 않는 작품의 경우에도, '분노'가 응축되는 서사구조의 내부 갈등을 폭넓게 해석하고자 시도했다. 그럼으로써, '분노'의 기원이 단지 극도의 빈곤과 비인간적 억압의 고통 때문만이 아니라, 좀 더 근본적으로는 사상과 지적 편력 속에서 형성된 세계인식과 관련된 것이며, 아울러 서해 소설에 등장하는 '분노의 주체'는 감정의 과잉과 '광기' 이전에 윤리적 주체이며 지적 주체임을 확인할 수 있었다. 서해 소설에서의 극빈과 억압이 '분노'의 직접적 원인이라면, '분노'에 관한 이 확장된 재독再讀 과정을 통해 우리가 다시 발견한 것은, '공 / 사' 인식의 모순적 구조라는 또 다른 기원이었다. 이 '공 / 사' 인식의 혼란과 착종은 좀 더 내면화되고 간접적인 방식으로 주인공의 '분노'를 구성하는데, 그러한 모순과 착종은 서해의 교양체험과도 관련되는 전통적인 유가적 사유로부터 기원한 것이기도 하면서, 동시에 그 무렵 본격적으로 유입되는 서구적인 근대의 개인과 사회, 혹은 사적 영역과 공적 영역에 관한 새로운 기획의 영향이기도 한 것이었다. 서해의 소설에는 '공 / 사'의 두 영역을 가르는 가장 중요한 분기점으로 '가족', 그중에서도 '어머니'가 설정되어 있는데, '어머니'로 대표되는 이 '가족'을 둘러싼 딜레마야말로, 서해의 활동 기간 전체에 걸쳐 진행된 일종의 '화두'였다고 할 수 있다. 그는 끝내 이 '공적 영역'에의 투신과 '사적 영역'에의 충실성 사이에서 합리적인 출구를 찾아내는 데는 실패하고 말았으나, 그의 이런 서사적 고투苦鬪는 의도하지 않은 다른 미적 효과를 만들어내게 되었다. 그것은, 한 인간의 실존적 '변신'의 과정에 대한 집요한 묘사로서, 특히 한 인간이 혁명이나 사회변혁과 관련된 '공적 실천'에 뛰어들고자 할 때 감당해야 할 일상적이고 구체적인 난관에 관한 소설적 고찰이라고 할 수 있다. 동서양을 막론하고, 경향문학 일반이 노정하는, 이 '변신'의 과정에 관한 생략 혹은 '건너뛰기'와는 달리, 서해는 지나칠 정도로 이 갈등에 집착한다. 그럼으로써, 인간과 사회를 '어떻게' 바꿀 것인가의 질문이 아니라, 거꾸로 인간과 사회는 얼마나 변하기 어려운가를 역설적으로 보여주었다고 할 수 있다.

공사公私 영역의 구분과 경계인식에 관한 서해의 한계는 비단 그만의 개인적인 한계라고 보기는 어렵다. '공 / 사'를 둘러싼 문제는, 그때는 물론이고 지금도 여전히 우리에게 중요한 사회적 화두로 제시되어 있다. 우리는 서해의 몇몇 소설을 통해, 그 문제를 둘러싼 혼란과 착종을 잠시 살펴보았지만, 실상 우리 근대문학은 이 문제에 어떻게 대응하고 어떤 사유의 궤적을 그려왔는가를 대상과 시기를 확장하여 더 깊이 탐구해야 할 과제가 우리 앞에 놓여 있다.

정치적 인간과 성적 인간

이효석 소설에 나타난 '성性'의 재해석

1. 이효석 소설의 '성'에 관한 재해석의 몇 가지 논점

이 글은, 이효석 소설에 나타나는 '성性'에 대한 인식과 논리, 그리고 그것을 둘러싼 사상사적 맥락들에 대해, 기왕의 연구나 비평과는 조금 다른 지점에서 재해석해 보기 위해 쓴다.

이효석 소설에서 '성' 문제가 매우 중요한 해석의 관건임은 주지의 사실이지만, 그에 대한 충분한 설명이나 해석이 이루어져 왔다고 보기는 어렵다. 우선, 기존 연구의 대부분은 '성'에 관한 주제와 소재가 그의 후기소설에 집중되어 있다고 본다. 그에 덧붙여, 이러한 '성'문학으로의 전환은 초기(또는 전기) 동반자 작가 시절의 특징이었던 사상성이나 사회성을 포기함으로써 얻어진 새로운 문학세계라는 전제에 대해 별다른 이의를 제기하지 않는다. 백철[1]을 비롯해, 이원조 등 이미 1930~40년대 당시의 비평가들에 의해 정초된 이러한 시각은 최근의 연구에서도 크게 달라진 것처럼 보이지 않는다. 다만 차이가 나는 것은, 그 시점이나 계기가 되는 '작품'을 어떤 것으로 '특칭'하는가 하는, 다소 지엽적인 문제들이다.[2]

이상옥을 비롯한 소수의 연구자들이, '성'에 관한 이효석의 관심이 단지 후기소설에만 나타나는 것이 아니라, 초기 소설에서도 발견된다는 점을 정확히 지적하고 있지만, 그럼에도, 초기 소설에 나타나는 '성'에 관한 이효석의 '관심'을, 흔히 초기소설에서 이효석이 지향하고 있었다고 인정하는 사회주의나 마르크스주의, 혹은 그런 이념을 바탕으로 한 '운동'과의 '관계'나 '맥락'을 통해 읽어내는 데까지는 나아가지 못한다. 이상옥의 경우는 다른 논자들에 비해 초기소설에서의 '성'문제에 가장 예민하게

---

1 백철은 「최근 경향과 성의 문학」, 『동아일보』, 1938.2.25~27에서 이효석의 문학을 1기와 2기로 나누고, 「돈(豚)」(1933)에서부터 시작하는 이효석의 제2기 문학은 '자연'과 '본능'을 주조(主潮)로 한다고 보았다.
2 예컨대, 이현주는 「이효석 문학의 배경에 대한 주석적 연구」, 연세대 박사논문, 2009에서, 구체적인 작품이나 시기보다도, 차작(借作) 시비와 총독부 취직 등으로 문단에서 방축당한 일과 함북 경성 체험이 그의 후기소설에 중요한 영향을 미쳤다고 보며, 이를 분기(分岐)로 하여 이효석 소설을 전기와 후기로 나누어 볼 수 있음을 시사한다. 송효정은 「1930년대 후반기 장편소설에 나타난 두 가지 미학적 양상-김남천 『사랑의 수족관』과 이효석 『화분』을 중심으로」, 민족어문학회, 『어문논집』 56, 2007에서, 흔히 전기와 후기로 나누는 이효석 소설의 전개과정을 세 시기로 세분하여, 초기의 '동반자 작가시절'과 중기의 '이념과 욕망의 갈등'을 보여주던 시기, 후기의 '원초적 욕망'에 탐닉하던 시기로 나눈다.

접근하면서도, '성'이 후기에 집중된 것이 아니라 '초기'에도 드러난다는 '표면의 사실'만 부각시킬 뿐, 여전히 전기와 후기의 경계에 '사상'의 퇴락과 '성'문제의 집착이라는 기준을 내세움으로써, 이분법적 구획에서 멀리 벗어나있지 못하다.[3]

이효석의 후기 소설에 나타나는 '성'에 관한 기존의 연구에도 많은 문제점이 노정된다. 대다수의 연구들은 '자연'이나 '본능'이라는 매개어로 후기 소설의 '성'을 범주화하려고 한다. 즉, 인간에 내재해 있는 원시적 욕망으로서의 '성욕'에 대한 긍정을 바탕에 두고, 다양한 인물과 사건을 등장시켜 '성적 인간'을 묘사했다는 것으로 요약할 수 있다. 그리고 이러한 설명에 덧붙여지는 것은, 그가 '성'이나 '자연'에 안착함으로써 문학과 사회적 연관의 고리를 끊어버렸다는 것, 따라서 종종 '순수문학'의 의장을 덮씌운다거나, 퇴행이나 데카당스로 규정해버리는 방식을 취한다. 그러나, 조금만 세밀하게 읽으면, 후기 소설에서의 '성'이 얼마나 정치적이고 사회적인 방식으로 다루어지고 있는가를 금세 확인할 수 있다. 그 점에서, 이효석 후기 소설의 '성'을 탈정치 또는 탈사회적 기도企圖의 결과로 읽는 기존 연구들의 단순성은 비판적으로 극복되어야 한다.

한편, 섹슈얼리티sexuality나 젠더gender의 맥락에서 접근하는 최근의 연구들은, 전통적인 이런 해석의 소박함과 추상성을 넘

---

3   이상옥, 『이효석의 삶과 문학』, 집문당, 2004, 238~239쪽.

어서는 새로운 지점들을 형성하고 있어 주목된다. 특히 여성연구자들에 의해 활발하게 논의되고 있는 이효석 후기 소설의 '성'문제는, 페미니즘의 시각에서 다루어짐으로써 이효석 문학의 '성'이 단순한 '자연회귀'나 '원초적 본능'에 환원되지 않는, 그 나름의 성정치적 의미와 맥락에서 해석되고 있다는 점에서 매우 고무적인 연구사적 변화라고 할 수 있다. 그러나, 이들의 연구는 이효석 소설에서의 '성'문제를 지나치게 '남성중심적 시선'으로 환원해서 읽거나,[4] 그의 소설에서 모색되는 '성性'적 모더니티를 서둘러 현실순응주의나 세속적 패퇴의 미적 등가물로 결론짓는 까닭에, 작가의 의식에 내재하는 시선의 모순과 충돌, 혹은 길항들을 섬세하게 읽어내지 못하고, 서둘러 '정치적으로 올바른' 결론으로 내닫는 듯한 인상을 준다는 점에서는, 여전히 일정한 한계를 보여준다.[5]

이 글에서 시도하는, 이효석 소설에서의 '성'에 관한 재해석의 첫 번째 논점은, 기존 연구와는 달리 '성'에 대한 관심과 지향이

---

4 이혜령, 『한국 근대소설과 섹슈얼리티의 서사학』, 소명출판, 2007. 이혜령은 이효석의 『화분』이 궁극적으로는 '처녀성'의 정복과 온존 및 지속을 둘러싼 사회경제적 지배질서를 고스란히 투영한, 남성 섹슈얼리티의 서사라고 결론 짓는다.
5 심진경, 『한국문학과 섹슈얼리티』, 소명출판, 2006, 153~188쪽. 심진경은 『화분』의 섹슈얼리티가 '성'을 주제로 한 이효석의 다른 소설들과 구분되는 파격성과 정치성을 지닌 소설임을 강조하면서도, 결국 식민지시대 남성 예술가의 현실도피적 제스추어가 여성의 '성'을 심미적 대상으로 만들면서 은폐의 서사구조를 형성하는 데로 귀결했다고, 부정적인 평가를 내린다.

이효석 소설의 초기에서 후기에 이르기까지 일정한 인식론적 '궤적'을 형성하고 있다는 점을 밝히는 동시에, 그러한 궤적을 통시적 관점에서 재구성해보려는 데 있다. 이런 통시적 관점의 재구성이 가능하려면, 기왕의 연구들이 고수하는, '초기에는 사상, 후기에는 (사상의 포기로서) 성에 집중했다'는 도식을 넘어서서, 초기 소설에서의 '사상'과 '성'의 관계와 후기 소설에서의 '성'과 '사상'의 관계를 함께 검토할 필요가 있다.

초기 소설의 '사상'에서 가장 결정적인 것은 주지하다시피 '마르크스주의'와 관련된다. 그러나, 이 글이 주목하고자 하는 것은, 그가 얼마나 충실한 '동반자 작가'였나, 혹은 얼마나 독실한 '마르크스주의자'였나 하는 문제가 아니라, '마르크스주의'를 매개로 한 그의 '인간해방'에 관한 지향, 그것의 내용과 성격에 관한 것이다. 그런 관점으로 초기 이효석의 소설들을 재독再讀하게 되면, '성'에 대한 그의 관심과 지향이 초기 소설에서부터 매우 중요한 비중을 차지한다는 사실을 확인할 수 있다. 그는 일찍부터, 다른 프로작가나 동반자 작가와는 달리, 인간해방은 단지 노동해방이나 계급해방뿐 아니라 성해방이 필요하다는 인식을 밑자락에 깔고 있었다. 물론 1920년대 후반~30년대 초반의 작품들에 나타나는 관심과 지향을 곧장 '해방담론'의 논리적 구성물이라고 읽는 것은, 다소 과도한 해석이라고 할 수 있다. 그러나, 해방의 담론에 '성적性的 인간—즉 인간은 성적 욕망을 지니고

있으며, 그것은 해소되어야 한다는 것’에 대한 고려가 배제되어
서는 안 된다는 인식이 작품의 곳곳에 스며들어 있음을 확인하
기는 어렵지 않다. ‘성’에 관한 관심이, 단지 후기에 집중된 것이
아니라 그의 문학 전반에 걸쳐 나타난다는 전제가 재해석에서
중요한 까닭은, 단순히 전기와 후기를 나누는 경계의 도식성에
대한 비판 때문이 아니다. 우리가 주목할 지점은, 그의 성적 주
제가, 해방담론으로서의 마르크스주의가 지닌 어떤 ‘결여’ 혹은
‘무관심’에 대한 일종의 ‘반동’으로 제기되고 있다는 사실이다.
다시 말하자면, 이효석은 계급해방이나 노동해방을 부정한 지점
에서(즉, 사상이나 이념을 포기한 지점에서) ‘성적 인간’의 문제를 제
기한 것이 아니라, 당대의 마르크스주의자들이 견지하고 있는
‘인간 이해’와 해방담론에서 결여된 지점들을, 자신의 소설을 통
해 ‘환기’하고자 했다고 할 수 있다.

  ‘성적 인간’에 대한 이효석의 관심과, 당대 주류 사상 또는 담
론으로서의 마르크스주의에 대한 그의 불만(혹은 결여의 감각)은,
1930~40년대 독일에서의 빌헬름 라이히와 겹쳐지는 지점이
있다. ‘성적 인간’에 대한 라이히의 관심과 지향이, 이효석의 동
반자 시절 텍스트와 어떤 지점에서 겹쳐지는가를 검토하는 것
은, 그의 문학에서의 ‘성’문제를 이해하는 데 새로운 환기를 시
사할 수 있으리라고 생각한다.

  이 글에서 시도하는 재해석의 두 번째 논점은, 1930년대 중후

반 이효석의 소설에서 '성'에 관한 다양한 모색과 지적·예술적 탐험이 시도되고 있다는 점을 밝히는 것이다. 아울러 그러한 모색과 탐험에 투사되는 작가의 시선 또는 관점은 매우 비균질적이고 모순적이라는 사실이다. 이효석의 '성'에 관한 문제의식은, '성적 욕망(본능)'의 문제와 '쾌감(오르가즘)', '성적 자기결정권(성폭행 / 강간)', '성적性的 독점과 공유', '성적 취향(이성애·동성애·양성애)' 등의 문제가 복잡하고 중층적인 방식으로 서사화되고 있다. 특히, 이런 여러 가지의 '성'과 결부된 주제들이 지금의 상황과 감각에 비추어 보더라도 여전히 유효한 문제들이란 점이 각별하다. 무엇보다도 당대의 다른 소설들에서 잘 확인하기 어려운, '성적 자기결정권'[6]의 문제나 '성의 독점과 공유'[7]에 관한 문제제기가 그러하다.

물론, 이 각각의 개별 주제들은 유기적으로 조밀하게 구조화되어 있거나 담론으로서 위계적 질서를 형성하고 있는 것은 아니다.

---

6   성적 자기결정권을 둘러싼 논의 중에서 '부부 사이의 강간' 문제는 이와 관련된 최근의 쟁점 중의 하나일 것이다. 이효석 소설에서는 남녀의 성관계에서 여성의 의사결정문제가 자주 등장한다. 그가 강간이나 성폭행 문제를 취급하는 저변에 이것을 매우 근본적인 문제의식으로 설정하고 있었음을 짐작할 수 있다. 이 문제가 직간접으로 나타나고 있는 대표적인 텍스트들은 「주리야」, 「돈」, 「분녀」 그리고 장편 『화분』 등이다.

7   '(성적) 독점과 공유'의 문제는, 매우 복잡한 문제인 동시에 논의의 역사도 오래 되었다. 그러나 여전히 해결되기 어려운 난제 중의 하나다. 사회생물학과 페미니즘, 공산주의와 히피즘 등이 모두 이 문제를 고민했다. 문학이나 예술에서는 흔히 '질투'라는 모티프로 범주화되지만, '독점과 공유'의 문제는 그것보다 훨씬 근본적인 문제점들을 야기한다.

그러나, 이런 성적 주제화의 산만함과 비유기성은 이효석 문학의 '성'을 규명하는 데 반드시 부정적인 요인으로만 작용하는 것은 아니다. 그는 오랫동안 '금기'로 여겨져 왔던 '성'에 관한 논의를 '문학'이라는 장場 위에서 다소 위험해 보일 수도 있는 극단의 지점까지 실험해 보고자 했다. 그는 성욕과 관능적 쾌락(오르가즘)을 구분해서 다루었고, 남성으로서 여성의 섹슈얼리티를 '상상'했다. 또한 오르가즘이 '(성적) 쾌락'에서 매우 중요하다는 인식을 내비치면서도 다른 한편으로는 그것이 '쾌락'의 유일한 준거인가에 대해 회의적인 질문을 던지기도 했다. 또한 '성관계'는 어떻게 '관계로서의 '성''에 투사되는가를, '권력'에 매개되는 '위계적 성관계'를 통해 규명해 보려고 애썼다. 나는, 이 모든 문학적 시도의 다양성을, 섹슈얼리티에 관한 성차性差로 서둘러 환원하여 읽기보다, 일종의 모색과 탐사의 과정에 초점을 두어 읽어 보고자 한다.

이 두 번째 논점과 관련하여 또 한 가지 중요한 사실은, '성'에 관한 그의 시각과 인식 지평의 비균질성과 유동성이다. 그의 소설에는 전형적인 남성중심적 시각이 전면화되어 나타나다가도, 때로는 그러한 남성중심적 섹슈얼리티를 회의적으로 보거나 반성하는 또 다른 시각이 중첩되어 드러난다. 이것은, 이효석이 활동하던 시기가, 성적 모더니티를 둘러싼 격렬한 구조변동이 일어나고 있던 시기임을 반증한다. 요컨대, 전통사회에서 오랫동안 유지되어 오던 남성중심적 / 가부장적 성질서에 심각하게 균열이 생기는 한편으로, 그것을 대체하는 새로운 성질서나 성담론(이를테면 성적 모더니티)은 구조화되지 못한 이행기 또는 과도기였다는 점, 혹은 좀 더 사태의 본질에 접근해서 말하자면, 바로 그러한 비균질성과 유동성을 내적 특질로 하여, 당대의 성적 모더니티가 형성되고 있었음을 이해할 필요가 있다는 것이다.

2. ‘성적 인간’에 대한 관심과 그 추이
—동반자시절의 ‘성’과 이념

이효석의 초기 소설이 동반자적 경향을 지니는 것은 분명하다. 그러나, 초기 소설에서 나타나는 계급해방이나 인간해방에 관한 그의 지향에는 ‘성적 인간’에 대한 고려가 맹아적 형태로 그 바탕에 깔려 있다. 초기와 후기의 차이는, 그러한 인식이 작가 스스로에게 자각적인 방식과 형태로 텍스트에 투사되고 있는가의 여부라고 할 수 있다. 초기 작품에서, ‘성’에 관련된 그의 묘사나 서사가 잘 눈에 띄지 않는 것은, 그것이 중심서사와는 긴밀한 유기성 없이 삽입되어 있거나, 혹은 종종 지엽적인 에피소드나 일회적인 서술로 처리됨으로써, 서사의 내적 일관성에 매개되어 읽히기에는 양질量質의 두 측면에서 모두 일정한 한계가 있기 때문이다. 그럼에도 불구하고, 부분부분 외삽되어 있는 '성적 인간'에 대한 관심은, 동반자 작가 시절 이효석의 지향을 읽을 수 있는 중요한 단서가 된다. 우선, 초기 평판작의 하나인 「도시와 유령」(1928)을 중심으로 이 문제를 살펴보기로 하자.

① 김서방과 나는 즉시 잠자리로 향하얏다. 잠자리라니 보들보들한 아름다운 게집이 기다리고 잇는 분홍 모긔장 속 두틈한 요 우인 줄은 알지 마러라.[8]

② 그 날도 나는 리유없이—가 아니라 바로 말하면 바람 쏘이러—밤 장안을 헤매고 잇섯다. 장안의 여름밤은 아름다윗다.(…중략…) 게다가 무엇보다도 거리 우에 낫거미새끼가티 훗터진 게집의 얼골—은 사뤄분 냄새만 맛흘 수 잇는 것만 하야도 사실 밤 장안을 헤매이는 갑은 훌륭히 될 것이엿다.[9]

③ 군중의 숩헤 싸여서 안보이든 한 채의 자동차와 그 밋헤 깔닌 녀인네 하나를 보앗다. 박휘 밋헤는 선혈이 림리하고 그 엽헤는 거

---

8   이효석, 「도시와 유령」, 『노령근해』, 동지사, 1931, 5쪽. 표기는 원문대로 하되, 띄어쓰기는 현대표준어에 준하여 적절히 고쳤음을 밝힌다. 이하 인용문은 모두 같은 원칙으로 한다.
9   위의 글, 23~24쪽.

지아해 하나가 목을 놋코 울면서 쓸어져 잇엇다. "자동차 안에는"
하고 보니 아니나 다를가 불량배와 기생년들이 그득하얏다. "오라
질 년놈들".[10]

　소설의 화자는 날품 노동자이자 집이 없는 노숙자 신세다. 사
람들 사이에 '유령'이라고 소문난 그것이, 알고 보니 교통사고
당한 거지 모자母子였다는 것이 소설의 줄거리다. "서울이 나날
이 커가고 번창하여 가면 갈수록 유령도 거기에 정비례하여 점
점 늘어가니 이게 무슨 뼈저린 현상이냐!"라고, 갑자기 '내포작
가'의 목소리가 등장하여 소설의 주제를 전면에 노출시키는 것
이 이 소설의 결구이다. 그런데, 여기서 주목해 볼 부분은, '화
자'의 욕망이 가리키는 지점이다. 표면으로는 도시빈민의 가혹
한 삶을 그리고 있지만, '화자'는 단순히 거처할 공간으로서의
'집'이 아니라, '아름다운 계집이 기다리고 있는 분홍 모기장 속
두툼한 요'를 욕망한다. 더위를 잊기 위해서가 아니라, '계집의
얼굴과 분 냄새'를 맡으며, 해소되지 않는 '성적 욕망'을 대리배
설하기 위해 밤거리를 산책한다. 결정적으로, 인용문 ③에서는
그의 분노가 '성의 불평등'에 의해 폭발되고 있음을 확인할 수
있다. 표면의 사건은 자동차가 빈민 여성을 치었다는 '교통사고'
이지만, 그것이 '화자'의 분노를 자아내는 것은, 그 자동차 안에

10　　위의 글, 26쪽.

타고 있는 사람들이 누리는 ‘성’으로부터 ‘화자’ 자신이 ‘소외’되어 있다는 자각 때문이다. ‘화자’는 기생이 제공하는 ‘성’을 향유할 경제적 능력이 없다. 자동차 안에 타고 있던 사람을 평범한 남성이나 여성으로 설정할 수도 있었을 것이다. 그러나, 승객이 그렇게 설정될 경우, 위의 인용문과 같은 ‘성적 향유의 불평등’에 관한 분노로 화자의 감정을 귀결시키기는 어려울 것이다. 승객의 성별이나 직업과 관련된 수많은 경우의 수 중에 기생과 불량배(이때의 ‘불량배’는 일종의 ‘한량’으로 이해하는 것이 적당할 것이다)로 설정된 것은 ‘화자’의 욕망에 관한 작가의 무의식의 투사 때문이라고 할 수 있다. 요컨대, 작가는 ‘화자’를 단순한 무숙자 빈민이 아니라, ‘성욕을 지닌, 그러나 그 성욕이 해소되지 않는 인간’으로 그리고 싶었던 것이라 할 수 있다.

‘성적 인간’에 대해 다양한 의미를 채워 넣을 수 있지만, 우선 ‘성적 욕망을 지닌 인간’으로 정의할 때, ‘인간’에 대한 이효석의 이해 방식은 곳곳에서 그런 흔적을 남기고 있다. 초기 단편집에 실려 있는 또 다른 단편 「기우奇遇」(1929)를 살펴보자. 이 소설은 한 여성을 수 년 간의 간격을 두고 우연히 만나게 되면서 점차 그 ‘여성’의 몰락을 목격하게 된다는 구조로 짜여 있다. 이 여성(계순)과의 마지막 만남은 하얼빈에서 이루어진다. 「기우」의 주인공 ‘나’는 “작년 구월 ××총동맹의 위원의 한 사람”으로 ‘어떤 사건’의 조사의 책임을 지고 하얼빈으로 파견된 ‘운동가’이다. 그는 임무를 가볍게 해결한 덕분에 이틀의 여유를 얻어 하얼빈의 밤거리를 구경하게 된다. "몽유병자처럼 취흥에 젖어" 밤거리를 쏘다니던 '나'는 우연히 '매음굴'이 형성된 어느 골목으로 들어가게 된다. 조금 전까지 시야를 가득 채우던 하얼빈의 휘황찬란한 야경과는 전혀 다른 풍경에 놀라면서도, 주인공은 '매음굴'의 이상한 마력에 점차 휩쓸려 들어간다. 매음굴 어느 방안 풍경을 엿보는 '나'의 시선은 복잡하게 착종되어 있다. 시선의 한쪽은 이 살벌하고 가혹한 빈민촌 매음굴에 대한 '혐오'와 '비판'이며, 다른 한쪽은 '그럼에도 불구하고' 방안 풍경으로부터 번져 나오는 묘한 매력과 '성적 욕망'에 함몰되는 관능에의 '굴복'이다.

나는 그것이 빈민굴이 아니고 **마굴임을 깨달엇다**. 전률할 만한 마굴—그 속에서는 엇던 무서운 죄악이 니러나는지도 생각할 새 없이 한번 불질은 이상 타올으는 **새밝안 관능의 불길에서 나는 버서날래야 버서날 수 업섯다**. 아직까지도 몽롱히 서 잇든 나는 **붓그러운 말이지만** 몃 간 건너 역시 행길로 향하야 희미한 등불이 흘너나오는 그곳으로 발을 옴겨 노앗다. 쪽가튼 방안에 쪽가티 차린 중국 소녀가 안저 잇섯다. 새파란 옷 흰 팔 눈부신 감각…… 나는 **아무것도 반성할 여유 업시 서슴지 안코 안으로 드러가 버렷다**.

하로밤에 몃 놈이나 거친 사나히에게 부닥기는지 젊은 중국 소녀는 피로할 대로 피로한 듯이 손님이 들어가도 머리도 들 생각하지 안코 나른히 안저 잇섯다. 앗까의 소녀와 가티 란잡한 추태도 지어 보이지는 안엇다. 너무도 잠잠한 그의 태도에 **나는 긔가 싸젓다. 그러나 이왕 이러케 들어온 이상 념치불구하고** 그의 엽헤 가 주저안즈면서 전신을 그에게로 솔넛다.[11] (강조-인용자)

인용문을 통해 우리는 두 가지 사실을 확인할 필요가 있다. 먼저, '나'는 일찍이 동무와 함께 운동과 혁명의 대의를 품고 조선을 떠나 '해삼위'로 북행한 '운동가'라는 점이다. 또 하나, 하얼빈 뒷골목 매춘부의 방에 들어가기까지 여러 차례 심리적 갈등을 겪는다는 점이다. 그는 비록 취해 있었다고는 하지만, 매음굴이 '죄악의 공간'임을 인지하고 있다. 그러나 그 '반성'을 일부러 무시하고 방으로 들어선다. 그런데, 이번에는 피곤에 절어 널부러진 '매춘부'를 향한 연민과 안타까움을 느낀다. 그럼에도 다시 '염치불구'하고 매춘부와의 섹스를 시도한다. 부끄러움과 자기반성, 그리고 성노동에 지친 여성을 향한 연민과 동정이 '새빨간 관능'과 길항하다가 마침내 허물어진다. 「도시와 유령」과 「기우」를 통해 확인할 수 있는 한 가지는, 등장인물이 도시빈민이든 혁명가(운동가)이든 그들이 모두 '성적 욕망'을 내재한 인간이라는 대전제다.

비슷한 시기에 발표된 단편 「행진곡」(1929)에는, 나중에 『화

---

11 이효석, 「기우(奇遇)」, 앞의 책, 57~58쪽.

분』에서 전면적으로 묘사되는 '동성애'에 관한 모티프가 등장한다. 이 소설의 도입부에는 봉건적인 '가족'의 매매혼을 거부하고 가출을 감행한 '남장 처녀'의 옷차림과 외모에 대한 묘사가 나오는데, 초점화자의 시선으로 처리된, '그(녀)'를 지켜보는 주인공 청년의 그것은 다분히 '동성애'적인 것이다. 심야에 갑자기 노동자 합숙소로 뛰어들어 숨겨줄 것을 요청하는 낯선 소년(남장을 했기 때문에 합숙소의 노동자들은 모두 처음에는 그녀가 소년인 줄 알고 있다)에 대해 주인공 '청년'이 나타내는 첫 번째의 관심은, 그(녀)의 처지나 상황이 아니라, 남자의 외모에서 풍기는 '여성스러움'에 초점이 맞추어져 있다.

그의 시선은 건너편 구석에 잇는 엇던 얼골 우에 머물넛다. 그것은 몹시도 햇숙하고 부드럽고 약간 강한 맛을 씌인 듯한 소년이엿다. 다 날근 양복이며 깁히 쓴 캅이며 흡사 활동사진에 나오는 루랑하는 소년이엿다. 다만 빗갈이 너무도 희고 선이 연하고 가늘 다름이다. (⋯중략⋯) 이러케 하야 방안이 이약이에 정신업슬 째에 낫몰으는 소년이 하나 들어왓다. 이약이는 긋치고 방안의 주위는 그리로 향하얏다. 날근 양복에 캡을 깁숙히 쓰고 얼골빗 햇숙한 소년이엿다. (⋯중략⋯) 꼿꼿하고 단단은 해 보엿으나 얼골 모습이며 몸집이며 부드럽고 연약한 소년이엿다. 엇전 일인지 그는 맹수에 쫏기는 양과 가티 겁을 집어먹고 불안에 실눅실눅 썰엇다.[12]

이효석과 같은 동반자작가가 아니라, 카프에 소속된 작가들 중에도 '성'과 '노동'의 문제, 혹은 노동자의 성적 욕망의 문제에 관심을 기울였던 작가들이 있다. 이를테면, 한설야의 단편 「주림」(1926)은 분량으로는 거의 콩트에 가까운 소품이지만, 비슷한 시기 카프 소속 어떤 작가의 소설보다도, 노동자의 소외된 '성'에 대해 밀도 있는 접근을 보여준 수작이라고 할 수 있다. 가난한 홀아비 노동자 '경일'은 허술하게 지은 하숙집의 문구멍 사이로, 옆방 사는 동료 노동자(그는 경일보다 상급자다) 'C'의 처를 훔쳐보면서 끓어오르는 '성욕'을 주체하지 못해 괴로워한다. 「주림」이 수작인 까닭은, 단순히 노동자 '경일'의 '성욕'을 묘사하는 데서 그치지 않고, '성적 소외'를 겪는 남자 노동자의 폭력적인 욕망과 강박을 적절한 '거리'를 유지하면서 '대상화'하고 있기 때문이다. 남편의 퇴근을 기다리며 전등 아래서 바느질을 하고 있는 옆방 아낙을 훔쳐보면서 '경일'은 일찍 세상을 떠난 '아내'를 그리워한다. 그런데, '아내'에 대한 그의 기억은 오로지 '아내와의 성관계'에 집중되어 있다.

그 처는 자긔의 말을 썩 잘 들엇다. 시집 갓 와슬 째에는 나어린 탓으로 슬슬 피해가랴고 햇지만 그것도 멧칠 안 되여서 일업게 되었다. 죽은 드시 가만이 누어서 하는 대로 바들 쑨이엿다. 밤새도록

<hr>

12   이효석, 「행진곡」, 앞의 책, 73~77쪽.

잠 못자게 해도 성가시게 녁이는 기색은 보이지 안엇다. 그리고도 아츰이면 일즉 이러낫다. 아이를 배면서부터는 그 편에서 먼저 스을슬 쓸쿤 하였다. 경일이가 말업시 잠잣고 잇으면 숨길을 막으랴는 드시 부스럭거렷다. 경일이는 먼저 잠이 들엇다가도 그로 해서 잠이 깨는 일이 종종하엿다. 잠갈내(잠꼬대-인용자)를 하드시 경일의 몸을 큭 밀치기도 하엿다. 배도 슬적 쓰처보고 팔과 목을 어르만지노라면 경일은 반드시 쌔고야 말앗다. 경일이가 어림풋이 잠이 쌘줄을 알면 이제 처분을 기대리는 드시 누어 가만이 잇섯다. 경일의 어림풋한 정신에는 희미하나마 제 몸에 쓰르렁거리던 살의 감촉이 남아서 차차 정신을 맑게 하엿다. 무엇이 분명이 몸을 게바라단닌 법 한데 하며 자나 안자나 녀편네를 건드려보군 하엿다. 얼굴로부터 신다리까지 모두 싹금한 살맛쌘이면 그제는 자거나말거나 아잘 것이 업섯다.

경일은 겻방의 구수한 살님냄새를 맛흐며부터 제 하는 대로 가만히 잇던 안해가 더욱 그리워젓다.[13]

인용문에는, 죽은 전처를 오로지 성적 대상으로서만 '기억'하는 '경일'의 남성중심적 욕망이 숨김없이 묘사되고 있다. 더구나, 전처는 결혼 초에는 성적性的으로 미숙하고, 그래서 수동적이었지만, 나중에는 오히려 적극적으로 변해 가는 과정이 묘사되어

13   한설야, 「주림」, 『조선문단』, 1926.3. 72~73쪽.

있다. 이 짧은 회상 뒤에, 경일은 옆방 아낙을 강제로 욕보이는 상상에 빠진다. 그리고 비록 상상 속에서이지만, 옆집 아낙에 대한 '성폭행'을 전처에 관한 '기억'으로 정당화하는 자기합리화에 빠진다. "죽은 처가 처음에는 몹시 무서워하며 치마고름 바지고름을 꽁꽁 묶고 방 윗목에 홀로 잘 때에 달래도 안 듣고 위협해도 안 듣고는 일어나 흑흑 울기에 몹시도 팼으면 하는 생각이 나서 '엑기 빌어먹을 년, 죽어봐라' 하고 가슴을 냅다 지르고 발길로 걷어 차던 일을 생각했다. 그렇게 무서워하고 피하던 그도 그 주먹에는 어쩌지 못했다. 순종하고야 말았다"[14]고 회상하면서, 옆방 아낙도 강제로 욕을 보이면 처음에는 저항하는 척 하다가 이내 순응하리라고 기대하면서 경일은 주먹을 불끈 쥔다.

한설야는 짧은 단편 속에, 가난한 홀아비 노동자의 '소외된 성'을 함축성 있게 그려낸다. 제목인 「주림」이 표상하듯이, 해소되지 않은 '성욕'은 '경일'의 폭력성을 잠재적으로 강화한다. 어떤 의미에서는, 이효석의 초기소설보다도 한설야의 초기소설에서 '노동자의 성' 또는 '빈곤'에 기인한 '성으로부터의 소외' 문제가 더욱 전경화前景化되어 있음을 확인할 수 있다.

그러나 한설야에게 있어 이러한 '성적 인간'의 문제는 더 이상 천착되지 못한다. 좀 더 정확히 사태의 본질을 말하자면, 단지 천착되지 못하는 상황이 아니라, '성적 인간'에 대한 관심이 철

14   위의 글, 73쪽.

저히 배제되는 방향으로 나아갔다고 할 수 있을 것이다. 다시 말하면, 마르크스주의에 입각한 인간 이해는 '성적 인간'을 '정치적 인간'이나 '경제적 인간' 또는 '사회적 인간'의 대척지점에 배치하고, '성적 인간'에 대한 이해를 '반동적인 것'으로 규정하게 된다. 예컨대, 이러한 문제에 관한 '50년대'의 한설야의 변화된 진술을 살펴보기로 하자.

고발문학이란 다른 것이 아니다. 인간은 간음, 탐욕 등 동물적 본성을 가진 생물이며, 현재에 있어서 구체적으로는 매개인이 모두 맘속 깊은 곳에는 권력을 추구하며 일제의 요구에 복종함이 생활의 안정 내지 향락 또는 영달에의 길이라는 것을 번연히 알면서도 겉으로는 애국자인 체, 사상가인 체 허장성세를 비다듬어 빼고 있으나 이것은 인간의 본심이 아니니 이런 짓을 그만 두고 맘속에 있는 대로 털어내놓고 솔직하게 살자 하는 것이 바로 이른바 고발의 정신이며 이 정신에 입각한 '거짓없는 문학'이 바로 '고발문학'이라고 김남천은 주장하였다.

그래서 그들의 작품은 **난륜, 간음, 수욕 등을 인간의 진실로서** 그리었으며 일제 권력 아래서 그들에게 복종하는 것이 숨겨진 진정의 표현이니 그대로 사는 것이 자연이요 진실이라는 것을 그리려 하였다. (…중략…) 그러나 여기서 즉 노동운동이 맑스-레닌주의와 결부되는 데에서 **노동운동의 계급적 순결성**이 보장되고 그의 전

투성이 심화되어갔으며 계급의 구성이 또한 혁명의 요구에 따라 개변되어갔다.[15] (강조—인용자)

문면에 나타난 비판 대상은 김남천의 고발문학(론)이지만, 그것을 지우고 비판의 내용만을 살피면, 이효석의 문학에 나타나는 '성적 인간'에 대한 비판이라고 해도 크게 어긋나지 않는다. 중요한 것은, '성적 인간'에 대한 정치적 해석의 배치 방식이다. 한설야는 인간의 본능(성욕)의 '인정'과 그에 대한 '문학적 주제화'를, '(노동운동의) 계급적 순결성'과 대척점에 위치 지운다. 일종의 '마르크스주의적 도덕관'이라고 할 수 있을 것이다. 또한 이러한 '도덕적 타락'으로서의 '성적 인간'에 대한 고려는, 바로 일제의 지배이데올로기에 복속되는 길이라고 규정하고 있다. 한설야가 말하는 '노동운동의 계급적 순결성'은, "인간성의 제고와 악과 모순을 불태우는 인간심리와 정신의 연소로서의 사랑"으로 정의된다.

인용문은, 1950년대 중반에, 장편『청춘기』를 집필하던 1930년대 후반을 회상하고 있다. 그리고 '성적 인간'에 대한 한설야의 이러한 사유는, 사회주의를 비롯한 사상운동이 급격히 퇴락하고, 전향선언이 속출하던 시대를 배경으로 하고 있음을 이해할 필요

15　인용문은 1950년대 중반 한설야의『청춘기』개작본(1957)의 후기 중 일부분이다. 여기서는『청춘기』, 동광출판사, 1989, 396쪽을 인용했다.

가 있다. 그러나, 한설야의 발언이 가리키는 '시점'의 배경과 맥락을 감안하더라도, 그의 '성'과 '인간'에 관한 사유는, 이효석의 그것과는 상당히 이질적이라는 점은 분명하게 드러나고 있다.

다소의 도식성을 무릅쓰고, '성적 인간'에 대한 문학적 관심이 나타내는 궤적을 추적하자면, 한설야의 경우는 「주림」(1926)의 세계로부터 『청춘기』(1938, 『동아일보』에 소설이 처음 연재된 연도)로 나아갔다고 할 수 있다. 즉, 해소될 수 없는 '성욕'으로 괴로워하는 가난한 홀아비 노동자 '경일'에 대한 인간 이해로부터, 인간을 그런 관점으로 이해하는 것은 '타락한 부르주아적 세계관'이며 '노동운동의 계급적 순결성'에 대한 배신이라는 이념적 자각, 즉 '정신의 연소'로서의 '사랑'으로 나아갔다고 할 수 있다.

한설야의 이런 궤적과 정반대로, 「주림」에서 한설야가 전경화시켜 보여주었던 '성적 인간'에 대한 관심보다 현격히 약화된, 그래서 작가 자신도 스스로는 계급갈등과 빈부문제를 주제화하고 있다는 '자기인식'에 함몰[16]되어 있던 이효석은 점차 '노동'

---

16 계급문제나 운동에 관한 이효석의 이러한 자기인식의 문제가 타자의 인식과 충돌하는 가장 극적인 사례는 바로 「깨트려지는 홍등」(1930)에서 나타난다. 「깨트려지는 홍등」이 문제적인 것은, 이것을 '계급투쟁'의 일환으로 썼다는 작가 자신의 강렬한 자기확신에도 불구하고, 이러한 자기확신은 진정한 '계급투쟁'의 서사로서는 일탈이라는 당시의 비판(제대로 된 노동자가 아니라 매춘부를 다루었다는 점에서)과 충돌하기 때문이다. 이러한 엇갈린 해석과 판단은, '성노동'을 '노동'에 편입시켜서 사유할 수 없었던 당대의 '노동' 문제에 관한 인식수준을 엿보게 하는 동시에, 수많은 '노동(자)' 중에서 '성노동자'를 취택해서 집중 조명했던 이효석의 '선택'이야말로, '성적 인간'에 대한 그의 지향이 수면 아래에서 작용하고 있음을 반증하는 사례라는 점에서 흥미롭다.

이나 '운동' 또는 '혁명'이나 '해방'과 같은 담론에서 '성적 인간'에 관한 문제를 따로 떼내어 독립적인 사유대상으로 삼게 된다. 요컨대, 한설야로 대표되는 당시의 마르크스주의는 '성적 인간'에 대한 관심을 '정치적 인간'에 대한 관심으로 해소시키는 데 반해, 이효석의 경우는 '정치적 인간'에 대한 관심으로부터 '성적 인간'에 대한 관심이 점차 증폭되는 궤적을 그려나갔다고 추정할 수 있다.

내용과 정도의 차이는 있지만, 이효석의 '성적 인간'에 대한 이 사유의 궤적은, 마르크스주의 내부에 도사리고 있는 특유의 '도덕주의'에 대해 불만을 제기하고, '성정치'와 '성경제학'을 개념화하고자 했던 빌헬름 라이히(1897~1957)와 겹쳐지는 부분이 있다. 익히 알다시피, 라이히는 그의 이론 구조 안에서 프로이트와 마르크스를 화학적으로 결합시키고자 애썼다. 그는 마르크스주의 내부에서 '문화의 결여'를, 그리고 프로이트 안에서 '사회의 결여'를 읽었다. 궁극적으로는 그 둘 모두와 결별하게 되지만, 라이히는 노동계급의 해방뿐 아니라 인간해방에서 '성적 인간'에 대한 고려가 빠질 수 없음을 누누이 강조했다. 그러나 진보적 혁명 진영 내부에는, 반동적 도덕주의자나 종교적 신비주의자가 견지하는 '금욕주의'와는 다른 형식과 논리로, 여전히 그러한 '금욕'과 '성'에 대한 터부가 존재한다고 비판한다.

실제로 사회혁명가는 다음과 같은 관점에 사로잡혀 있다. 반동주의자들은 영웅주의, 고통의 수용, 결핍의 지속을 절대적으로 영원히 대표하며, 따라서 자신이 원하든 원하지 않든 제국주의의 이익을 대표한다는 것이다.(일본의 사례를 참조하라) 반동주의자들은 그 목적을 달성하기 위하여 신비주의, 즉 성적 금욕을 요구한다. 반동주의자들은 행복이 본질적으로 성적인 것이라고 판단하는데 이 평가는 옳다. 혁명가 역시 많은 제한과 의무와 포기를 요구한다. 행복을 위해서는 우선 그 가능성을 위해 투쟁해야 하기 때문이다. 그래서 대중들을 위한 실천적 작업의 와중에 실제 목표는 노동이 아니라(사회적 자유는 노동 시간의 지속적인 감축을 낳는다), 오르가즘에서 숭고한 정신적 성취에 이르는 모든 형태의 성적 행위와 생활이라는 것을 쉽사리(때때로 기꺼이) 잊어버린다. (…중략…) **왜 지상에는 행복이 존재하지 않는가? 왜 쾌락이 삶의 내용이 되어서는 안되는가?** 대중들이 이런 질문들을 접하게 된다면 어떠한 반동적인 가치관도 유지되지 못할 것이다. (…중략…) 혁명가는 도착적, 병리적 쾌락을 부정한다. 왜냐하면 그 쾌락은 그 자신의 쾌락이나 미래의 성이 아니라 도덕과 욕망 사이의 모순으로부터 나오는 쾌락, 독재사회의 쾌락, 타락하고 더러운 병리적 쾌락이기 때문이다. 그는 자신이 확실히 알지 못했을 때, 긍정적인 성경제학을 가지고 병리적 쾌락에 대항하는 대신 병리적 쾌락을 비난하는 우를 범하게 된다. 스스로 성을 억제한 탓에 자유에 기반한 사회 조직의 목표를 제대로 이해하지 못한다면, 그는 쾌락을 완전히 거부하고 금욕적이 되어 다른 젊은이들과 접촉할 수 있는 가능성을 완전히 잃게 된다.[17] (강조-원문)

오해를 피하기 위해 미리 말해 둘 것은, 이효석의 '성적 인간'에 대한 관심이나 '쾌락'에 관한 관심이 라이히의 그것과 같거나 유사하다는 것을 이야기하려는 것이 아니란 점이다.[18] 다만, 라이히는 그 자신 공산당원이자 마르크스주의자이면서도, 당대의 마르크스주의 진영 내부에 형성되어 있는 금욕적 분위기와 도덕주의적 절제에 대해 동의할 수 없었다는 점이, 동반자 작가로서, 프로문학가들 못지않게 계급이나 빈부 문제를 즐겨 다루던 이효

17   빌헬름 라이히, 황선길 역, 『파시즘의 대중심리』, 도서출판 그린비, 2006, 213쪽.
18   이효석이 라이히의 존재를 알았거나, 그의 저작을 접한 흔적은 아직 발견할 수 없다. 그러므로, 둘의 사유에서 보이는 부분적인 유사성은 우연한 것이라고 보는 편이 타당할 것이다. 그러나, 이 모든 것은 아직 추정일 뿐이고, 이와 관련된 실증적인 조사나 검토는 좀 더 조밀하게 진척될 필요가 있을 것이다. 사유의 내용에만 국한해 본다면, 궁극적인 지점에서, 라이히와 이효석은 오히려 상반되는 결론을 보인다. 라이히는 '쾌락' 자체의 근원과 그 사회구조적 변형(그는 근본적으로 쾌락을 추구하는 인간의 본성이 선하고 건강하다는 긍정적 확신을 지니고 있으며, 다만 이것이 도착적 욕구의 층을 통과하는 과정에서 왜곡되기 때문에 문제가 발생한다고 본다. 그러므로 그의 논리는 왜곡된 쾌락을 넘어서서 쾌락의 본연을 회복하는 것이 중요하며, 그러한 왜곡을 초래하는 모든 사회적 기제를 제거하자는 것이 성혁명이라고 본다)을 추적하는 데 비해, 이효석은 오히려 초기에 그런 관심을 보이다가 후기에 이를수록 '관계로서의 성'에 더 깊은 관심을 보인다. 내가 여기서 말하는 '관계로서의 성'은 '성관계' 자체와 구분 짓기 위해 만든 것으로, '성관계'가 맺어지는 다양한 '관계'(혹은 맥락이라고 해도 좋다)를 강조하기 위한 것이다.

석이 지닌 불만과 유사한 지점이 있다는 것이다.

이러한 불만이, 다소 세련되지 못한 방식이긴 하지만, 전면에 노출되어 있는 소설이 「프레류드—여기에도 한 서곡이 있다」(1931)나 「오리온과 임금」(1932)과 같은 작품들이다. 내가 세련되지 못한 방식이라고 한 것은, 자칫 잘못 읽으면, 이 소설들이 마치 운동가나 혁명운동을 희화화하고 조롱하고 있다는 인상을 줄 여지가 있기 때문이다. 「프레류드」의 앞부분에는 주인공인 '주화'의 자살론이 길게 이어지고 있다. 그는 마르크스주의자이지만 자살하기로 결심한다. 그런데 그의 자살론을 자세히 들여다보면, 바로 앞 인용문에서 라이히가 "왜 지상에는 행복이 존재하면 안 되는가, 왜 쾌락이 삶의 내용이 되어서는 안되는가?" 하는 질문과 매우 상통하는 문제의식이 내재되어 있다.

세상의 일만 가지 물상이 변증법적으로 변천하여 가는 것은 사실이다. 그러므로 또한 혁명이 있은 후의 상태라고 결코 완전무결한 마지막의 상태는 아닐 것이니 티가 없다고 생각되는 그 상태 속에는 어느 결에 이미 모순이 포태되어 그것이 차차 자라서 다음의 혁명을 가져올 것이다. 결국 변천하고 또 변천하여 그칠 바를 모르는 것이니 최후의 안정된 절대의 상태라는 것을 사람은 바랄 수 없을 것이다. 이 또한 안타까운 사실이 아닌가. 그리고 어디까지든지 통일을 구하여 마지않는 사람은 이 그칠 줄 모르는 변천 가운데에서 공연한 헛수고에 피로하여 버릴 것이다. 인류의 모든 움직임과 혁명을 조종하는 근본은 식과 색이니 이 단순한 동물적 충동에 끌려 보기 흉하게 날뛰는 사람들의 꼴, 이것이 또한 우울한 것이 아닌가—이렇게도 주화는 생각하였다.

혁명과 문화의 뜻이 이미 이러하거늘 그래도 괴롬을 억제하고 바득바득 애쓰며 건설자의 한 사람으로서의 힘을 다하지 않으면 안될 필요가 나변에 있는가.[19]

주화의 삶에 대한 환멸은, '최후의 안정된 절대의 상태'가 끊임없이 유예된다는 사실에서 비롯된다. '최후의 안정된 절대의 상태'가 무엇인지는 정확히 말하기 어렵지만, 앞에서 인용했던 라이히의 어조를 빌리자면, "왜 지상에는 행복이 존재하지 않는가? 왜 쾌락이 삶의 내용이 되어서는 안되는가?"라는 질문으로 번역할 수 있지 않을까? 주화의 질문 방식은 기독교적 '금욕주의'와 마르크스주의의 '(혁명적) 금욕주의'에 똑같이 적용될 수 있다. 작품의 앞부분에서 자살을 결심하는 순간의 주화는 여전히 '마르크스주의자'이기 때문에 '식과 색의 단순한 동물적 충동에 이끌리는 삶'에 대해서는 무의미하다고 단정 짓는다. '식과 색의 세계'는 끊임없이 유예되는 '혁명으로서의 삶' 못지않게

---

19 이효석, 「프레류드」, 『새롭게 완성한 이효석 전집』 1권, 창미사, 2003, 230~231쪽.

'우울한 것'이라는 게 그 이유다. 그러나 결국 소설의 후반부에 이르면, 우연히 만난 한 '여성운동가'에 대한 호감과 열정 때문에, 죽음을 포기하고 새롭게 태어나는 듯한 환희를 맛보게 된다. 읽기에 따라, 그의 재생과 새로운 출발이, 소설의 전반부에 그가 간단하게 부정했던 '식과 색의 동물적 충동에 이끌리는 삶'에 경도된 때문인지, 포기하려던 운동과 혁명의 대의를 '여성운동가'로 인해 재인식하게 된 때문인지 다소 모호한 것이 사실이다. 그러나, 소설의 톤은 매우 진지하다. 이 진지함은, 「깨트려지는 홍등」에서와 같이, 작가 이효석의 자기확신에서 비롯된 것으로 보인다. 즉, 작가 자신은 여전히 '운동'과 '혁명의 대의'에 충실해서, 잠시 운동의 대열에서 이탈코자 했던 한 사람의 '회의주의자'가 어떻게 다시 '마르크스주의자'로 거듭 태어나게 되는가를 그리고자 했던 것이라 볼 수 있다.

이상의 논의를 통해, 우리는 최소한 두 가지 사실을 확인할 수 있다. 첫 번째로 '성'에 대한 이효석의 관심이, 단지 후기소설에 국한된 것이 아니라, 이미 1920년대 후반부터 여러 작품에 산재되어 나타나 있다는 점이며, 두 번째는, 그것이 동반자작가 시절 이효석이 견지했던 계급해방 또는 인간해방을 향한 지향과 서로 맞물려 있었다는 사실이다. 그 과정에서, 이효석은 해방담론으로서의 마르크스주의(또는 그 구현자로서의 운동가)가 '성적 인간'에 대해 흡족할 만큼의 관심과 배려를 기울이지 않고 있다는 점을 일종의 '결여'로 자각했다고 할 수 있다. 그는 '정치적 인간'을 그리면서도 '성적 인간'에 대한 관심의 끈을 놓지 않고 있었다. 그러나 시간이 흐르면서 전면에 주제화되어 나타났던 '정치적 인간'은 점차 후경後景으로 물러나고, '성적 인간'의 '정치'를 문제 삼는 단계로 옮겨 간다.

3. 성정치의 가능성과 한계,
그리고 착종된 성찰의 시선

1930년대 접어들면서, '성적 인간'에 대한 이효석의 관심은 마르크시즘의 해방에 관한 지향보다도 더 우위에 놓이는 것이 확실하다. 그러나 거듭 말하지만, 이러한 관심의 전도顚倒는 기존 연구에서 되풀이 강조하듯이, '사상'의 포기에 의해서가 아니라, 오히려 '사상'의 내부로부터 배태된 것이라고 보아야 옳다. '성적 인간'에 관한 이효석의 문학적 탐사가 본격화되면서 나타나는 가장 흥미로운 변화는, 남성 작가인 그가 남성 섹슈얼리티에 대한 비판과 반성을 시도한다는 것이며, 동시에 여성 섹슈얼리티를 '상상'한다는 점이다. 남성 섹슈얼리티에 관한 반성은,

주로 권력화된 '성', 혹은 성관계의 '위계'에 관한 성찰적 시선을 통해 드러나고 있으며, 여성 섹슈얼리티에 관한 '상상'은, '여성'을 남성과 똑같이 '성욕'을 지닌 주체적 인간으로 이해한다는 점에서 출발하고 있다.

단편 「돈豚」(1933)은 여러 논자들이, 전기와 후기의 이효석을 가르는 분수령처럼 여기는 작품이다. 수컷 종돈과 암컷의 교미 장면을 보면서 마을을 떠난 '분이'를 떠올리는 주인공 '식'을 통해, '자연'으로서의 '성적 본능'을 읽어내는 것이 기존 독법의 관행이다. 그리고 이 이후로 이효석은 '사상'을 버리고, 오로지 '자연'과 '성'에 탐닉하는 '순수문학' 또는 '심미주의'로 침잠했다는 것이다.[20] 그러나 교미를 전후한 장면을 조금 다른 각도에서 볼 필요가 있다. 수컷 종돈과 어린 암퇘지의 교미는, 단순히 자연으로서의 '성'을 환기하는 장치라고 보기 어렵다. 이 장면은 상당히 폭력적이고 강제적인 성격으로 진행되고 있기 때문이다.

말뚝을 싸고 도는 종묘장 씨돈(種豚)은 시뻘건 입에 거품을 품으면서 말뚝의 뒤로 돌아 그 위에 덥석 앞다리를 걸었다. 시꺼먼

20　앞에서 언급한 바 있듯이, 이효석 소설의 '성' 문제에 대해 누구보다도 섬세하게 접근하려는 노력을 보여준 것은 이상옥이다. 그러나 안타깝게도 그는 이효석 소설에서의 '성'이 지니는 다층적인 지점들을 너무 도식적으로 이해한 탓에, 「가을의 서정」과 「돈」 사이에 존재하는 '성' 문제에 관한 이효석의 '차이'를 간파하지 못하고, 그 전부를 '원시적 욕망'으로 일원화한다. 이상옥, 앞의 책.

바위 밑에 눌린 자라 모양인 암도야지는 날카로운 비명을 올리며 전신을 요동한다. 미끄러진 씨돈은 게걸덕거리며 다시 말뚝을 싸고 돈다. 앞뒤 우리에서 응하는 도야지들 고함에 종묘장 안은 떠들썩한다. (…중략…)

"너무 어려서 안되겠군."

종묘장 기수가 껄껄 웃는다.

"─황소 앞에 암탉 같으니 쟁그러워서 볼 수 있나."

"겁을 먹고 달아나는데." (…중략…)

"아무리 짐승이기로 저렇게 어리구야 씨가 붙을 수 있나."

농부의 말에 식이는 다시 얼굴을 붉혔다.

"빌어먹을 놈의 짐승."

무안도 무안이려니와 귀찮게 구는 짐승에 식이는 화를 버럭 내면서 농부의 부축을 하여 달아나는 도야지의 뒤를 좇는다. (…중략…) 도야지의 허리를 매인 바를 붙들었을 때에 그는 홧김에 바를 뒤로 잡아 낚으며 기운껏 매질한다. 어린 짐승은 바들바들 떨면서 소리를 친다. (…중략…) 털몸을 근실근실 부딪치며 그의 곁을 감돌던 씨돈은 미처 식이의 손이 떨어지기도 전에 '화차'와도 같이 육중하게 말뚝 위를 엄습한다. 시뻘건 입이 욕심에 목메어서 풀무같이 요란히 울린다. 깔리운 암돈은 목이 찢어져라 날카롭게 고함친다.[21]

---

21 이효석, 「돈」, 앞의 책, 281~282쪽.

이 장면 묘사 뒤에, 바로 고향을 떠난 분이에 대한 '식'의 회상이 이어지는 까닭에, 돼지의 교미 장면은 '식'의 내부에 잠재되어 있던 '성욕'을 발동시키는 계기로 읽혀 왔다. 요컨대, 돼지들의 교미가 환기하는 것은 '원시의 욕망'이라는 점이다. 그러나 교미를 전후한 장면에서 거듭 반복되고 있는 것은, 암퇘지가 교미하기에는 너무 어리다는 것, 수컷은 그런 사정에 아랑곳하지 않고 어린 암퇘지에 강압적으로 올라타서 교미를 시도한다는 것. 요컨대 교미의 전후에 배치된 폭력성과 강제성이다. 힘세고 거친 '수컷'과 여리고 어린 '암컷'의 대조도 이 폭력성과 강제성의 의미를 강화한다. 또한, '식' 이외의 다른 인물들의 입을 통해, 지금의 '교미'가 '암퇘지'에게 매우 가혹하고 고통스러운 일이란 점을, 독자들에게 거듭 반성적으로 환기시키고 있다.

물론 이효석 소설에서 짐승들의 교미 장면이 성욕의 발동기제로 설정된 경우도 있다. 예컨대, 「들」에서의 개들의 교미장면이 그러하며, 「가을의 서정」(단편집에서는 「독백」으로 개제함)에서의 돼지우리 장면이 그러하다. 한 가지 흥미로운 것은, 「가을의 서정」에서 돼지우리 장면을 묘사하면서, "육중한 씨돝은 울고 고함치는 도야지 사이로 돌아다니면서 기관차와도 같이 한 마리씩 엄습하였다. 힘과 부르짖음과—거기에는 생활의 최고 노력의 표현이 있는 것이다"[22]라고, 돼지 교미 장면을 긍정적으로 묘사하

---

22 이효석, 「독백」, 앞의 책, 296쪽.

고 있다는 점이다. 이것은 「돈」의 같은 장면에 대한 이 글의 해석과 모순적인 것처럼 보인다. 그러나, 같은 장면이나 같은 사건을 '성역할'의 교차나 '시각'의 교차를 통해 묘사하는 것이 이효석의 기법 중의 하나임을 알게 되면, 이 모순은 그리 이상한 일이 아니다. 예컨대, 이현주가 적절히 지적했듯이,[23] 「신부의 명랑성」(1931)과 「가을의 서정」(1933)은 각기 감옥에 갇힌 '남편'과 옥바라지를 하는 '아내'의 시각을 각각의 '성역할'에 맞추어 그려낸 것이다. 나는 「들」(1936)에서 남자 주인공의 시선에 '타자화'되어 전혀 자신의 목소리를 낼 수 없었던 '옥분'이 「분녀」(1936)에서 주인공이 되어 자신의 서사를 펼치도록 만들었다고 본다, 그 점에서 「들」과 「분녀」는 하나의 짝을 이루고 있다. 그러므로 종돈과 암퇘지의 교미 장면을 이질적인 맥락에 배치시켜 각기 다른 효과를 자아내려 한 것은 이효석에게는 낯선 시도가 아니다. 「돈」에는, 종돈의 교미장면을 보면서, 어리고 약한 '암퇘지'를 동정하는 '식' 이외의 남성들의 시선을 배치하고, 그럼에도 불구하고 '교미장면'을 '침묵'으로 응시하는, 남성들의 가학적 욕망을 겹쳐 놓는다. 요컨대, 돼지들의 교미 장면이 '식'의 내부의 리비도를 자극하고, 그에 연동하여 '식'이 '분이'를 떠올

---

23 이현주, 앞의 글, 152쪽. "「신부의 명랑성」의 한 소품인 「독방의 비극」은 「가을의 서정」과 짝패를 이루고 있는 작품이다.(…중략…) 「독방의 비극」은 남편인 '그'의 시각에서 그려진 소품이다. 이에 반해 「가을의 서정」은 (…중략…) 그의 아내인 '나'의 욕망을 그린 작품이다."

리게 되는 것이 인과적 구조라고 하더라도, 문제는 작가가 그러한 '식'(과 종돈장의 남성들)의 욕망을 대상화하고 있다는 점을 놓쳐서는 안 된다. 종돈과 어린 암퇘지의 교미에 매개되는 가학성과 강제성, 그리고 폭력성은, 단순히 '원시의 성'이나 '자연의 성'으로 범주화되기 어려우며, 오히려 이런 가학성과 폭력성, 혹은 강제성에도 불구하고 번져나오는 '욕망'은 무엇인가에 대해, 작가는 오히려 질문을 던져놓고 있는 형국이라고 보아야 옳다. 소설 말미에, 갑자기 좌절되는 '식'의 욕망(분이에 관한 공상에 빠진 사이에, 암퇘지가 기차에 죽임을 당하는 사건)은, 이러한 이중적이고 모순적인 남성 섹슈얼리티를 대상화하는, 작가의 '거리'를 짐작하게 만드는 소설적 장치다.

이효석 소설에서 '성관계'에 개재되는 폭력성이나 강제성의 모티프는 '성적 자기결정권'과 결부된 문제의식을 환기시킨다는 점에서 세심한 주의를 기울여 읽을 필요가 있다. 「주리야」(1933)는 여성을 중심에 두고 '성적 자기결정권'의 문제를 다루었다는 점에서 주목해 볼 작품이다. 「주리야」가 의미심장한 것은, '성적 자기결정권'의 문제를, 성폭행과 같은 폭력적 상황에서가 아니라, '화간'인지 아닌지 매우 판단하기 모호한 상황 속에서 제기하고 있기 때문이다. 폭력이 동원된 성관계의 문제라면, 그 상황에서의 '성적 자기결정권' 문제는 따질 필요도 없이 명료한 판단을 내릴 수 있다. 그러나 폭력이나 강제(력)가 '성관계'의 표면에 노출되지 않을 경우는 어떻게 할 것인가? 「주리야」에서 이 문제는 주인공 '주리야'가 '운동가' 민호를 꼬드겨 인천에서 하룻밤을 보내는 대목에서 불거진다. 주리야는 자신을 붙잡으러 온 고향의 오빠와 약혼자를 따돌리고 몰래 집을 빠져 나와 민호에게로 간다. 그는 민호와 동행하여 월미도에 가서 며칠 동안 은신하면서, 오빠와 약혼자의 추적을 물리칠 계획이었다. 미모의 젊은 여성이, 심야에 들이닥쳐 무슨 영문인지 몰라 주저하는 젊은 남자를 강권하다시피 택시에 태우고, 인천으로 달려가 여관에 투숙해서 한 방에 묵는다.

> **물론 오늘밤의 행동을 어느 끝까지 전개시키겠다는 최후적 성산과 야심은 없었다.** 그는 아직 민호에게 최후의 것까지는 느끼지 않던 것이다. 다만 주화에게 대하여 느끼는 것과 같은 정도로 그에게 대하여 느끼는 시각적 호감—이것만은 부정할 수 없는 사실이었다. 호박넝쿨같이 갈래갈래로 뻗어 나가는 여자의 마음—어느 갈래가 진짬이오 어느 갈래가 거짓이라고 할 수 없는 모두 똑같이 진정의 갈래—그 방향 많은 갈래갈래의 마음에 주리야는 그 자신 놀라지 않을 수 없었다……[24] (강조-인용자)

인용문에 나타나는 주리야의 모호하고 동요하는 심경은, 불안정한 여성의 성적 모더니티를 표상한다. 절대로 자기의 성적 욕

[24] 이효석, 「주리야」, 『새롭게 완성한 이효석 전집』 4권, 48쪽.

구를 표현해서는 안되며, 남성의 섹슈얼리티의 '대상'으로서만 자신의 성적 욕망이 구현되는 것으로 억압되었던 것이 전통적 여성의 섹슈얼리티라고 한다면, 그러한 전통적 여성 섹슈얼리티는 명백한 균열과 해체의 와중에 있음을, 「주리야」는 분명히 보여주고 있다. 그럼에도 '주화'를 향해 용감하게 시도했던 '적극성'과는 달리, '민호' 앞에서 '주리야'는 주저하고 있다. 왜냐하면, '주화'와는 달리 '민호'를 향한 '주리야'의 욕망은, 일종의 '불륜'이며 '혼외정사'인 셈이고, '주리야'는 아직 그것까지 기꺼이 감당할 만큼 견고한 주체는 아니기 때문이다. 결국 이튿날 아침이 되어서야, 독자들은 간밤에 두 사람이 성관계를 가졌다는 사실을 알게 되는데, 그것은 '주리야'가 제공하는 정보를 통해서이다. 독자들은, 주리야의 반응을 통해, 간밤의 정사가 주리야의 '자발적 동의' 없이 이루어졌음을 알게 된다.

　　머리 속이 아찔하여지며 별안간 눈앞이 캄캄하여졌다.
　　"아이구 어떻게 하나."
　　눈이 팽팽 돌았다.
　　마치 처녀가 물동이를 떨어트려서 깨트린 첫 순간과도 같이.
　　무의식간에 쥐어뜯은 머리카락이 잠깐 동안에 이불 위에 가락가락 흐트러졌다. 콧등이 띵하여지며 눈물이 빠지지 솟았다.—목소리를 내서 막 울고 싶은 심중이다. (…중략…)

“악마!”

또 한번 손이 날랐다.

“아니 무슨 짓이요.”

“저리 가요.”

“주리야.”

“동물!”

“미쳤소.”

“당신은 동지가 아니고 동물이요.” (…중략…)

“—아니 그것이 그다지……”

“그것이 그다지라니.”

“그다지 노엽소.”

“어떻게 하는 말요.”

“대체 나 한 사람의 의사였단 말요.”

“잠든 사람에게 무슨 의사가 있단 말요.”[25]

소설 속에 형상화되어 있는 주리야의 성격을 감안할 때, 인용문에 나타나는 주리야의 ‘분노’는 그 나름의 진정성이 있다. 왜냐하면, 주리야는 강연 내용에 반해 ‘주화’를 찾아 고향을 떠나 무작정 상경할 만큼 도발적이고 적극적인 여성이며, 주화를 찾아온 그날로 두 사람은 ‘동거’의 형식으로 실질적인 부부생활을

25　이효석, 앞의 글, 50~51쪽.

시작하기 때문이다. 그러므로 아침에 보인 주리야의 분노는, 동 침한 남성에게 책임을 미루거나, 그렇게 함으로써 비록 법적 남 편은 아니지만, 주화에 대한 죄책감을 모면코자 하는 '연기'로 읽기는 어렵다. 민호는 분노하는 주리야를 이해하지 못한 채, "땅에 떨어진 양말대님을 줍듯이" 그녀의 '정조'를 주웠을 뿐이 라고 말한다. 그리고 그 '원인'을 제공한 것은 주리야라고 책임 을 돌린다.[26] 더구나, 간밤의 일(주리야의 입장에서는 명백한 '강간'

---

[26] 주리야가 만약 이 사건을 오늘날의 법정에 가져갔다면 어떻게 되었을까 상상 해 보면, 이효석이 설정한 상황과 주제가 얼마나 선구적인가를 쉽게 짐작할 수 있다. 왜냐하면, 소설이 쓰인 때로부터 70여 년이 지난 지금도, 주리야는 틀림없이 '정황' 때문에 자신에게 불리한 판결, 즉 가해 남성이 무죄를 받거나 그에 준하는 가벼운 처벌을 받을 가능성이 높기 때문이다. '여자가 남자를 부 추겨 여관에 들어갔는데, 과연 둘 사이의 성관계를 강간이라고 할 수 있을까?' 라는 질문에, 이효석은 '그렇다'고 말하기 위해 이 삽화를 배치하고 있다. '성 적 자기결정권'과 관련된 가장 최근의 사회적 쟁점은 이른바 '슬럿 워크(Slut Walk)' 운동이라고 할 수 있다. 짧은 치마나 헤픈 여자처럼 보이는 옷차림이 '성폭행'을 자초한다는, 한 경관의 성폭력 예방교실에서의 발언과, 성폭행 사 건 가해자에 대해 '피해자의 옷차림이 피고에게 잘못된 인상을 줬고, 피고의 잘못은 단지 여성이 (성행위에) 동의하지 않는다는 것을 눈치채지 못했을 뿐' 이라는 취지로 피고에게 벌금형만을 선고한 판사에 대한 저항으로 캐나다 토 론토에서 시작된 이 운동 역시, 여성의 '자기결정권'을 핵심 쟁점으로 하고 있 다. 이 문제를 주제로 하여 큰 사회적 논란을 일으켰던 영화 〈피고인〉(1989)의 법리 쟁점도 생각해 볼 필요가 있다. 바(bar)에서 남성에게 성폭행을 당한 피 해여성 '사라'는, 미니스커트를 입은 채 술과 마약에 취해 춤을 춘다. 그녀의 춤동작은 성행위를 묘사하는 것처럼 음란해 보이고, 풀린 동공과 표정은 바에 있는 남성들을 유혹하는 듯 보인다. 바의 남성들은 그녀의 춤과 동작으로 "지 금 저 여자는 섹스하기를 원하고 있다"고 (자의적으로) 판단한다. 가해자 남성 들은 결코 '성폭행'이 아니었다고 주장하고 목격자들도 대체로 그렇게 증언한 다. 그러나 이 영화에서 가장 중요한 것은, 어떤 음란한 몸짓과 동작을 하건, 여성 자신이 '섹스를 하자'고 분명한 의사표시를 했느냐의 여부이다. 핵심은 '결정권(final say)'이다.

이었던)을 두고 민호는 "앞으로 뜸없이 지냅시다. 너무 태도를 선명히 해서 도리어 남의 눈에라도 띠이지 않도록 하는 것이 좋지 않우"라고 회유하거나, "우리에게는 로맨티시즘도 필요하다니 한 폭의 로맨틱한 기억으로 싸두면 그만 아니요"[27]라고 휘갑을 친다. 소설 「주리야」는 여성의 '성적 자기결정권' 문제가 핵심 주제는 아니다. 그러나, 두 가지 면에서 중요한 시사를 던져준다. 첫째는, 앞서 살핀 것처럼 '여성의 성적 자기결정권'에 대한 문제제기이며, 동시에 '운동권 내부'에 도사리고 있는 '남성중심주의'에 대한 비판이다.[28]

앞에서 살펴본 것처럼, '성적 인간'에 대한 관심이 증폭되면서, 이효석 소설에 나타나는 두드러진 현상은, 남성 섹슈얼리티에 대한 성찰적 시선과, 여성 섹슈얼리티에 대한 '상상'이다. 「가을의 서정」에서, 그는 '여성'을 처음부터 끝까지 '성적 욕망을 지닌 주체'로 그려낸다. 여성의 '성적 욕망'이 본격적인 재현의 대상이 된 것은 근대문학에서부터였지만, 그것은 늘 '가족'이나 '결혼', 혹은 '재생산(임신과 출산)'과 매개되거나, 상품화된 '성'

---

27 이효석, 앞의 글, 55~56쪽.
28 운동권, 혹은 진보진영 내부의 성폭력 문제나 이를 해결하는 과정에서 드러나는 남성중심주의는 여성주의 운동의 '유곡(幽谷)'이다. 진보진영 내부의 남성중심주의는, 그 바깥의 싸움보다 좀 더 복잡하고 중층적인 쟁점들을 야기시킨다. 운동권 내부의 성폭력 및 남성중심주의에 대한 일단의 문제제기로 전희경, 「가해자 중심 사회에서 성폭력 사건의 '해결'은 가능한가―KBS 노조간부 성폭력 사건의 여성 인권 쟁점들」, 한국여성의전화연합 기획, 정희진 편, 『성폭력을 다시 쓴다―객관성, 여성운동, 인권』, 한울아카데미, 2003을 참조.

이나 '권력의 대상'으로서, 남성 섹슈얼리티와의 대비적 맥락에서만 다루어져 왔다. 그 점에서 「가을의 서정」은 '욕망' 그 자체에 초점을 맞추고 있다는 점에서 유다르다. 남성 작가가 여성 화자를 내세워 '여성의 성욕'을 묘사한다는 점에서, 이 소설은 '상상된 여성 섹슈얼리티'의 가능성과 한계를 보여주는 하나의 시금석으로 볼 수 있다. '나'의 남편은 어떤 정치적 사건으로 서대문감옥에 수감되었다가 '대전형무소'로 이감되었다. 그는 아내에게 '몸의 털을 두어 오리 뽑아서 넣어보내 달라'는 요구를 할 만큼 섬세한 사람이다. '나'는 그토록 섬세한 남편을 "삼년 동안이나 손가락 하나 대어 보지 못한 남편의 육체에 대한 열정이 송곳같이 날카롭게 솟아오르는", 그런 종류의 그리움으로 괴로워한다. 그리고 주체할 수 없는 남편에 대한 그리움(=성욕)으로 "이러다가 미치지 않을까" 걱정한다.

지금의 나의 감정 같아서는 삼년 전에 그가 수군거리고 돌아다닐 때에 그를 붙들고 말렸더면 하는 안된 생각조차 난다. 동무들이 이 소리를 들으면 얼마나 나를 비웃고 꾸짖을까. 그러나 이것은 거짓 없는 참된 마음인 것이다. 나는 지금 어색한 투갑을 입은 영웅되기보다도 한 사람의 천한 지어미됨에 만족하는 것이다. 그리운 남편에게도 이것을 원하는 것이다. 어색한 영웅과 천한 지아비—어느 것이 더 뜻있고 값있는 것인가는 다른 문제이다. 뜻과 값의 문제를 떠나서 지금의 나의 심회는 솔직하게 똑바로 솟아오른다. 사람이란 진실을 말하기가 하늘의 별을 따기보다도 어렵다. **마음속과 입 밖에 내놓는 말과의 사이에는 항상 먼 거리가 있다.** 이제 천한 지어미에 만족하는 나의 고백은 **한 점의 티끌도 거짓도 없는 새빨간 마음 그대로이다.** 영웅의 투갑을 버릴 때에 사람의 마음이 이렇게까지 진실하게 됨은 그러나 대체 무슨 까닭인고.[29] (강조—인용자)

인용문을 통해 우리가 확인할 수 있는 사실은, 성적 욕망의 '주체'로 '여성'을 전면에 배치시킴으로써, 남성 작가 이효석이 여성의 섹슈얼리티를 상상하고 있다는 것이다. 그것은 "차마 입 밖에 내뱉을 수 없는" 숨겨야만 하는 내밀한 욕망이다. 그 점에서, '나'의 욕망은 몸의 털을 뽑아 보내달라는 감옥 속의 남편의 '내밀한 욕망'과 서로 맞닿아 있다. 어쩌면, '나'가 여성이기 때문에 '남편의 육체'가 그립다는 말을 차마 "입 밖에 내뱉지 못하듯이", 운동가인 남편 또한(운동가이기 때문에) "몸의 털을 보내 달라"는 요구를 공공연히 내뱉지는 못하고, 은밀하게 아내에게만 주문했을 것이다. '몸의 털', 혹은 '깻잎 냄새와 그것을 손바닥으로 칠 때 나는 소리'로 욕망의 환기를 암시하는 미시적 시선은, 종종 플롯의 실종과 '산문정신의 훼손'으로 폄하되면서, 이효석 소설의 '결여태缺如態'로서의 특징으로 지적받는 것이기도 하지만, 이러한 미시

---

29   이효석, 「독백」, 『새롭게 완성한 이효석 전집』 1권, 창미사, 2003, 297쪽.

적 시선 때문에, 그는 남성작가로서 여성 섹슈얼리티를 '상상'하는 것이 가능했을는지도 모른다.

문제는, 이 소설의 여성화자 '나'의, 남편에 대한 이해에서 드러나는 비대칭성이다. '나'의 남편에 대한 이해는 '몸의 털을 요구하는 남편'과 '운동가 남편'으로 철저히 나누어져 있다. 인용문의 표현대로 옮기자면, '어색한 영웅'과 '천한 지아비'로 구분된다. 여성 화자의 '성적 욕망'은, 그녀가 남편을 좇아 '사회적 자아'로 확장되려는 순간, 실현되지 못하는 것으로 그녀에게 인식되고 있다. 여성 화자의 이분법적 인식을 인정하게 되면, '성적 욕망'은 오로지 개인(과 개인 사이)의 '내밀한 공간' 안에서만 소통 가능한 것이며, 그것은 더 이상 공적 담론이나 사회적 맥락 속에서 논의되기 어려워진다. 이것은, '소설'과 같은 공적인 재현 공간을 통해, '성적 인간'에 대한 이해와 관심을 확장시켜 보려고 애쓰는, 작가 자신의 사회적 행위와도 배치되는 논리라고 할 수 있다. 요컨대, 이효석은 '여성 섹슈얼리티'를 '상상'함으로써, 남성에 의해 타자화되고 대상화되는 여성의 '욕망'이 무엇인지를 들여다보려고 애쓰는 데까지 나아갔지만, 여성의 욕망이 탈脫사회적이고 탈정치적인 공간 안에서만 실현될 수 있는 것으로 축소함으로써, 일정한 한계를 넘어서지 못하고 있다.

이효석은, '성적 인간'에 대한 미시적 탐사를 진행해 나가면서, 때로는 순수한 '관능적 쾌락'의 문제[30]에 집중하는 모습을 보여준다. '관능적 쾌락'에 관한 이효석의 질문은 몇 겹의 층으로 둘러싸여 있다. 가장 일차적으로는, '과연 순수한 관능적 쾌락의 추구는 가능한가?' 하는 질문으로 제기된다. 물론, 이때 문제가 되는 것은 '관능적 쾌락' 앞에 붙는 '순수한'이라는 수식어의 함의일 것이다. 그의 소설에 자주 배경으로 등장하는 '자연'은, 이런 점에서 '관능적 쾌락'의 가능성을 타진하기 위한 일종의 '인공적 장치'이다. 그는 종종 '문명'(혹은 사회)과 '자연'을 대비하면서, '사회' 안에서의 '성'이 아니라, '자연'에서의 '성'을 추구하는 것으로 보이지만, 엄밀한 의미에서, 그의 '성적 관심'은 '사회'의 바깥을 벗어나지 못한다. 그는 단지 그런 가능성을 '실험'해 볼 뿐이다. 그러므로 잘 알려진 「들」(1936)의 다음과 같은 구절은 다시 새겨볼 필요가 있다.

> 그러나 공포는 왔다.
>
> 그것은 들에서 온 것이 아니오 마을에서—사람에게서 왔다.
>
> 공포를 맨드는 것은 자연이 아니오 사람의 사회인 듯싶다.[31]

---

30 김재영은 「이효석 소설에 나타난 '성'의 특성 연구」, 한국문학연구학회, 『현대문학의 연구』 43, 2011에서, 「들」을 전후한 시기의 이효석 소설의 특징은 '자연스러운 애욕(또는 성욕)'의 긍정임을 지적했다. 그러나, 이 글은 이효석의 관심이 '성적 욕망'에 대한 인정과는 별도로 '관능적 쾌락'의 가능성을 묻고 있다는 점에 주목하고자 한다. '성욕의 긍정'과 '관능적 쾌락'은 서로 겹치는 부분이 없지 않지만, 엄밀하게는 구분되는 범주이다. 왜냐하면, 성욕의 긍정과 그 실현이 자동적으로 '관능적 쾌락'으로 이어지지는 않기 때문이다. 이 '연속 / 결락'에 다시 섹슈얼리티를 둘러싼, 사회적·정치적·젠더적 맥락이 개입한다.

31 이효석, 「들」, 『성화(聖畵)』, 삼문사전집간행부, 1939, 223쪽.

이효석에 관한 많은 비평과 연구들이 「산」, 「분녀」, 「들」에서 나타나는 '성'을 곧장 '원초적 성' 혹은 '자연의 성'이라고 규정하고, 그러한 '성'의 함의를 '문명적 구속'이나 '금기'로부터 자유로운 '성'이라고 해석하지만, 엄밀한 의미에서 '자연의 성', 즉 그것의 환유인 '동물의 성'도 결코 '금기'나 '질서' 혹은 '사회성'과 무관하게 존재하는 것은 아니다. 무리를 지어 생활하는 동물 집단에서의 '성'은, 인간 사회의 그것 못지않게 '권력'과 매개되어 있으며, 무엇보다도 동물의 '성적 욕망'은 자연의 이치에 따라 일정한 시기에 분출하고, 그 시기를 제외한 거의 모든 시기에는 닫혀 있지만, 인간의 '성욕'은 항상적이라는 점에서, 자연의 성과 뚜렷이 구분된다. 더욱이 성의 독점이나 공유를 둘러싼 인간의 '고민'이 금기와 위반을 환기시킨다는 점에서 종종 '자연의 성'을 상상하게 만들지만, 동물들의 세계에서야말로, '성의 독점과 공유'의 문제는, 이미 자연적 질서 안에 내재화된 것으로, 결코 '고민'의 대상이 되지 못한다. 동물들은, 그저 질서에 순응할 뿐이다. 그러므로 이때 인간들이 환기하는 '자연' 역시, 본래의 '자연'이라고 보기는 어렵다. 요컨대, '금기'와 '절제'를 벗어난 '성욕'은, 일종의 메타포에 불과할 뿐, 진정한 '자연의 성'과는 거리가 멀다고 할 수 있다. 그러므로 이효석 소설에서의 '자연'은, 실제로 '문명'과 대비되는 공간이 아니라, '관능적 쾌락' 자체의 가능성을 타진하기 위한 일종의 '인위적 장치'라고 볼 수 있다.[32] 더구나, '자연의 성'에서 '관능적 쾌락'의 문제는 결코 문제가 되지 않는다. 동물들이 교미할 때 '쾌감의 질'을 문제 삼는다는 생물학적 보고를, 우리는 아직 접해보지 못했다. 그러므로, 이효석의 '성적 관심'과 연관된 '자연'이나 '원시'와 같은 것은, 실제로는 그 내포가 빈약한 '텅 빈 기호'에 불과하다. 역설적으로, 이효석이 '성'과 '자연'을 연결 짓고자 애쓰면 애쓸수록, 그때의 '성'은 끊임없이 '인간적 질서' 안으로 회귀한다.

조르주 바타이유는, 킨제이의 보고서를 신랄하게 비판하면서, 킨제이의 접근 방식이 '성'을 사물화함으로써, 인간과 동물의 '성'의 구분을 없앤 것에 대해 분노했다.

우리는 어쨌든 동물이다. 물론 우리는 인간이며 정신적 존재들이다. 그러나 우리는 우리의 내부에 버티고 들어앉아 있는 동물성이 종종 우리를 엄습하는 것을 느낄 수 있을 것이다. 정신의 반대편에서 들끓는 성적 과잉은 우리 안에 들어앉아 있는 집요한 동물적 삶을 말해준다. 그렇다면 육체의 편에 자리 잡고 앉아 있는 성행위

---

32   같은 맥락으로 장편『화분』에 등장하는 '푸른 집'의 장소적 의미를 해석할 수 있다. '푸른 집'은, '성'과 관련된 이효석의 관심과 지향이 총체적이고 전면적으로 실험되는 일종의 '가상공간'이다. 이 글의 논지와 정확히 일치하지는 않지만, 조정래는 '푸른 집'의 '가상공간'으로서의 성격을 밝히고, 그를 통해『화분』의 '서정소설'로서의 특징을 말하고 있다. 조정래, 「1930년대 서정소설론 재고─이효석의『화분』을 중심으로」,『현대문학의 연구』20, 2003.2, 207~234쪽.

는 어떤 의미에서 보면 사물처럼 고찰할 수 있는 대상이다. 사실 성은 하나의 사물이다.(신체의 일부분으로서 그 부분도 하나의 사물이다) 성행위는 그러므로 성이라는 사물의 기능적 활동인 것이다. 한마디로 성은 한쪽 발이 사물이듯이 사물이다.(…중략…) 게다가 흥분이 극에 달하면 우리는 짐승의 수준으로 전락했다고 생각하지 않던가.

그러나 아무리 사실이 그렇더라도 성을 해부학자가 핀셋에 끼워 관찰하는 하나의 곤충과 같은 사물로 취급한다면, 또는 성을 인간 정신의 통제를 벗어난 것으로 간주한다면 우리는 중대한 난관에 봉착할 것이다.[33]

킨제이는 '오르가즘'의 기계적·생리학적 메카니즘을 밝히려고 많은 애를 썼다. 이를테면, 그는 여성의 오르가즘이 발생하는 기관이 음핵인가 질인가를 규명하기 위해 숱한 인터뷰와 촬영을 시도했다.[34] 다소 도식적으로 구분하자면, 바타이유는, 섹스에 내재하는 내적이고 신비적인 경험과 성찰을 중요시하는 까닭에, 킨제이의 이러한 접근 방식이 '섹스'를 지나치게 사물화하는 것으로 보였을 것이다. 『에로티즘』의 가장 첫 페이지가 동물적 성행위와 인간의 성행위에 관한 장황한 구분의 논리로 전개된다는

---

33 조르주 바타이유, 조한경 역, 『에로티즘』, 민음사, 2009, 173쪽.
34 조너선 개손 하디, 『킨제이와 20세기 성연구』, 작가정신, 2010, 360~379쪽.

사실이 그것을 단적으로 입증한다.

관능적 쾌락 자체를 다른 연관적 질서, 이를테면 정신적 충일감이나 대상과의 비육체적 관계로부터 파생되는 일치감과 독립적으로 사유하려고 애썼다는 점에서, 이효석의 관심은 바타이유 쪽보다는 킨제이의 그것에 좀 더 가깝다고 할 수 있다. 중요한 것은, 그가 '관능적 쾌락'이 순수하게 물화된 방식으로 존재할 수 있는가를 질문했다는 사실이다. 「분녀」는 그러한 자신의 질문에 대한 대답이다. 이효석은 '관능적 쾌락'의 가능성을 질문하기 위해, 그가 '성적 관심'에서 중요하게 생각하는 '성적 자기결정권'의 문제를 과감하게 포기해 버린다. 그 대신, '분녀'가 강제와 자발성의 문제마저 모두 초월한 차원에서 '관능적 쾌락'을 발견하도록 이끈다.

생각하기도 부끄러운 일이나 사실 왕가는 특별한 인간이였다. 사내 이상의 것이라고 할까. 그로 말미암아 분녀는 완전히 눈을 뜨게 된 것이다.

왕가를 보는 눈이 전과는 갑작이 달라저서 은근히 그가 그리운 날이 있었다. 피가 수물거려 몸이 더웁고 골이 땅할 때조차 있다. 그런 때에는 뜰 앞을 저적거리거나 성 밖에 나가 바람을 쏘일 수밖에는 없었다. 그러나 그것만으로는 도모지 몸이 식지 않는 때가 있다.

하로밤은 성 밖까지 나갔다. 돌아오는 길에 거리를 것첬다. 눈치

를 보아 왕가와 만날 수가 있지나 않을까 하는 속심도 없는 바 아니
였다.[35] (강조―인용자)

실제의 '자연의 성'과도 닮지 않은, 인공의 공간 '자연' 안에
서, 이효석이 실험하고자 했던 것은, '순수한' 관능적 쾌락의 가
능성이었다. 그런 점에서, 「분녀」는 비록 비자발적인 방식이기
는 하지만, '관능적 쾌락'을 향한 오딧세이로 읽을 수 있다. 소설
의 주인공 '분녀'는, 여러 명의 남자들에게 겁탈을 당한다. 상식
의 차원에서 볼 때, '분녀'의 대응방식이나 행동양식은 두 가지
점에서 큰 의문점을 남긴다. 우선, 겁탈당하는 상황에서 '분녀'
가 보여주는, 체념에 가까운 미온적인 저항이다. 그것은 사실상
'저항'이라고 말하기 어려운 수준의 대응이다. '허랑하다'는 심
리적 표현으로 뭉뚱그리기에는, '분녀'는 너무 비현실적인 캐릭
터다. 더구나, 강제적 성관계가 여러 남자들에 의해 반복되는 사
이, '분녀'는 뜻하지 않게 '오르가즘'을 경험하게 되고, 그 감각
적 쾌락을 경험하게 해 준 '가해남성(왕서방)'을 몹시 그리워하게
되는 지경까지 이른다. 그러므로, 이 소설에서의 '강제적 성관
계'는, 앞서 우리가 살펴보았던 「주리야」에서와 같은, 그러한 맥
락과 조건으로 설정된 것이 아님이 명백하다. 다시 말하자면, 이
소설은 '분녀'의 '성적 자기 결정권'을 문제삼기 위한 것이 아니

35　이효석, 「분녀」, 앞의 책, 282쪽.

라, '관능적 쾌락'의 문제, 여성의 오르가즘 문제를 집중적으로 문제 삼기 위한 장치라고 할 수 있다.[36] 그러나, 이렇게 인위적인 실험 조건 위에서 획득된 '관능적 쾌락'은 작가 스스로 제기했던 다양한 '성적 인간'에의 관심과 질문들의 중층적 맥락 위에서 곧 효용성을 소멸하게 된다.[37] 남은 것은, 이러한 질문이 한국 근대문학의 자장 안에서, 바로 이 시기에 비로소 제기되었다는 것. 그리고 그것은 어떤 완결된 성적 주체에 의해서가 아니라, 새롭게 형성되는 성적 모더니티 앞에서 동요하고 회의하는 주체에 의해 제기되었다는 사실이다.

36　부수적으로 「분녀」는, '성적 독점' 혹은 '성적 공유'의 문제를 파생적인 주제로 담지하고 있다. 소설 속의 남성들은 '분녀'가 다른 남성과 성관계를 맺었다는 사실을 용납하지 못하고 그녀를 폭행하거나 떠난다. 그런 점에서 '분녀'의 인물적 기능은, 물화된 방식으로나마 관능적 쾌락의 가능성을 타진하기 위해서만이 아니라, 성에 관한 배타적 독점의 문제를 환기하기 위한 인물적 장치이기도 하다.

37　이 글에서 분량상의 제한으로 직접 다루지 못하는 장편 『화분』에서, 이효석은 '관능적 쾌락'의 문제에 대해 다시 집요한 질문을 던진다. 『화분』에서 제기되는 '관능적 쾌락'의 문제는, 쾌락의 '물화(物化)'라는 위험을 무릅쓰고 시도했던 「분녀」에서의 그것과 사뭇 다른 방식으로 다루어진다.

4. 맺음말

이효석은, 한국 근대문학의 섹슈얼리티와 관련해서 빼놓을 수 없는 중요한 작가 중의 한 사람이다. 기존의 연구와 비평을 통해 그의 문학, 그리고 '성'과 관련된 그의 문제의식이 다양하게 검토되고, 흥미로운 성과들이 나타난 것 또한 사실이지만, 그럼에도 그의 문학이 충분히 설명되거나 해명되었다고 보기 어려운 지점들도 많이 있다.

이 글은, 우선 '성'에 관한 그의 관심이 '동반자작가' 시절에 견지했던 '사상성'의 포기 대신 선택한 것이 아니라, 그 '사상' 내부에서 배태된 것임을 밝히고자 했다. 기존의 이분법적 구획만으로 접근하면, 이효석 내부에 형성되어 있는 '해방'에 관한 지향을 제대로 파악할 수 없을 뿐더러, 그 '해방'의 지향이 어떤 인과적 논리에 의해 마르크스주의로부터 '성적 인간'으로 옮겨 오게 되었는가를 충분히 해명하기가 어렵다고 보았다. 그 점에서, 나는 1920년대 중후반, 초기 이효석의 소설에서 '성적 인간'에 대한 관심이 어떻게 배태되고 있었으며, 그것이 전개되어 나간 추이와 과정의 일단을 검토해 보고자 했다. 그는 당대 조선의 마르크스주의와 그 운동가 사회 안에서, '성적 인간'에 대한 충분한 고려가 없음을 일종의 '결여'로 자각했다. 혁명이 현세의 쾌락을 끝없이 유예하는 방식은, 기독교와 같은 종교가 현세의 쾌락을 끊임없이 유예하는 방식과 비슷하다고, 그는 소설에서 문제제기했다. 그의 이러한 발상형식은, 마르크스주의 내부에서 '성적 인간'에 대한 관심을 촉구하고자 했던 빌헬름 라이히의 그것과 부분적으로 닮았다.

그런 한편, '정치적 인간'으로부터 '성적 인간'으로의 관심 전환을 시도하면서, 이효석은 성적 모더니티와 관련된 다양한 질문들을 쏟아내기 시작한다. 나는 이 글에서 이러한 질문의 대답이 어떻게 주어졌는가를 찾기보다는, 이 질문의 다양성과 다층성 자체에 좀 더 의미를 두고자 했다. 왜냐하면, 기존의 해석이 이효석 소설의 '성'을 지나치게 단순화시키거나 추상화시켜 왔다고 생각했기 때문이다. 따라서, 이효석 소설에서의 '성'을 좀 더 사태의 본질에 어울리게 읽기 위해서는, '자연'이나 '원시' 혹은 '본능'과 같은 몇 개의 추상적 범주로 환원시키는 독법을 비판적으로 해체할 필요가 있다. 그 대신에, 나는 '성적 인간'에 대한 그의 관심을 '성적 자기결정권'의 문제나 '관능적 쾌락', 혹은 성역할을 바꾸어 여성 섹슈얼리티에 관한 '상상'이라는 주제로 변환해서 읽고자 했다. 이 글에서 충분히 다루지 못했지만, 이 외에도 이효석 소설에는 '성적 인간' 혹은 '성적 모더니티'와 관련된 다양하고 이질적인 질문들이 상당히 많이 내장되어 있다. 장편『화분』은 '성'에 관한 그의 문학적 모색과 탐사가 마치 결정판처럼 집약된 형태로 드러난다. 이것은, 이 소설에 대한 비평적 레토릭인 '애욕의 만화경'과는 조금 다른 차원의 것이다. 이 문제는, 고稿를 달리해서 검토할 기회가 있으리라고 생각한다.

　이효석 소설에 나타나는 '성'인식의 비균질성과 모순성은 그의 가능성이자 동시에 한계라고 할 수 있다. 이를테면, 그는 여성 섹슈얼리티를 '상상'하면서도, 끝내 남성 작가로서의 정체성을 넘어서지 못한다. 혹은 '관능적 쾌락' 자체의 가능성을 질문하면서, 그것이 '성관계'의 중층적이고 복합적인 '관계' 바깥에 '물화된 형식'으로 남을 가능성을 충분히 고려하지 않는다. 그러나, 이런 질문은 완결된 형태로 제기되었는가, 혹은 수미일관한 인식론적 결론을 얻었는가 하는 문제와는 별도로 소중하다. 근대문학사에서 성적 모더니티와 관련해서 누군가는 반드시 한번쯤은, 혹은 거듭해서 제기했어야 할 물음이기 때문이다. 그 도정의 초입에, 이효석의 질문들이 있었다.

질투의 오르가즘

이상李箱, 아리시마 타케오有島武郎, 그리고 오토 바이닝거[1]

1. 이상 문학의 난해성과 상호텍스트적 접근의 필요성

이 글은 이상의 소설텍스트에 등장하는 일련의 여성 인물 및 등장인물들의 성적 관계를, 일본의 근대 작가인 아리시마 타케오有島武郎(1878~1923)의 소설들, 특히 그의 「돌에 짓눌린 잡초石にひしがれた雜草」(1918) 및 『어떤 여자或る女子』(1919)와의 연관성을 통해 살펴보고자 한다.

---

[1] 이 글은 동국대 문화학술원 한국문학연구소가 간행하는 학술지 『한국문학연구』 제51집(2016.8)에 실렸던 글로, 발표 당시의 제목은 「이상(李箱)소설의 여성캐릭터의 원형에 관한 한 연구—아리시마 타케오[有島武郎]의 「돌에 짓눌린 잡초[石にひしがれた雜草]」와의 연관성을 중심으로」였다. 제목이 너무 길고 서술적이어서 책으로 엮으면서는 간명하고 상징적인 제목과 부제로 바꾸었음을 밝힌다.

누구나 동의하는 바이지만, 이상의 텍스트들은 한국 근대문학에서 가장 난해한 경우에 속한다. 역설적으로, 그 난해함이 그의 텍스트들을 이해 가능한 의미연관으로 재구성하고 싶은 욕망의 이유가 되기도 한다. 이상이 한국 근대문학사에서 다시 주목받기 시작한 1950년대 이후, 그는 아마도 연구와 비평에서 가장 자주 호출되는 근대 문인의 한 사람임에 틀림없을 것이다. 전기적 접근이든, 주석비평에 기반을 둔 해석이든 혹은 넓은 의미의 비교문학적 접근이든, 기존의 이상 문학에 기울였던 선행연구의 노력과 수고는, 방법론의 다양성을 막론하고 불가해한 이상 텍스트를 독해 가능한 텍스트로 바꾸는 비평적 번역이었다고 해도 지나친 말은 아니다. 문학사나 예술사의 좀 더 큰 맥락, 이를테면 모더니즘이나 아방가르드의 반경 안에서 이상 문학을 자리매김하거나, 또는 그의 텍스트에 반영되어 있는 (탈)근대성의 인식론적 지향을 논의하기 위해서라도, 일차적으로는 그의 텍스트가 해석되어야만 그러한 작업이 가능하다는 점을 생각할 때, 기존 연구의 이러한 경향은 충분히 이해할 만한 것이다.

이상 텍스트의 난해성이 지닌 한 가지 특징은, 많은 연구자들이 동의하듯이, 그의 문학에 나타나는 독특한 상호텍스트성이다. 이상은 자신의 시와 소설, 그리고 수필들에서 난해한 텍스트의 '의미'에 가닿을 수 있는 열쇠나 단서를 곳곳에 숨겨 두었다. 표면적으로 이것은 비슷한 모티프나 소재의 반복으로 보일 수도 있지만, 하나의 텍스트에 등장하는 유사한 어휘나 에피소드, 혹은 모티프들은 다른 텍스트를 해석하는 열쇠 구실을 하고, 그 다른 텍스트는 또 다른 텍스트의 의미연관에 가당을 수 있는 '사다리' 구실을 해 주는 것이다.

「날개」, 「지주회시」, 「동해」, 「종생기」 등에서 반복되어 등장하는 아내나 연인의 가출과 귀가, 배신과 외도의 사례는 너무 잘 알려져 있거니와, 수필 「행복」과 「슬픈 이야기」가 소설 「동해」나 「단발」과 모티프와 줄거리가 겹치는 교직交織의 원리로 구성되어 있고, 「공포의 기록」이 「불행한 계승」, 「공포의 성채」 등과 상호텍스트적 연관성을 지니고 있듯이, 그의 텍스트들은 장르를 넘나들면서 서로가 서로에게 열쇠와 단서의 구실을 하거나 음화와 양화의 기능을 하도록 만들어진 것이 많다. 그러므로, 텍스트들을 겹쳐 읽으면 읽을수록 이상 문학의 난해함이 지닌 비밀에 조금씩 다가갈 수 있는 가능성을 발견하게 되는 것이다.[2]

그런 상호텍스트성의 또 다른 특징은 외부 혹은 원천과의 상관관계에서 비롯된다. 이상의 텍스트에는 출처를 분명히 밝히지 않거나, 혹은 출처를 짐작할 수는 있지만 그 영향관계를 명료하게 재구성하기 어려울 만큼 교묘히 변형이나 뒤틀기를 시도한 인물, 사건, 묘사 등이 자주 등장한다. 가장 전형적인 사례가, 단

---

2 여러 논자들이 이상 문학의 이러한 특징에 대해 지적한 바 있다. 대표적으로 김주현, 『이상소설연구』, 소명출판, 1999; 권영민, 『이상텍스트연구』, 뿔, 2009 등을 들 수 있다.

편 「종생기」, 첫 구절에 등장하는 '극유산호郤遺珊瑚'를 둘러싼 그 출전과 해석에 관련된 다양한 논의들일 것이다.[3] 그러나, '극유산호'의 경우만 하더라도, 그것이 최국보의 「소년행少年行」이든 이백의 「옥호음玉壺吟」이든, 그 유사성을 거론할 전거典據가 확보되는 사례라고 할 수 있지만, 훨씬 많은 다른 경우에는 그 전거나 인유引喩 관계를 명확히 밝히기 어렵고, 바로 이 사실이 이상 문학의 난해함이 유지되는, 달리 말하면 거듭 반복해서 그의 텍스트를 독해하려는 시도가 끊이지 않는 또 다른 이유의 하나라고 할 수 있다.

그런 점에서, 이상 연구사에서 비교적 최근에 속한다고 할 수 있는 두 개의 시도는 이상 텍스트의 좀 더 풍요로운 독해를 위해 새로운 돌파구를 제공해주었다고 생각한다. 그 하나는, 문학 연구자가 아닌 미술 전공자로서 김민수가 보여준, 이상 문학과 시각예술(회화, 디자인, 건축 등)의 상관성이나 영향관계의 규명이다.[4] 그동안 문학연구자들이 오로지 '문학'이라는 영역에 한정된 채 이상을 들여다봄으로써, 그가 건축학도이자 미술과 디자인에도 문학 못잖은 지식과 재능을 지니고 있었음에 대해 소홀했었

---

3   이 네 글자가 한시(漢詩)의 변형이란 점에 대해서는 대다수의 연구자들이 동의하고 있으나, 누구의 어느 시를 어떻게 변형했는가에 대해서는 다양한 견해들이 제기되어 있는 상태다. 대표적으로 여영택, 김윤식, 김주현, 이경훈, 서영채 등의 논의를 들 수 있다. 이에 대한 포괄적인 논의는 서영채, 『사랑의 문법』, 민음사, 2004, 341~344쪽 참조.

4   김민수, 『이상평전』, 그린비, 2012 참조.

고, 따라서 그의 문학에 얼마나 많은 시각예술적 요소들이 반영
되어 있는가를 주의 깊게 살피지 못했던 부분에 대해, 김민수는
새로운 환기점을 제공해 주었다. 물론, 문학 전공자가 아닌 그가,
시각예술로부터 받은 영향을 근거로 하여 이상의 문학텍스트를
해석한 부분에는, 논리적 정합성을 의심할 만한 과장이나 결락
이 없지 않다. 그러나, 경성고공에 재직한 일본인 교수들인 노무
라 요시후미野村孝文, 후지시마 가이지로藤島亥治郎, 『조선과 건축
朝鮮と建築』의 필자였던 건축학교수 나이토 스케타다內藤資忠 등으
로부터 입은 영향 관계, 표현주의 화가 에른스트 키르히너Ernst
Ludwig Kirchner에게서 받은 영향, 일본의 다다이스트 시인 하기와
라 교지로萩原恭次郎와의 상호텍스트적 관계 등, 당시 일본과 유
럽의 최신 건축예술의 경향, 일본 다다이즘의 동향에 근거하여
시도한 이상 텍스트의 새로운 비교문화적 접근과 그 성과는, 문
학 비전공자로서의 그가 노정한 한계를 충분히 뛰어넘는 것이었
다. 무엇보다도, 이상 문학이 보여준 다양한 실험과 관련하여,
우리는 좀 더 풍요로운 기원起源과 수원지를 확보할 수 있게 되
었다고 생각한다.

　같은 맥락에서, 여러 사람의 공동연구 성과로 묶여 나온『이
상적李箱的 월경越境과 시詩의 생성生成』도, 이상 문학의 기원에 관
해 새로운 출구를 마련해 준 최근의 저작이라고 할 수 있다.[5] 이

5　蘭明 외,『李箱的 越境과 詩의 生成』, 역락, 2010 참조. 이 이전에도 이상과

책에서는 이상의 텍스트와 상관성이 있는 다양한 일본 근대문학 텍스트들을 비교 검토하고 있는데, 특히 일본 모더니즘 소설의 기수라고 할 수 있는 요코미츠 리이치橫光利一의 소설 모티프들이 이상 소설에서 어떻게 변용되거나 인유되는가를 조밀하게 검토하고 있으며, 한편으로는, 이상의 시텍스트와 일본 모더니즘 시 동인지인 『시와 시론詩と詩論』의 상관성을 논구하고 있다.

이상 문학이 지닌 상호텍스트적 특성의 두 번째에 해당하는 이 외부와 원천에 대한 검토, 특히 일본 근대문학이나 근대예술과의 연관성에 대해서는, 그동안 부분적인 논의가 있어 왔으나 충분한 것이었다고 말하기는 어려운 형편이다. 요코미츠 리이치의 경우는 이상의 소설과 수필 여기저기에서 직접 인용방식으로 등장하는 몇 안 되는 일본 문인의 한 사람인데, 예컨대 「동해」에 나오는 다음과 같은 구절이 그 예이다. "일착선수一着選手여! 나를 열차列車가 연선沿線의 소역小驛을 자디잔 바둑돌 묵살黙殺하고 통과通過하듯이 무시無視하고 통과通過하야 주시기(를) 바로옵나이다. (…중략…) 이 경우에도 어휘語彙를 탕진蕩盡한 부랑자浮浪者의 자격資格에서 공구恐懼 횡광리일씨橫光利一氏의 출세出世를 사

일본 근대문학과의 상관관계를 검토한 연구들이 있었다. 대표적으로 이금재의 「한국문학에 있어서 요코미츠 리이치의 수용－이상 문체를 중심으로」, 『일본학보』 제44집, 한국일본학회, 2004; 「이상의 「날개」와 요코미츠 리이치의 「새[鳥]」」, 『일어일문학연구』 제40집, 한국일어일문학회, 2002; 「아쿠타가와 류노스케와 이상의 문학」, 『일본문화연구』 제13집, 동아시아일본학회, 2005 등을 들 수 있다.

글세 내어온 것이다."[6]

란명蘭明은 특히 요코미츠 리이치의 장편 『상하이』(1930)와 이상의 텍스트 중에서도 가장 난해한 것으로 손꼽히는 「지도의 암실」을 등치시켜, 『상하이』가 「지도의 암실」의 음화陰畵로 어떻게 기능하고 있는가를 주도면밀하게 분석하고 있다. 본 논문과 관련하여, 이진형의 「이상의 여성상에 관한 연구」는 좀 더 중요한 선행연구라고 할 수 있는데, 그는 요코미츠 리이치의 소설들, 「새鳥」, 『상하이』, 「칠계의 운동七階の運動」 등에 등장하는 여성형상의 모티프들을 이상 텍스트의 그것과 비교함으로써, 이상 문학의 정확한 해석에 접근할 수 있는 또 하나의 통로를 마련해 주었다.

아주 엄격한 실증주의의 잣대를 들이댄다면, 이러한 비교문학(혹은 비교문화)적 작업은 그 영향관계 및 원천과 수용의 송수신적 관계를 명백하게 입증하고 있다고 보기는 어렵다. 그러나, 비교문학의 방법론이 그것이 처음 시작된 19세기 유럽에서의 형

6 이상, 「동해」, 김주현 주해, 『정본이상문학전집』 2(소설), 소명출판, 2009, 328쪽. 이하, 『정본이상문학전집』에서 인용할 경우에는 『전집 1 - 시』, 또는 『전집 2 - 소설』 등의 방식으로 표시한다. 또한, 전집에서 인용문의 형식으로 옮겨올 경우에는 전집의 맞춤법과 표기 형태를 따르되, 본문에서 인용할 경우에는 큰따옴표로 처리하고, 현행 맞춤법과 띄어쓰기를 적용하기로 한다. 이상이 인용한 이 구절은, 요코미츠 리이치의 출세작인 「머리 그리고 배」의 첫 구절을 다소 변용한 것이다. 번역본에 의거해 해당 구절을 옮겨보자면 원문은 다음과 같다. "한낮이다. 특급열차는 승객을 가득 싣고 전속력으로 달리고 있다. 선로 변의 작은 역은 돌멩이처럼 묵살당했다."(인현진 역, 『요코미츠 리이치 단편집』, 지식을만드는지식, 2016, 27쪽)

태와는 사뭇 달라져 그 방법론적 외연이 문화연구cultural studies
와 거의 구분되지 않을 정도로 확장된 점, 그리고 송수신의 명료
한 연락連絡체계가 선명하게 드러나지 않는 이상李箱 텍스트의 구
성적 특성을 고려하건대, 다소 느슨하고 아직은 추정에 불과한
것이더라도, 이상 문학의 다채로운 기원과 원형을 찾아서, 좀 더
풍요로운 해석의 지평을 확보하려는 시도는 계속되어야 옳다고
생각한다. 이상과 일본 근대작가 아리시마 타케오의 연관성을
살펴보려는 이 글의 방법론적 기반도 넓은 의미에서 이러한 맥
락 위에 자리 잡고 있다.

이상과 매우 가까웠던 김소운의 회고 한 대목을 살펴보기로
하자.

서울서 아동 잡지를 준비하고 있을 무렵이다. (…중략…) 아동
잡지에는 포스터니, 표지니, 삽화, 컷 같은 일이 수두룩하다. 상
(箱)은 고공에서도 건축 회화를 전공했고, 입학할 때 '성가족(聖家
族)'의 인물 위치를 정확하게 대답한 단 하나이었다고 상 자신의
입으로 들은 일도 있다.

그런 벗을 편집실에 맞아서 같이 일하게 된 것을 다행으로 생각
했다.

그러나 이상은 내 편집실에 길게 있지는 못했다. (…중략…)

모사(模寫)의 특기는 과연 천재였다. 추사(秋史)의 선면(扇面)

을 삽시간에 진필(眞筆)과 구별 못하도록 써 내었고, 희롱 삼아 그
린 10원 지폐가 서너 자[尺] 거리에서는 쉽사리 진짜와 분간이 가
지 않았다. 그런데도 모델 없이는 얼굴 하나, 손 하나도 그리지 못
했다.

일본 양화단에 이름이 높던 미나미 군조오[南薰造]는 그렇게 유
명한 대가인데도, 사과를 앞에 두지 않고서는 사과를 못 그린다고
했다. 같은 화가라도 표지, 삽화로 이름 난 미야모또 사부로오[宮
本三郎] 같은 사람은 그와는 정반대로 모델 없이 무엇이건 그려 냈
다. 이것은 본질적인 개성이라 흉허물 삼을 일이 못되지마는, 이상
의 경우는 약간 극단(極端)이다. 잡지에 쓸 어떤 작은 컷 하나도 반
드시 어느 외국 잡지나 화보(畵報)에서 따 와야 했다.

이상의 화재(畵才)는 잡지 같은 일에는 맞지 않았다.[7]

이상의 천재성을 절대적으로 신뢰하는 처지에서 보자면, 위의
회고는 다소간 불편하게 읽힐 수도 있다. 이상이 천재가 아니라
'베끼기의 명수'에 불과했다고 읽을 가능성이 없지 않기 때문이
다. 다른 관점도 가능하다. 이를테면, 이상은 자신의 천재성을 아

---

7   김소운, 「李箱 異常」, 『역려기』(『김소운수필선집』 5), 아성출판사, 1978, 221
     ~222쪽. 김소운의 회고에 등장하는 이상의 모습은 다소 부정적이다. 그의
     회고는 철저히 주관적인 것이므로, 그 옳고 그름을 논할 수 없으나, 이상이
     너무 신화화되거나 우상화되는 경향이 없지 않음을 고려할 때, 그런 경향에
     대한 일종의 '균형추'로서의 역할을 생각해 볼 수는 있을 것이다.

동잡지의 삽화 작업 따위에 쏟아 붓고 싶어 하지는 않았을 수도 있다는 것. 중요한 것은, 이상의 창작방법의 어떤 편모片貌가 보인다는 점이다. 김소운은 비록 '화재畵才'에 국한시켰지만, 문학의 경우에서도 이상은 자주 원천 텍스트를 철저히 자기의 방식으로 전유專有하여 변형, 인유引喩 또는 패러디하고 있기 때문이다.[8] 그렇다고 해서, 그의 예술가적 창의성이 훼손되는 것은 아니다.

요컨대, 우리는 이상의 텍스트들을 더 풍요롭게 해석하기 위해서, 지금까지 진행해 왔던 그의 문학의 기원과 원형에 관한 연구 성과를 바탕으로, 좀 더 다양한 가능성들을 탐색해 나갈 필요가 있다.

그런 맥락에서, 이 글은 허두에 밝혔듯이, 이상의 소설텍스트에 등장하는 일련의 여성 인물 및 등장인물들의 성적 관계[9]를, 일본의 근대 작가인 아리시마 타케오有島武郎(1878~1923)의 소

---

8 김주현은 김소운의 이 회고를, 이상 소설에 등장하는 여성들이 작가 이상과 관계 맺었던 여성들을 '모델'로 했음을 보여주는 명백한 증거로 동원한다.(김주현, 『실험과 해체─이상문학연구』, 지식산업사, 2014, 295~298쪽) 그러나, 나는 회고에 등장하는 '모델'은 실존 여성보다는 원천 텍스트의 유비적 대응으로 읽는 편이 그의 문학을 좀 더 문학답게 수용하는 길이 아닌가 생각한다.

9 '성관계'라고 하지 않고 '성적 관계'라고 하는 이유는, 우리말의 '성관계'의 사전적 정의가 '1. 남녀가 육체적으로 맺는 관계 2. 곧 남자의 성기인 음경(陰莖)을 여자의 성기인 질(膣) 안에 삽입함을 이른다'로 되어 있어, 이 글에서 논하고자 하는, 동시에 이상 텍스트에 나타나는, 남자와 여자 사이에 '성(性)'을 매개로 한 다양한 관계양상을 포괄적으로 지칭하기 힘들기 때문이다. 이 글에서의 '성적 관계'는 사전적 정의인 '성교'를 포함하여, 연애나 혼인제도 안에서 남녀 사이에 일어나는 다양한 '행위 및 심리적 관계'를 가리키는 개념으로 쓴다.

설들, 그중에서도 「돌에 짓눌린 잡초石にひしがれた雜草」 및 『어떤 여자或る女子』와의 연관성을 통해 살펴보고자 한다. 이상을 아리시마와 비교해 보려는 가장 큰 이유는, 이상 소설에 나타나는 매우 독특하고 난해한 성윤리 및 성적 관계, 그리고 그와 연관된 여성관의 어떤 원형이 아리시마를 통해 유추될 수 있다고 보기 때문이다.

2. 이상 소설에 나타난 성윤리와 여성형상의 특징

이상의 에세이 「19세기식」은 그의 독특한 성윤리 및 정조관이 압축 표현되어 있는데, 가장 핵심적인 것은 다음과 같은 문장이다.

> 내가 이 世紀에 容納되지 않는 最後의 한꺼풀 幕이 있다면 그것은 오직 '간음한 안해는 내어쫓으라'는 鐵則에서 永遠히 헤어나지 못하는 내 곰팡내 나는 道德性이다.[10]

10 이상, 「19세기식」, 『전집 3－수필, 기타』, 112쪽. 이 구절은 「실화」에서 다음과 같이 변형되어 등장한 바 있다. "20세기를 생활하는 데 19세기의 도덕성밖에는 없으니 나는 영원한 절름발이로다."

분량으로 두 페이지 남짓한 이 짧은 에세이는 '정조貞操', '비밀', '이유', '악덕'이라는 소제목으로 나누어지는데, 각 챕터에서 피력하고 있는 정조관이나 여성관이 범상하지 않다. 예컨대, '정조'에서는 "정조가 금제禁制가 아니라 양심良心이며, 이 양심이란 도덕성에서 우러나오는 것이 아니라 '절대적 애정'을 말한다"고 쓰고 있다. 그러면서도, '비밀'에서는 "치정세계의 비밀—내가 남에게 간음한 비밀, 남을 내게 간음시킨 비밀, 즉 불의의 양면—이것을 나는 만금과 오히려 바꾸리라"고 선언한다. 이 구절의 바로 앞에 유명한 이상의 경구, "비밀이 없다는 것은 재산 없는 것처럼 가난할 뿐만 아니라 더 불쌍하다"[11]는 문장이 놓여 있다. 이어서 '이유'에서는 어떤 경우에도 "간음한 아내에 대해서는 '용서'란 없다"고, 그러나 "다만 내가 한참 망설여가며 생각한 것은 아내의 한 짓이 간음인가 아닌가 그것을 판정하는 것이었다"고 적었다.

이상의 다른 글들이 대개 그렇듯이, 이 짧은 에세이에서 제시되는 성윤리는 어렵고도 독특하다. 예컨대, 그가 말하는 '간음'은 우리가 흔히 상상하는, '배우자 있는 사람이 혼외관계를 갖는 것' 그 자체를 가리키는 것이 아닌 듯하다. 아내가 한 짓이 한참을 망설여가며 '판정'해야 한다는 것이 그 증거다. 이 '판정'은 혼외관계를 했느냐의 여부에 대한 '판정'이 아니라, 이상 자신이 독특하게 만들어 놓은 '간음'의 기준에 해당하는가의 여부에 대

11　이 문장은 소설 「실화(失花)」의 첫 문장이기도 하다.

한 '판정'이라고 읽힌다. 다시 말하면, 배우자에 대한 '애정'이 확고하다면, 아내가 아무리 '바람'을 핀다고 해도 문제가 되지 않는 셈이다. 이상의 '간음의 기준'에 의하면 그것은 '간음'이 아니기 때문이다. 문제는 배우자에 대한 '애정'을 유지한 채 피는 '바람'이냐 '애정'이 이미 사라진 진짜 '간음'이냐의 여부인데, 그것을 '판정'하는 데 '한참 망설여야 할 정도로' 어려움이 있는 것이다. 그리고 "불행히도 결론은 늘 '간음이었다'"는 것이, 그의 비극이자 고통의 원인이었던 셈이다. 이런 평범하지 않은 '정조관'이나 '간음'의 논리를 이해하면, 비로소 「봉별기」나 「날개」에서의 '나'의 행위가 어느 정도 납득된다.

예컨대, 소설 「봉별기」에서 '나'는 요양지에서 만난 기생 '금홍'이와 금세 사랑하는 관계로 발전한다. '나'는 금홍이에게 '화대'도 주지 않고 같이 잔다. 그런데, 그는 자기의 애인인 '금홍'이를 '우(禹)'라는 프랑스유학생에게 권해 동침하게 만들고, 또 'C'라는 변호사와도 동침시킨다. '나'는 '언짢아하지 않았'으며, '금홍'은 그들로부터 받은 화대를 '나'의 앞에 꺼내놓고 자랑하기까지 한다. "그러나 사랑하는 금홍이는 늘 내 곁에 있었다."[12] 이를테면, '나'가 '금홍'을 유학생이나 변호사에게 기꺼이 권할 수 있었던 것, 혹은 그들과의 동침과 상관없이 '나'가 '금홍'을 사랑할 수 있었던 것은, '금홍'의 '애정'을 확신할 수 있었던 까닭인 셈

---

12 이상, 「봉별기」, 『전집 2-소설』, 341쪽.

이다. 그러나, '금홍'과 서울에서 살림을 시작한 이후 이 '애정'의 확신에 균열이 생긴다, 그래서 의심하게 된다. "그런데 이번에는 내게 자랑을 하지 않는다. 않을 뿐만 아니라 숨기는 것이다. 이것은 금홍이로서 금홍이답지 않은 일일밖에 없다. 숨길 것이 있나? 숨기지 않아도 좋지. 자랑을 해도 좋지."[13]

'애정'이 있는 한 '간음'은 없다는, 이상 소설의 남성 주인공들의 '정조관'은 텍스트 내에서 항상 불안하고 흔들린다. 스스로 세운 그 '기준'에 그 자신自身조차 신뢰를 할 수 없기 때문이다. 「동해」에서, 「19세기식」에 등장하는 이 '간음'의 기준을 설파하는 이는, 엉뚱하게도 여성인물 '임姙'이다.

> 불작난—貞操責任이 없는 불작난이면? 저는 즐겨 합니다. 저를 믿어 주시나요? 貞操責任이 생기는 나잘에 벌서 이 불작난의 記憶을 저의 良心의힘이 抹殺하는 것입니다. 믿으세요.[14]

그러나 '나'는 '임'이의 이 논리를 결코 믿지 않는다. 이어지는 '가상의 대화'[15]에서 '나'는 '임'이와의 논쟁에 논리적으로 패배하는 것으로 그려지고 있다.

13 이상, 「봉별기」, 위의 책, 342쪽.
14 이상, 「동해」, 위의 책, 322쪽.
15 내가 '가상의 대화'라고 하는 이유는, 대화 직전에 "나 스스로도 불쾌할 에필로
    —그로 귀하들을 인도하기 위하여 다음과 같은 薄氷을 밟는 듯한 會話를 조직
    하마"라는 서술이 나오기 때문이다.

"너는 네말맞다나 두사람의男子 或은 事實에 있어서는 그以上 훨신더많은 男子에게 내주었든 肉體를걸머지고 그렇게도 豪氣있게 또 正正堂堂하게 내 城門을 闖入할 수가 있는 것이 그래 鐵面皮가아니란 말이냐?"

"당신은 無數한賣春婦에게 당신의 그 당신 말맞다나 高貴한 肉體를 廉價로 구경시키셨습니다. 마찬 가지지요."(…중략…)

"미안하오나 男子에게는 肉體라는 觀念이 없다. 알아듣느냐?" (…중략…)

"肉體에 대한 男子의 權限에서의 嫉妬는 무슨 걸래쪼각 같은 敎養 나브랭이가 아니다. 本能이다. 너는 아('이'의 오식인 듯—인용자) 本能을 無視하거나 그 稚氣滿滿한 敎養의 掌匣으로 整理하거나 하는재조가 通用될줄 아느냐."

"그럼 저도 平等하고 溫順하게 당신이 定義하시는 '本能'에 依해서 당신의過去를 嫉妬하겠읍니다. 자— 우리 數字로 따저보실까요?" 評—여기서부터는 내 敎材에는 없다.[16](강조—인용자)

'여기서부터 내 교재에는 없다'는 구절은, '임'이와의 논쟁에서 나의 패배를 뜻한다고 해석할 수 있다. 동시에, 이 '가상대화'의 논쟁에 등장하는 논리는 「19세기식」에서 펼친 논리와도 서로 배

---

16 이상, 「동해」, 위의 책, 324쪽. 앞으로 인용문에서의 강조는 특별한 경우가 아니면 대부분 인용자의 것이며, 따로 밝혀 적지 않는다. 원저자의 강조일 경우는 따로 '원문 강조'임을 밝히기로 한다.

치된다. 즉, 「19세기식」에서는 '육체적 교섭' 자체가 '간음'을 판별하는 기준일 수 없고, 그 최종조건은 '애정'의 유무有無라고 스스로 주장하면서도, 「동해」에서 그런 논리라면 남녀에게 공평하게 적용되어야 옳지 않냐는 '임'이의 주장에 대해, '나'는 육체에 관한 한 남녀는 철저히 다르며 남자에 있어서 '질투'는 '교양나부랑이(=논리)'의 차원이 아니라 '본능'의 차원에 속한다고 항변한다.

그런 맥락에서, 「공포의 기록」의 다음과 같은 반응이 논리 이전의 가장 정직한 '마음의 민낯'을 보여주는 것이라고 할 수 있다.

넉달—이동안이 決코짤지가안타. 한사람의 안해가 남편을 배반하고 집을 나가 넉 달을 잠잠하얏다면 안해는 그예용서밧을자격이 업는것이오 남편은 굴썩 참아서라도 용서하야서는 안된다.

"이 天下의公規를 너는 어쩌려느냐." (…중략…)

어썬점을 붓잡어 한여인을 밋어야올것인가. 나는 대체 종 잡을수가업서것다.

하나가티 내눈에비치는여인이라는 것이 그저 싯업시 輕佻浮薄한 음난한 妖物에 지나지 안는것이업다.[17]

이상李箱의 텍스트에 등장하는 여인들은 끊임없이 남주인공들을 배반하고 가출하고, 그리고 어느샌가 돌아와 사죄하거나 사

---

17   이상, 「공포의 기록」, 위의 책, 227쪽.

랑을 고백하고, 다시 가출과 배반을 반복한다. 그래서, 이상은 "용서한다는 것은 최대의 악덕"이라고 부르짖고, 마침내 다음과 같은 결론에 이르게 되는 것이다.

계집은 두 번째 간음이 發覺되었을 때 實로 첫 번째 때 보지 못하던 鬼哭的技法으로 용서를 빌리라. 번번이 이 鬼哭的技法은 그 妙를 極하여 가리라. 그것은 女子라는 動物 天惠의 才質이다.[18]

그래서, 이상 소설의 남자들은 "어떤 점을 붙잡아 한 여인을 믿어야 옳을 것인가"[19]로 고민하다가, "하고 많은 여인이 본질적으로 미망인이 아닌 이가 있으리까?"라고 반문하거나 "아니! 여인의 전부가 그 일상에 있어서 개개 '미망인'이라는 내 논리가 뜻밖에도 여성에 대한 모독이 되오?"[20]라고 힐난하듯 되묻게 되는 것이다. 결국 배신과 간음의 반복된 경험으로 남자들은 다음과 같은 결론에 도달하게 된다.

女子란 과연 天惠처럼 男子를 철두철미 처다보라는 義務를 思想의 先決條件으로하는 彈性體든가.[21]

---

18   이상, 「19세기식」, 『전집 3-수필, 기타』, 위의 책, 113쪽.
19   이상, 「공포의 기록」, 『전집 2-소설』, 226쪽.
20   이상, 「날개」, 위의 책, 263쪽.
21   이상, 「동해」, 위의 책, 318쪽.

천사는—어디를 가도 천사는 없다. 천사들은 다 결혼해버렸기 때문에('이'의 오식인 듯—인용자)다.[22]

게집의얼굴이란 다마네기다. 암만베껴 보려므나. 마즈막에 아주 없어질지언정 正體는 안 내놓ㅅ느니.[23]

배신과 간음, 호소와 변신에 능수능란한 이 무수한 여인들은 어디서 온 것인가? 이상 소설 연구 성과에서 뚜렷한 하나의 주류는, 그의 개인사와 텍스트를 대응시켜 독해하는 방식이다. 대체로, 이상의 소설에서 연애와 관련된 일련의 소설들은, 그의 개인사에 등장하는 여성들인 '금홍', '변동림', 그리고 '권순옥'과의 사실적 연관성을 바탕으로 해석되어 온 것이 큰 흐름을 형성한다. 고은을 비롯해, 김윤식, 이경훈, 김주현 등이 이 방면에서 뚜렷한 족적을 남겼다.[24] 이런 성과들은 그 나름으로 이상 문학을 해석하는 데 크게 기여한 것이 사실이다. 그러나, 전기적 사실들에 지나치게 의존할 때의 문제점은, 설사 이상 소설의 여성 캐릭터와 다양한 성적 관계가 경험에 근거한 것이라고 하더라도, 그 모든 것

22　이상, 「실화」, 위의 책, 351쪽.
23　이상, 「실화」, 위의 책, 363쪽.
24　고은, 『이상평전』, 청하, 1992; 김윤식, 『이상연구』, 문학사상사, 1987; 이경훈, 『이상, 철천의 수사학』, 소명출판, 2000; 김주현, 『실험과 해체―이상문학연구』, 지식산업사, 2014.

을 개인적 경험으로 환원할 경우, '언어'로 이루어진 '예술텍스트'로서의 독자적인 법칙과 영역의 문제를 결코 해명할 수 없게 된다는 점이다. 이상은 여러 소설과 시에 자신의 이름인 이상李箱을 직접 노출시킴으로써, 실제와 허구를 뒤섞는 혼란을 시도했다. 대체로 모더니즘 소설은 다른 소설에 비해 자기반영성이 좀 더 두드러지는 것은 사실이지만, 그 과정에서의 과장과 변형, 실제를 가장한 허구의 예술적 기법이 동원되는 점도 염두에 둘 필요가 있다. 그러므로, 우리는 좀 더 다양한 근거와 통로들을 통해, 이상 텍스트의 형성 과정과 그 풍요로운 해석에 접근할 필요가 있다.

3. 아리시마 타케오와 한국 근대문학
—이상의 전사前史로서의 염상섭의 경우

아리시마 타케오가 한국 근대문학 연구에서 처음 논의된 것은, 아마도 김윤식이 염상섭의 「제야除夜」가 일본 작가 아리시마 타케오有島武郎의 소설 「돌에 짓눌린 잡초石にひしがれた雑草」로부터 환기 받았음을 주장하면서부터일 것이다.[25] 그 이후, 일련의

25 김윤식, 『염상섭 연구』, 서울대 출판부, 2004(4쇄).

연구들이 이어졌다.[26] 김윤식은 염상섭이 「제야」를 쓸 수 있었던 직접적 계기가 아리시마 타케오의 「돌에 짓눌린 잡초」라고 규정하며, '「제야」의 직접적 창작주체'라거나 "「제야」는 작가 염상섭이 쓴 것이지만 동시에 그가 쓴 것이 아니라 유도무랑이 쓴 것이다"[27]라고 말한다. 김윤식이 「제야」를 두고 이렇게까지 말하는 이유는, 염상섭에 미친 '백화파白樺派'의 영향, 특히 그중에서도 아리시마 타케오를 통한 '고백체'라는 일본 근대소설 형식의 영향 관계를 강조하기 위한 것이다.

엄밀히 말하자면, 「제야」가 아리시마 타케오의 소설 「돌에 짓눌린 잡초」를 직접적 계기로 씌어졌다는 명확한 근거는 없다. 그것은, 또 다른 초기작 「암야」에 직접 등장하는 아리시마 타케오의 또 다른 소설 「다시 태어나는 고통生まれ出づる悩み」[28]에 관한 다음과 같은 구절로부터 환기 받은 것이다.

---

26   몇 가지 예를 들자면, 류리수, 「한일 근대 서간체 소설을 통해 본 신여성의 자아연소—아리시마 타케오의 「돌에 짓눌린 잡초」와 염상섭의 「제야」」, 『일본학보』 제50호, 한국일본학회, 2002; 박수영, 「「제야」와 『어떤 여자』에 나타난 신여성의 성 서사전략으로서의 매체 활용 양상 비교」, 『외국문학연구』, 제43호, 한국외대 외국문학연구소, 2011; 丁貴連, 「'新女性'の愛と性、そして '戀愛至上主義'—有島武郎「石にひしがれた雜草」と廉想涉, 「除夜」を手がかりとして, 『外國文學』 제62호, 宇都宮大学外国文学研究会, 2013; 강인숙, 『佛日韓 3국의 자연주의 비교연구』 2, 솔과학, 2015 등이다.

27   김윤식, 앞의 책, 180~181쪽.

28   이 소설의 일본어 제목은 「生まれ出づる悩み」로, 한글번역본의 제목을 따라 본문에서는 「다시 태어나는 고통」으로 쓴다. 한글번역본은 유은경이 옮긴 『돌에 짓눌린 잡초—아리시마 다케오 소설집』(소화, 2006)에 수록된 「다시 태어나는 고통」을 참조함.

집에 들어온 그는 감안감안히 구쓰를 벗고 自己房으로 바로들어
가서, 옷을 버서던지고 들어누엇다. 눈을감고누어서 잠을 請하야
보다가 다시니러나서, 不規則하게싸아논 冊덤이에서, 有島武郎의
『出生의苦惱』라는 短篇輯을 쌔서들고 다시누엇다.[29]

이 인용문의 다음에 이어지는 대목은 주인공이 「다시 태어나
는 고통」을 오륙 페이지 읽다가 벽을 향해 돌아누워 주체할 수
없이 눈물을 흘리는 장면이다. 「암야」는, 물론 그의 다른 산문들
에도 그러한 흔적들이 명확히 나오기는 하지만, '백화파'와 특히
그 멤버의 한 사람이었던 아리시마 타케오로부터 염상섭이 얼마
나 큰 영향을 받았는지를 명징하게 보여주는 텍스트다.

김윤식이 「제야」를 「돌에 짓눌린 잡초」의 영향 관계 하에 씌어
졌다고 주장하는 가장 중요한 핵심은 염상섭의 초기작이 보여주
는 고백체의 형식적 기원이 어디서 비롯되었는가를 규명하는 데
있었다. 그는 「표본실의 청개구리」와 「암야」, 「제야」까지는, 아직
상섭이 근대작가로서 자기의 세계를 확보하지 못하고 있었고, 소

---

29 염상섭, 「암야」, 『견우화』, 경성박문서관, 1924, 124쪽. 「암야」에서 염상섭은
「生まれ出づる悩み」를 「출생의 고뇌」라고 옮기고 있다. 인용문에 의하면 「출
생의 고뇌」라는 작품을 읽은 것이 아니라 '단편집'을 읽은 것으로 되어 있다.
주인공이 읽은 것은 아마도 1918년에 叢文閣에서 『有島武郎著作集』 제6집으
로 출간된 『生まれ出づる悩み』였을 것이다. 여기에는 표제작 「生まれ出づる悩
み」와 「石にひしがれた雑草」 2편이 수록되어 있었다. 그러므로, 정확히 주인
공이 울며 읽은 텍스트가 2편 중 어느 것인지를 확정하기는 어렵다. 叢文閣
다음으로 나온 단행본은 1940년 간행된 岩波書店 판이다.

설형식을 일본의 근대소설로부터 빌려온 것에 불과한 것이었지만, 그럼에도 불구하고 초기 3부작, 특히 「제야」를 '사다리'로 삼지 않았다면, 그 이후 「만세전」은 없었으며, 근대작가 염상섭도 없었다고 정리한다. 이 논증을 위해 편지 형식을 빌린 1인칭 화자의 자기 고백의 서사로서 「돌에 짓눌린 잡초」가 필요했던 셈이다.

한 가지 아쉬운 것은, 김윤식이 '내면풍경'이나 '고백체'와 같이, 김윤식이 우리 근대소설의 형식적 전개과정을 설명하기 위해 동원하는 개념들에 주목하느라, 실제로 「제야」가 「돌에 짓눌린 잡초」의 어떤 부분을 어떻게 빌려 왔는지, 혹은 어떻게 비틀고 자기의 논리로 전유했는가에 대해서는 조밀하게 살피지 못했다는 점이다. 이러한 전유專有의 '과정'과 '이유'를 밝히는 것은, 염상섭과 백화파 혹은 염상섭과 아리시마 타케오의 영향 수수관계 못지않게, 상호텍스트성의 적층積層을 이해하는 중요한 작업이 된다.

두 소설을 나란히 비교해 보면, 서간체 형식을 빌려 왔다는 점, 그리고 성적性的으로 매우 문란한 여성이 등장한다는 공통점을 제외한다면, 아리시마 타케오가 「돌에 짓눌린 잡초」를 통해 나타내 보이고자 한 주제와, 염상섭이 「제야」를 통해 제시하고자 한 주제가 매우 다르다는 사실에 오히려 놀라게 된다. 어쩌면, 아리시마로부터의 '차용借用'보다도, '변용變用'이 좀 더 두드러져 보일 수도 있다.

우선 두 가지 점에서 그러한데, 첫째는 아리시마의 소설이 남성 주인공을 편지의 집필자로 내세워 철저히 '남성중심적' 사유와 발언으로 일관했던 것과는 달리, 염상섭은 아리시마 소설의 '타자'인 '방종한 여성'을 편지의 서술자로 내세우고 있다는 점이다. 이것은 편지 집필자가 바뀌어 설정되었다는 단순한 사실에 그치지 않는다. 아리시마 소설의 서술자인 '나'[30]는, M코를 사랑해 그와 결혼하게 되지만, 아내인 M코가 자신을 속이고 자신의 친구인 가토加藤를 비롯한 여러 남자들과 불륜을 저지르고 성적으로 방종한 생활을 일삼았음을 낱낱이 고발하는 내용으로 되어 있다. 물론, 소설(=편지)에는 M코의 성적 일탈과 더불어 그것을 지켜보는 '나'의 심리적 고통과 분노, 그리고 복수극이 함께 펼쳐지지만, 중요한 것은, 아내인 'M코'는 편지 안에서 발언할 기회도 공간도 얻지 못하고 있다는 점이다. 독자에게 주어지는 모든 정보는 남편인 '나'로부터 제공된다.

염상섭은 이것을 완전히 비틀어, 아리시마 소설(=편지)의 철저한 '타자'였던 'M코'에 해당하는 여성(즉 최정인)을 편지의 서술자로 내세운다. 물론, 'M코'와 '정인'은, 성적으로 문란한 여성이라는 공통점이 있지만, 그 내면세계는 똑같지가 않다. 그들이 성적으로 방종한 삶을 살게 되는 이유도 역시 같지 않다. 아리시마의 소설에서, 독자는 'M코'가 왜 그런 삶을 사는지에 대해, 남편인 '나'가 제공해 주는 정보 이외에는 얻을 수가 없다. 외견상으로만

---

30   소설에서 그의 본명은 밝혀지지 않고 A라는 이니셜로 가끔 표기된다.

보자면, 상섭의 「제야」에 등장하는 '정인'은 아리시마의 소설에 등장하는 'M코'보다도 훨씬 성적으로 문란하고 윤리적으로도 '나쁜 여자'라고 할 수 있다.[31] 상섭은, 「제야」에서, 아리시마와는 달리, '나쁜 여자'에게 발언의 기회를 제공한다. 「제야」의 '나쁜 여자' '정인'은, 자신이 왜 그렇게 성적으로 일탈하고 문란한 생활을 했는가(또는 할 수밖에 없었는가)를 남편에게(동시에 독자에게) 일목요연하게 정리해서 전달한다.[32]

다른 한 가지는, 아리시마의 소설과 염상섭의 「제야」가 지향하고 있는 세계관이다. 전자는 '남자의 욕망'에 관한 이야기이다. 여성(아내)의 성적 방종을 지켜보면서 질투와 분노에 괴로워하는 '남자'의 심리상태에 관한 놀라울 정도의 치밀한 묘사가 이 소설의 가장 중요한 지점이다. 아내인 'M코'가 '나'의 타자가 될 수밖에 없는 이유도, 이 소설의 핵심이 'M코'의 성적 일탈을 고발하기 위한 것도, 윤리적 구원도 아니고, 철저히 '남성의 욕망'이 발현되는 메카니즘을 보여주기 위한 것에 있기 때문이다.

---

31 M코의 불륜상대는 '가토' 한 사람뿐이고, 그녀의 독특한 성적 취향 탓에 가끔 '미소년(들)'과 관계했다는 정보가 주어지는 정도다. 그에 비해, 「제야」의 '정인'은 임신 사실을 숨긴 채 결혼을 하고, P·E 등과 동시에 관계를 가지며, 유학이나 돈을 목적으로 접근하기도 한다.

32 이런 관점에서, 「제야」가 방종한 신여성을 향한 훈계와 계도의 목적으로 씌어진 것이 아니라, 성적 불평등 속에서 고통 받는 여성의 처지를 대변하는 페미니스트 염상섭의 일면목을 보여주는 흥미로운 텍스트라는 해석이 가능해질 수 있다.(김영민, 「염상섭 초기문학의 재인식-'제야' 연구」, 문학과사상연구회 편, 『염상섭문학의 연구』, 소명출판, 2016 참조)

그에 비해, 염상섭의 「제야」는, 사회 제도와 윤리의 문제로 회귀한다. 이러한 차이점이 가장 극명하게 드러나는 것은, 두 소설(=편지)의 수신자를 비교해 볼 때이다. 아리시마의 소설에서 수신자는 다른 누구도 아닌, 아내의 불륜의 상대(이자 나의 친구)였던 '가토加藤'이다. 왜 수신자가 '가토'인가(혹은 '가토'일 수밖에 없는가)는 불가불 다양한 해석을 불러일으킬 수밖에 없다. 반면에, 염상섭의 「제야」의 수신자는 남편인 'A'이다.[33] '정인'이 남편에게 보내는 '편지'이자 동시에 '유서'를 쓰게 된 계기는, 자신을 용서하고 받아들이겠다는 남편의 편지였다. '정인'은 자살을 결심하고, 동시에 남편에게 속죄한다. 상섭이 소설 속에 마련한, '정인'의 행태에 대한 이유(혹은 변명)는 두 가지로 압축되는데, 하나는 '유전적 기질' 때문이며, 다른 하나는 자각한 신여성으로서 목격하게 되는 조선 사회의 성적 불평등에 대한 일종의 저항으로서의 일탈이었다. 그 과정이나 경위야 어찌 되었든, 소설을 통해 독자인 우리가 확인할 수 있는 것은, 염상섭의 궁극적인 지향이 개성과 개인이 보장되는 '일부일처제'라는 제도 본연의 안정이라고 할 수 있다. 동시에, 「제야」의 정인은, 편지의 형식을 빌린 '유서'를 통해 속죄하고, 그와 동시에 세속에서의 삶을 스스로 포기함으로써 '자기의지'를 구현하여, 정화淨化와 갱생更生의 가능성을

---

33   우연의 일치인지 의도적인지 모르나, 두 소설에서 남편은 모두 이니셜 'A'로 표시된다.

보여주게 된다. 그러나, 「돌에 짓눌린 잡초」는 종결되지 않는다. 소설 속에서 M코는 몇 차례나 남편인 '나' 앞에서 속죄와 용서를 빌지만, 그것은 '위장'이거나, 설사 진정이었다고 해도 '지켜지지 않는 약속'으로 끝나고 만다.

아리시마 타케오와 이상李箱의 관계를 살펴보기 이전에, 하나의 전사前史로서 염상섭과 아리시마의 관계를 검토한 이유는, 첫째로 한국 근대문학사에서 아리시마 타케오의 영향에 관한 하나의 전거典據를 확인해 보기 위해서이며, 두 번째는, 이상은 아리시마로부터 어떤 지점들을 환기 받았으며, 그것은 염상섭의 경우와는 어떻게 겹치거나 다른가를 살펴보기 위해서이다.

4. 아리시마 타케오의 소설과 이상의 소설

1) 질투의 오르가즘

아리시마는 1878년 도쿄에서 하급무사 출신으로 메이지 유신 이후 대장성 관리가 된 아버지 타케시武와 어머니 유키幸의 5남 2녀 중 장남으로 태어났다. 가쿠슈인學習院과 삿포로농업학교(홋카이도국립대학의 전신)에서 공부했고, 졸업을 하지는 못했으나 하버드대학에서 역사와 경제학을 공부하기도 했다. 기독교와 사회주의 사상에 크게 공명하여 교회와 사회주의 단체 등에 관여하는 한편, 1910년『백화』창간호에 동생들과 함께 참여하면서 문필 활동을 시작한다. 의욕적으로 작가 생활을 펼친 것은 6~7년 정도인데, 1917년부터 세상을 떠나는 1923년까지 출세작『카인의 후예』(1917)를 비롯하여,「다시 태어나는 고통」(1918),「돌에 짓눌린 잡초」(1918),『어떤 여자』(1919),『사랑은 아낌없이 뺏는 것』(1920) 등을 잇달아 발표하여 문단의 주목을 받는다. 45세이던 1923년, 잡지『부인공론』의 여기자이자 유부녀였던 하타노 아키코波多野秋子와 별장에서 동반자살했다.[34]

저명한 문학평론가이자 문학사가였던 가토 슈이치加藤周一는, 아리시마 타케오가 메이지유신 이후 지식인 제1세대에 속하지만, 대부분의 동시대 지식인들이 메이지의 일본과 자기를 동일화하는 경향을 지니고 있었던 데 비해, 일종의 예외적 사례에 속한다고 규정하면서, "그가 메이지 국가뿐 아니라 그 사회와 명백한 거리를 두고 얽혀지기를 거부하고 비판적인 입장을 고수"했

34　아리시마의 간략한 연보는『돌에 짓눌린 잡초』와『어떤 여자』에 번역자가 정리·소개하고 있는 작가 연보를 재구성한 것이다. 이상의 소설과 수필에는 여러 차례 '동반자살' 혹은 'double suicide'에 관한 시도 혹은 욕망이 등장한다. 그리고 항상 그것을 실행할 '용기' 또는 '수양(修養)'의 있고 없음이 뒤따른다. 예컨대,「단발」,「행복」,「슬픈 이야기」등을 보라.

는데, "그는 고토쿠 슈스이나 가와카미 하지메와는 달리 그 사회의 변혁을 지향하는 대신에 그 자신의 자기실현을 목적으로 삼고, 신념과 원칙에 따라 살아가는 일에 자각적이었다"는 것, "그런 뜻에서 개인주의의 한 형태"를 보여주었다고 평가한다. 그리고 유부녀와의 동반자살이라는 하나의 '사건'은, 그의 '개인주의'에 입각한 자기실현의 길이 연애를 통해 하나의 '정점'에 이른 것이며, "죽음조차도 자기확충"이라는 아리시마 자신의 말을 빌려, 그의 문학과 동반자살이라는 '사건'을 모두 '개인주의'로 수렴시켜 해석하고 있다.[35]

「돌에 짓눌린 잡초」는 잡지 『태양』에 1918년 발표된 중편으로서, 아내인 'M코'와 화자인 '나'의 연애와 결혼, 그리고 부부관계가 파탄에 이르는 과정을 편지 형식으로 쓴 소설이다. 편지의 수신자는 '가토'인데, 그는 '나'의 친구이자 아내의 불륜상대였다. '나'는 아내를 만나 사랑하고 결혼하게 된 과정, 아내의 배신과 불륜을 알게 된 이후의 자신의 심리상태와 행동, 그리고 그 과정에서 '나'의 질투와 복수심 때문에 점차 정신적·육체적으로 폐인이 되어가는 자신과 아내의 정황을 세밀하게 묘사하고 있다.

이상의 문학에 관해서는 매우 다양한 연구 성과들이 제출되어 있지만, 「돌에 짓눌린 잡초」와 이상의 소설 텍스트를 비교 검토

---

35 가토 슈이치, 김태준·노영희 역, 『일본문학사 서설』 2, 시사일본어사, 1996, 411쪽.

한 연구는, 필자의 과문을 전제로 아직 없는 듯하다. 가장 큰 이유는 두 작가나 텍스트들 간의 직접적인 영향관계를 확인하기 어렵다는 점일 것이다. 실제로, 이상의 저작물 전체에서 아리시마 타케오에 관한 언급은 딱 한 번 등장한다.

한篇의 敍情詩가 서로달착지근하면서 砂糖의分子式 硏究만 못 해보힐적이 쾌만흐니 이것은 엇저녁을굶은 悲哀와 東新株暴落때 문인 落膽과 有島武郞의『우마레이즈루나야미』와 한作家의 窮상스 러운 身邊雜事와 이런것들의輕重을 무슨天秤으로도 論하기어려운것 이나 恰似한일이다.[36]

이상은 일본 유학 경험은 없었지만, 어떤 점에서는 바로 그러한 이유 때문에,[37] 국내에서 누구보다도 열심히 일본 문인들의 작품을 읽고, 문단동향에 민감했으며, 나아가서는 화단畵壇이나 영화계와 같은 예술계 전반의 동향에 민감했었다. 아리시마의 「돌

---

36 이상, 「文學을 버리고 文化를 想像할 수 업다」, 『전집 3―수필, 기타』, 223~224쪽. 인용문 속의 『우마레이즈루나야미』는 『다시 태어나는 고통』의 일본어 제목인 『生まれ出づる悩み』를 그대로 읽은 것이다. 『우마레이즈루나야미』의 서지사항에 대해서는 각주 33을 참조할 것.
37 이상의 여러 소설 텍스트와 사신(私信)에서, '동경행'에 대한 그의 소망이 피력되고 있다. 같은 시대의 동료들처럼 일본 유학 경험이 없는 것이, 그에게 하나의 콤플렉스였음은 사실로 보인다. 그런데, 그의 문학적 삶 전체로 확대해 보자면, 바로 그 '결핍 / 결여'가, 작가로서의 그를 만들었고, 그의 '동경행'을 이끌었고, 그리고 '환상'과 '환멸'의 전화(轉化)를 통해 그를 '죽음'으로 이끄는 것이기도 했다.

에 짓눌린 잡초」가 1918년도의 작품이므로, 이상이 본격적으로 활동하던 1930년대와는 상당한 시간적 거리가 있는 것은 사실이지만, 위의 인용문에 「다시 태어나는 고통」이 직접 등장한다든지, 요코미츠 리이치橫光利一의 1924년도 작품인 「머리 그리고 배頭ならびに腹」가 소설 속에 직접 인용되는 것으로 미루어 짐작컨대, 이상은 아리시마를 읽었을 가능성이 충분하다.

「지주회시」에 등장하는 '거미'와 여자를 통해 이를 확인해 보기로 하자. 이진형은 「지주회시」에서 여성을 '거미'에 비유한 것이 요코미츠 리이치의 『상하이』에서 온 것이라고 유추한다.[38] 「지주회시」에서 "안해는꼭거미.라고그는믿는다. (…중략…) 이방이그냥거민게다.그는거미속에넙적하게들어누어있는게다.거미내음새다.이후덥지근한내음새는아아거미내음새다.이방안이거미노릇을하느라고풍기는흉악한내음새에틀림없다.그래도그는안해가거미인것을잘알고있다"[39]는 구절이 요코미츠 리이치의 『상하이』에 나오는 다음의 구절과 유사하다는 것이다.

스위치를 틀었다. 그러자 벽에서 뿜어내는 증기와 함께 축음기에서 베리마인이라는 노래가 흘러나왔다. 그 노래에 맞추어서 고야는 잔걸음으로 스텝을 밟기 시작했다. 그러자 천천히 비틀린 비

38　이진형, 「이상의 여성상에 관한 연구―橫光利一와의 비교를 중심으로」, 란명 외, 앞의 책, 79~80쪽.
39　이상, 「지주회시」, 『전집 2―소설』, 234쪽.

누거품이 감싸고 있던 육체를 깨끗이 씻어내면서 꽃이 떨어지듯이 뚝뚝 떨어졌다. 그때마다 오류의 등에서 화려한 거미 문신이 점점 선명하게 드러났다. (…중략…)

오류의 몸을 감싼 듯한 거미 문신 부분에서 땀이 흘러나왔다. 마침내 증기가 욕실을 가득 차게 되자, 사방이 온통 수증기에 뒤덮여 새하얀 안개 속에서, 주인도 손님도 거미도 거품도 희미해져서 보이지 않게 되었다. 증기 속에서 오류의 목소리가 들려왔다.[40]

인용문은 '오류'라는 여성의 등에 그려진 '거미' 문신에 관한 묘사다. 그러나, 여성과 '거미'의 유비 관계라면, 그보다 시기적으로 좀 더 앞서는 아리시마의 다음의 문장이 「지주회시」의 그것과 훨씬 더 친연성親緣性이 강하다고 생각된다.

육욕의 이빨을 드러내며 몰려드는 남자들을 향해, (이런 남자들이 꼬이게 된 것은 사실 요코 스스로가 뿌리는 유혹의 향기 때문임을 잘 알면서) 요코는 냉소를 흘리며 거미줄을 쳤다. 다가온 인간은 하나도 남김없이 그 아름다운 거미줄로 옭아맸다. 요코의 마음은 부지불식간에 잔인해져갔다. 그저 마력을 가진 무당거미처럼 살고 싶다는 욕구에서 날마다 그 아름다운 거미줄을 확장시켜갔다.[41]

40 요코미츠 리이치, 김옥희 역, 『상하이』, 소화, 1999, 23~24쪽.
41 아리시마 타케오, 유은경 역, 『어떤 여자』, 향연, 2006, 164쪽. 물론 「지주회시」의 '거미'는 '여성'만을 가리키는 것은 아니다. 남성 등장인물인 '오(吳)'가

아리시마의 「돌에 짓눌린 잡초」는, 앞에서 잠깐 밝힌 바 있듯이 (남성의) '욕망'에 관한 서사이다. 거기에는 사랑하는 아내로부터 배신당한 남성의 섬뜩한 질투와 처절한 분노, 그리고 집요한 복수극이 그려지고 있다. 이상의 일련의 소설들, 예컨대 「불행한 계승」, 「공포의 기록」, 「단발」, 「날개」, 「환시기」, 「봉별기」, 「동해」, 「실화」, 「종생기」 등의 소설들에는, 예외 없이 남녀의 '연애'를 둘러싼 복잡한 심리묘사가 중심을 이루고 있으며, 그것도 로맨틱한 연애서사가 아니라, 대체로 여성의 배신이나 혼인한 아내의 가출, 여성의 성적 문란을 계기로 하여, 그것을 지켜보고 감당하는 남성 주인공의 심리와 행동이 주된 서사구조로 되어 있다. 물론, 동서고금의 소설들 중에는 애인이나 배우자의 불륜으로 괴로워하는 '남성'의 심리를 묘사한 소설이 많으므로, 그러한 모티프의 유사성만으로 상호텍스트성을 이야기하기는 어려운 면이 있다. 그러나, 좀 더 세부적인 면을 들여다보면 두 소설의 유사성이 충분히 '비교될 만한 것'임을 짐작하게 된다.

이를테면, 「돌에 짓눌린 잡초」의 다음과 같은 장면을 보자. 아

자신을 가리켜 "내가 거미지, 거민줄 알면서도⋯⋯"라는 구절도 있기 때문이다. 요컨대, 「지주회시」의 '거미'는 정당하지 않은 방법으로 남을 수탈하는 어떤 존재를 가리키는 포괄적 상징이라고 할 수 있다. 그런 맥락에서 보더라도, 『어떤 여자』에 등장하는 '거미'가 『상하이』보다는 좀 더 「지주회시」의 '거미' 쪽에 가깝다고 보인다. 한편, 「지주회시」에는 주인공 '그'가 자신을 가리켜 '거미'라고 하는 문장도 나온다. "나는 거미다⋯⋯ 거미 거미 속에서 안나오는 것"의 구절은, 착취나 수탈보다는 은둔과 자폐의 의미가 좀 더 강하다.

내인 M코가 가토와의 불륜관계를 '나'한테 들키고 용서를 빈 이후에도 계속 밀회를 이어가고 있음을 안 '나'는 다음과 같은 행동과 심리를 보여준다.

① M코가 자네 집을 뻔질나게 드나들거나 사나흘씩 집 밖에서 놀며 행선지도 알리지 않은 채 여행을 떠나곤 한 것은 그때부터였지. 자네는 잊었을지언정 나는 잊지 못하지. 자네와 M코가 밀회한 횟수나 장소는 내 일기장에 꼬박꼬박 기록되어 있네만, 그보다도 내 가슴속에 또렷하게 새겨져 있으니까 말이야. 두 사람이 나를 아주 우습게 여기고 온갖 환락을 만끽하고 있을 때, 언제나 내 귀와 눈은 두 사람이 노는 꼴을 옆에서 지켜보고 있었다네. 내 마음은 어느 사이엔가 완벽하게 이중으로 움직였어. 회사 사무실 앞에 앉아 있을 때도, 우리 집 식탁에 혼자 앉아 쓸쓸히 젓가락질을 하고 있을 때도, 내 마음은 두 사람의 뒤를 따라다녔어. 밀정의 전화연락으로 M코를 자네 집에서 찾아냈을 때에는 내 마음도 자네 집에 가 있었지. 전보로 두 사람을 피서지에서 찾아냈을 때에는 나도 그 피서지에 가 있었다네. 그래서 M코의 그림자처럼 늘 그녀의 등 뒤에 머물러 있었지. 꿈에서든 상상에서든 아니면 황혼 무렵의 어슴푸레한 광선으로 야기된 환상에서든, 자네는 언뜻 해골처럼 앙상하게 마른 내가 충혈된 눈으로 이를 갈면서 M코를 노려보고 있는 걸 본 적이 없나?[42]

이 장면을 이상 소설의 비슷한 장면과 겹쳐 읽어보기로 하자.

　② 이십삼일 밤 열시부터 나는 가지가지 재조를 다 피워가면서
姸이를 拷問했다.

　이십사일 東이 훤ー하게 터올때쯤에야 姸이는 겨우 입을 열었
다. 아ー 長久한 時間!

　"첫뻔ー 말해라"

　"仁川 어느 旅館"

　"그건안다. 둘째뻔ー 말해라"

　"……"

　"말해라"

　"N삘딩 S의 事務室"

　"쎈째번ー 말해라"

　"……"

　"말해라"

　"東小門밖 飮碧亭"

　"넷째뻔ー 말해라"

　"……"

　"말해라"

　"……"

42　아리시마 타케오, 유은경 역, 『돌에 짓눌린 잡초』, 소화, 2006, 249쪽.

“말해라”[43]

③ 貞姬는 지금도 어느삘딩걸상우에서 뜌로워스의 끈을풀르는
中이오 지금도 어는 泰西館別莊방석을 비이고 뜌로워스의 끈을풀
르는中이오 지금도 어느松林속잔디버서놓은 外套우에서 뜌로워
스의 끈을 盛히풀르는中이니까다.

이것은 勿論 내가 가만히 있을수없는 災殃이다.

나는 니를 간다.

나는 걸핏하면 까므러친다.

나는 부글부글 끓는다.[44]

인용문 ①은 「돌에 짓눌린 잡초」의 ‘나’가 아내와 친구 ‘가토’
의 밀회를 일일이 기록하고 추적하는 편집증적 광기를 보여주는
장면이고, ②와 ③은 각각 이상의 단편 「실화」와 「종생기」의 장
면들이다. ②는 ‘연이’라는 여성이 ‘나’와 연애하는 동시에 ‘S’라
는 나의 친구와도 연애를 하는 것을 알고, ‘연이’를 밤새 닦달하
는 장면이다. ③에서는 ‘나’를 사랑한다고 고백한, 과거에 관계
를 가진 적이 있던 R이나 S와도 그 관계를 깨끗이 청산했다고 고
백한 ‘정희’라는 소녀가, 사실은 여전히 연애관계를 유지하고 있

---

43 이상, 「실화」, 앞의 책, 351~352쪽.
44 이상, 「종생기」, 앞의 책, 393~394쪽.

음을 알고 난 후의 독백이다.

언제 어디서 누구와 어떻게 사랑을 나누었는가를 세밀히 알고 싶어 하는 마음은, 애인이나 배우자의 불륜 사실 자체를 인지하는 것과는 분명히 다른 차원에 속한다. 후자도 물론 괴로운 일이지만, 전자의 경우는 자학의 고통을 넘어서 어떤 쾌락이나 희열의 단계를 엿보게 한다. 아리시마는 소설 속에서 이를 '질투의 오르가즘'이라고 명명한다. "가슴이 찢어질 듯한 분노가 치밀어 올라 제풀에 주먹을 쇳덩어리처럼 불끈 쥐고서, 무릎이 떨리고 살기로 입술이 바작바작 타들어가는 것을 굳센 의지로 꾹 참고 견디는 그 쾌락 (…중략…) 그건 바로 질투의 오르가즘이었어!"[45] 「돌에 짓눌린 잡초」에서 '나'는 아내와 친구가 밀회할 때마다 직접 뒤쫓거나 밀정에게 추적시킨 후 보고받는다. 어떤 경우에는 시나리오를 짜 밀회를 방해하기도 한다. 밀회를 목격하든 상상하든, 배신의 구체적 장소와 일시를 기록하거나 상대에게 자백토록 추궁(가학)하고, 그것을 목격하거나 상상함으로써 자신의 질투심을 증폭시켜 괴로워하는(자학), 이런 방식은 흔하게 마주칠 수 있는 유사성은 아니다.

참조하지 않으면 설정하기 다소 어렵다고 보이는 두 텍스트들의 세부細部를 한 가지 더 들어보기로 하자. 아리시마의 소설에 등장하는 대목이다. '나'는 아내를 의심하고 질투하는 고통에서

---

45 아리시마 타케오, 앞의 책, 238~239쪽.

벗어나기 위해, 그녀의 고백과 사죄를 진심으로 받아들이기로 하고, 한동안 평화로운 가정생활을 유지해 나간다. 예컨대, M코를 의심하고 질투에 괴로워하던 '나'가 아내 앞에서 의심했던 자신에 대해 용서를 구하고, "우리 세계를 언제까지나 그런 일로 어둡게 하면 우리만 손해야"라든지, "내 신뢰를 저버리지 않을거지?"라고 확인하고, 그에 대한 화답으로, M코가 "나 같은 죄인을 당신은 잘도, 잘도…… 난 더 이상 바랄 게 없어요. 제발 부탁이에요. 용서해 주세요. 괴로워 죽을 것 같아요"[46]라고 통곡하던 바로 그 무렵의 어느 날, 욕실바닥에 떨어진 작은 종잇조각을 발견한다. 원래 하나의 종잇장에서 찢겨 나왔을 조각에는 '안정安定'이란 글자와 발신자를 뜻하는 '로郎가'라는 글자만 남아있다. '로郎'가 아내의 불륜상대인 '가토 우메지로加藤梅次郎'의 '로'일지도 모른다고 직감한 '나'는, 갖은 방법을 동원해 그것이 결국 가토의 필체와 그의 전용편지지임을 밝혀내고 다시 질투의 화신으로 돌변한다.

요컨대, 자기 앞에서 울면서 용서를 빌고 정숙한 아내로 다시 돌아올 것을 다짐하는 그 순간에도, 정부情夫와 서신을 주고받으며 남편인 '나'를 농락하는 탕녀 'M코'의 행태, 그리고 이전보다 더 심각한 질투와 복수심에 빠져들게 되는 '나'의 심리묘사가 독자에게 극도의 긴장감을 불러일으키는 대목이다.

46　위의 책, 217~218쪽.

이상은 「종생기」에서, 이와 유사한 장면을 배치해 놓았다. '나'는 '정희'로부터 한 통의 속달편지를 받는다. 편지에는 "R과도 깨끗이 헤어졌읍니다. S와도 절연絕緣한 지 벌서 다섯 달이나 된다는 것은 선생先生님께서도 믿어 주시는 바지오? 다섯 달 동안 저에게는 아모것도 없읍니다. 저의 청절淸節을 인정認定해 주시기 바랍니다"라는 구절이 있고, "영원永遠히 선생先生님 '한 분'만을 사랑하지오. 어서 어서 저를 전적全的으로 선생님만의 것을 만들어주십시오. 선생님의 '전용專用'이 되게 하십시오"라고 호소한다. 편지 끝에 "삼월삼일三月三日날 오후午後 두시 동소문東小門 뻐스 정류장停留場 앞으로 꼭 와야 되지 그렇지 않으면 큰일 나지요. 내 징벌懲罰을 안받지 못하리다"라고 썼다. "청초함이 장히 질풍신뢰疾風迅雷를 품은 듯한 명문名文"이라고, "깜빡 속기로 한다, 속고 만다"고 하면서, '나'는 약속장소로 나가고, 흥천사 구석방에 들어간다. 성관계를 시도하는 듯한 일련의 장면이 지나가고, 그 직후 일어나는 '나'의 자살소동, 그 와중에 '정희'의 스커트를 잡아채게 되고 스커트 안에서 '편지'가 떨어진다. 바로 '정희'가 절연한지 다섯 달이나 된다는 'S'가 '정희'한테 보낸 속달편지다.

정희! 怒하였오 어제밤 泰西館別莊의 일! 그것은 決코 내 本意는 아니었오. 나는 그 要求를하려 貞姬를 그곧까지 데리고갔든 것은 아니오. 내 不憫을 용서하야 주기바라오. 그러나 貞姬가 뜻밖에도 그렇게까지 다수굿한 態度를 보여주었다는 것으로 저윽이 自慰를 삼겠오.

貞姬를 하로라도 바삐 나 혼자만의 것을 만들어달라는 貞姬의 熱烈한 말을 勿論 나는 잊어버리지는 않겠오. (…중략…) 오늘(三月 三日) 午後 여덜시 正刻에 金華莊住宅地 그때 그 자리에서 기다리고 있겠오. 어제 일을 謝過도 하고싶고 달이 밝을듯하니 松林을 거닙시다. 거닐면서 우리 두 사람만의 生活에 對한 設計도 의논하야봅시다.[47]

그러니까, 정희는 내게 속달편지를 띄우던 3월 2일에도 'S'와 만나고(성관계를 맺었는지는 명확하지 않지만 그런 의미로 파악된다), 3월 3일 오후 2시에는 '나'를 만나고(성관계를 맺었는지는 명확하지 않지만 시도가 있었다는 것은 파악된다), S가 보낸 편지의 약속대로 한다면, 같은 날 오후 8시에 다시 S를 만나기로 되어 있는 것이다. "그 낮으로 오늘 정희는 내게 이상선생李箱先生님께 드리는 속달速達을 띄우고 그 낮으로 또 나를 만났다. 공포恐怖에 가까운 변신술翻身術이다. 이 황홀한 전율戰慄을 즐기기 위하야 정희는 무고無辜의 이상李箱을 징발徵發 했다. 나는 속고 또 속고 또 또 속고 또 또 또 속았다"[48]라고 탄식한다. 이 '속다'라는 어휘는, 이상의

47　이상, 「종생기」, 앞의 책, 391쪽.

텍스트 여러 곳에서 매우 자주 등장하는데, 아리시마의 텍스트에도 곳곳에 등장한다. 예컨대, "그래도 어떻게든 속여 보려고 할 거야. 속이려면 속여 보라지. 나는 그냥 속아 주는 체하면 되니까"[49]라거나, "가토, 네 녀석이 꾸며댄 말에 내가 속을 줄 알고!"[50] 같은 경우다.

물론 이 '속다'와 '속이다'의 주체와 대상은, 두 텍스트가 똑같지 않다. 이상의 경우가 훨씬 복잡하고 중층적인데, 그의 소설에서는 상대 여성에게 '속는' 것과, 자기 자신에게 '속는' 것이 겹쳐있다. 앞의 인용문에서 '또'라는 부사가 반복되는 것은, 그런 의미에서 단순히 '속는' 일의 반복횟수를 가리킨다고 보기는 어렵다.

2) 성모와 매춘부 – 여성 캐릭터의 또 다른 기원으로서의 오토 바이닝거

아리시마가 소설 「돌에 짓눌린 잡초」를 쓰게 된 경위는, 그의 창작과정을 밝힌 에세이에서 비교적 분명하게 드러나 있는데, 그것은 다음과 같다. "그(아리시마)는 中村白葉이란 사람으로부터 다음과 같은 복수담을 들었다고 말한다. '한 남자가 어떤 여

48 　위의 글, 391~392쪽.
49 　아리시마, 앞의 책, 206쪽.
50 　위의 책, 211쪽.

자와 약혼을 했다. 그런데 남자가 양행洋行을 하고 있는 동안, 여자는 다른 남자와 연애에 빠졌다. 남자가 귀국했을 때, 여자는 솔직히 고백을 했다. 남자는 그것을 용서하고 결혼했다. 그리고 마음속으로는 질투를 감춘 채 여자에게 극진한 친절을 다했다. 여자는 폐병에 걸렸다. 그리고 죽었다.'"[51]

전해들은 이 짧고 단순한 이야기를 「돌에 짓눌린 잡초」라는 복잡하고 섬세한 심리극으로 확장하기 위해, 특히 이야기 속의 '여자'를 소설 속 캐릭터 'M코'로 재창조하기 위해, 아리시마는 오스트리아의 요절한 청년학자 오토 바이닝거Otto Weininger(1889~1903)를 끌어들인다.

바이닝거는 객관적으로 여자에겐 두 가지 전형이 있다고 주장하는 모양인데, 어느 정도까지는 부정할 수 없는 사실이라고 하더라도, 대부분은 문제가 되는 남녀 사이에서 생기는 관계로 정해지는 경향이 많다고 말하는 편이 옳다네. 예를 들어 M코는 어떤 다른 남자에게는 현모양처형 여자라고 할 수 있을지 모르지만, 내게는 분명히 창부형 여자였던 거야.[52]

51　우치다 미츠[內田滿], 「有島武郎の創作方法(下)―「石にひしがれた雑草」から『或る女』へ」, 『同志社國文學』 제11호, 同志社大學 文學部 國文學會, 1976, 76쪽에서 재인용. 본문의 번역은 인용자.

52　아시시마 타케오, 앞의 책, 182쪽.

아리시마는 바이닝거의 학설에 약간의 수정이 필요하며, 그것
은 기질로서의 여성성의 문제보다는 남녀 사이의 '관계'가 더 규
정적 조건이 된다고 말하고 있지만, 사실상 소설에서 M코를 그
리는 것은 철저히 바이닝거의 소론所論, 즉 "모든 여성은 '어머니'
와 '창녀'의 두 가지 유형으로 나누어진다"에 기대고 있으며, 특
히 '창녀형'의 한 전형으로 'M코'를 배치하고 있다.

> 창부형 여자는 매력을 여자 자신이 갖추고 있다기보다는 주위를
> 둘러싸고 있는 남자와 그 여자의 관계 속에서 만들어지는 것 같아.
> 그런 여자는 희한하게도 남자의 선망과 질투를 도발시키는 데 도가
> 터 있으니까. 또 그런 여자는 반드시 모든 것을 역이용하기 때문에,
> 언제라도 상대방의 칼을 빼앗아 쓰러뜨리려고 하지. (…중략…) 설
> 령 그 여자가 한 남자의 소유로 귀착된다고 해도 그런 여자가 남자
> 에게 취하는 수단은 마찬가지야. 남자에게 주는 불안한 느낌. 남자
> 는 여자 그 자체를 사랑한다기보다 불안한 마음에서 자신을 구제하
> 기 위해 발버둥치고, 그 여자를 독점하려고 안달하게 되는 거야.[53]

오토 바이닝거는 오스트리아의 빈에서 유복한 유대인 가정에
서 태어나 23살의 나이로 자살한 청년 학자였다. 그의 유일한 저
서인 『성과 성격』(1903)[54]은 그의 박사학위 논문의 세 개의 장을

---

[53] 위의 책, 181~182쪽.

확장한 것으로, 출간 직후에는 특별한 반향을 얻지 못했으나, 그의 자살과 더불어, 책에 담겨 있는 극단적인 반反여성주의와 반反유대주의, 육체혐오주의, 그리고 '천재인간'에 대한 극단적인 추종의 논리로 인해, 곧 커다란 화제를 불러 일으켰다.

바이닝거는 대부분의 여성 안에는 '어머니'와 '창녀'의 두 가능성이 모두 들어 있다고 전제하고, 그러한 성향은 한 여성에게 태어나면서부터 주어지는 것이라고 본다. 다만 그 '절대적 형태'가 발현될 때의 특징을 설명한다. 요컨대, "절대적 어머니는 자기가 자식을 만드는 데 필요한 남자라면 어떤 임의의 남자도 취하게 되며, 자기가 아이를 갖게 되자마자 더 이상의 남자가 필요 없게 된다. (…중략…) 절대적인 창녀는 이와는 반대로 어린 시절에 벌써 자식을 갖는 것을 질색하며, 기껏해야 나중에 남자를 감동시킬 효과를 노리고 어머니와 자식 사이의 목가적인 풍경을 그럴싸하게 보이게 함으로써 그 남자를 유혹하기 위한 수단으로 이용할 뿐이다. 이런 여자는 모든 남성들의 마음에 들어야 할 필요성이 있는 여성이다. (…중략…) 자신에게 에로틱한 즐거움을

---

54 독일어 원제가 *Geschlecht und Charakter*(1903)인 이 책은 1906년 뉴욕과 런던에 본부를 둔 G. P. Putnam사에서 영어로 번역된다. 아마도 아리시마가 읽은 것은 영역본 *Sex and Character*였을 것이다. 아리시마는 1903~1907년까지 하버드 유학을 포함해 미국에 체류하고 있었다. 바이닝거의『성과 성격』은 1925년 영어번역자 村上啓夫에 의해 일본어로 번역된다. 만약 이상이 오토 바이닝거의 책을 직접 읽었다면 이 일역본이었을 가능성이 있다.『성과 성격』의 영역본 및 일역본의 연혁에 대해서는 Google, Wikipedia, YahooJapan, 日本國立國會圖書館 등 관련 사이트들의 도움을 받았음을 밝힌다.

줄 수 있는 남자라면 누구라도 자신을 맡기게 된다. 이런 즐거움이 그녀에게는 목적 그 자체다"[55]라고 규정한다.

이상의 많은 소설에서, 비록 이름을 바꾸어 등장하기는 하지만 그 캐릭터와 역할은 모두 비슷해 보이는, 예컨대 「불행한 계승」의 '은선', 「공포의 기록」·「날개」·「지주회시」의 '아내'들, 「환시기」의 '순영', 「단발」의 '선', 「동해」의 '임이', 「봉별기」의 '금홍', 「실화」의 '연이', 「종생기」의 '정희'는, 텍스트에 따라 조금씩 차이가 있지만, 주인공으로 하여금 질투에 눈멀게 하고, 곁에 있어도 언제 떠날지 모른다는 '불안'에 사로잡히게 만드는 여성 인물들이다. 그래서, 이상 소설의 남주인공들은, 우리가 앞절에서 살펴본 바 있듯이, "어떤 점을 붙잡아 한 여인女人을 믿어야 옳을 것인가. 나는 대체 종잡을 수가 없어졌다. 하나같이 내눈에 비치는 여인女人이라는 것이 그저 끝없이 경조부박輕佻浮薄한 음란한 요물妖物에 지나지 않는 것이 없다",[56] "여자란 과연 천혜天惠처럼 남자를 철두철미 쳐다보라는 의무義務를 사상思想의 선결조건先決條件으로 하는 탄성체彈性體든가",[57] "계집의 얼굴이란 다마네기다. 암만 베껴 보려므나. 마지막에 아주 없어질지언정 정체는 안 내놓느니"[58]라고 탄식했던 것이다. 이런 여성 기질

---

55 오토 바이닝거, 임우영 역, 『성과 성격』, 지식을만드는지식, 2012, 495쪽.
56 이상, 「공포의 기록」, 앞의 책, 226쪽.
57 이상, 「동해」, 위의 책, 319쪽.
58 이상, 「실화」, 위의 책, 393쪽.

에 관한 정의定義 시리즈의 대미는 아마도 다음과 같은 구절일 것
이다.

> 나는 또 이런 것을 생각하지 않았든 것도 아니다. 즉 남의 안해라
> 는 것은 貞操를 직혀야 하느니라고!
> 금홍이는 나를 내 懶怠한 生活에서 깨우치게 하기위하야 우정
> 姦淫하얏다고 나는 好意로 解釋하고싶다. 그렇나 世上에 흔히있는
> 안해다운 禮義를 직히는 체 해본 것은 금홍이로서 말하자면 千慮의 一
> 失 아닐 수 없다.[59]

요컨대, 위의 인용문에 따르자면, '금홍'은 본래의 기질(=창녀
형)을 잠시 감추고, '아내다운 예의를 지키는 척'함으로써 '어머
니형(혹은 아리시마의 용어로 말하자면 현모양처형)'을 연기했지만,
그것이 '금홍'으로서는 일생일대의 '실수'라는 것이어서, 이상의
소설 속에서 만들어놓은 여성의 캐릭터는 기본적으로 바이닝거
와 아리시마에 연결되는 '기질론'으로서의 이분법과 매우 유사
하다는 사실을 알 수 있다.

워낙 극단적인 사유를 펼치고 있는 탓에, 바이닝거의 소론所論
에 대한 반응 또한 당시나 지금이나 그 호오好惡가 극단으로 갈
리고 있지만, 그의 사유는 그렇게 단순하거나 소박하지는 않다.

---

59   이상, 「봉별기」, 343쪽.

예컨대 그가 견지하는 '어머니'와 '창녀'의 기질론이 일반적인
가치평가를 뒤집고 있다는 점만 봐도 그렇다.

사람들이 유일하게 진정한 여성의 유형이라고 말하기 좋아하는
어머니 타입 여성에 대한 가치 평가가 그렇게 폭넓고, 무제한적이
고, 존경스러울 정도라는 것은 어느 면으로 봐도 부당하다. 비록 거
의 모든 여성들은 그런 평가를 끈질기게 고수하고, 일반적으로 모
든 여성들은 어머니가 되어야 비로소 완성된다고 주장하더라도 말
이다. **내가 고백하건대 매춘부가 인간으로서가 아니라 천재로서 내게
훨씬 더 큰 감명을 준다.** (…중략…)
매춘부는 남자들의 평가나 남자들이 여성들에게서 찾는 '처녀
성에 대한 이상'을 결코 따르지 않는다. (…중략…) 어머니가 남편
의 도덕적 의지에 복종하는 것은 쉽다. 왜냐하면 어머니에게는 오
로지 자식, 종족을 유지해 가는 생활이 중요하기 때문이다. 창녀는
완전히 다르다. 창녀는 최소한 전적으로 자신의 삶을 살아간다.[60]

아리시마도 이상도, 그의 소설에서 '창녀형' 여성들에 대한 질
투와 혐오만으로 일관했다면, 그리고 '정조관념'이 얼마나 소중
한 것인가를 역설하기 위해 소설을 쓴 것일 뿐이라면, 우리는 그
런 텍스트를 그토록 오랫동안 자주 들여다보며 제대로 해석하려

---

60   오토 바이닝거, 앞의 책, 514쪽.

고 애쓰지 않았을 것이다. 두 사람 모두 기실은 '여성'에 대해 이야기하고 있는 것이 아니라 '남성'인 자기 자신들에 대해 이야기하고 있는 것이다. 이것이 아리시마의 소설과 이상 소설에 내재하는 중요한 역설이다. 이 점에 대해서도 바이닝거의 '사랑'에 관한 철학적 소견이 환기시키는 바가 있다.

> 사랑할 때 남자는 언제나 자기 자신만을 사랑한다. (…중략…) **인간은 사랑을 할 때 비로소 어떤 식으로든 온전한 그 자신이 된다.** 그래서 많은 사람들이 '사랑하고 있는 사람'이 되어서야 비로소 '원래의 나'와 '낯선 너'를 믿기 시작하는 것이 설명된다. 이 말은 이미 드러났듯이 문법적으로나 도덕적으로나 상호 개념이다. (…중략…) 이제 왜 많은 사람들이 비로소 사랑에 빠져서야 자신의 존재를 알게 되는지 분명해진다. 그 이전에는 자신들이 영혼을 가지고 있다고 확신할 수 없다. (…중략…) 예술가뿐만 아니라 인간을 심리학적으로 고취해 줄 수 있는 말이 있다. "나는 사랑한다. 고로 존재한다.(Amor, ergo sum)"[61] (강조-원문)

바이닝거의 핵심은, '사랑'은 모든 사람에게 존재의 본질을 각인시키는 '사건'이기 때문에 의미가 있다는 것이다. '사랑'을 통해 대상에게 자신의 '이상적 존재'를 투영시키거나, 혹은 대상의

61　위의 책, 561~562쪽.

'이상적 존재'로서의 '자신'을 발견하려고 애쓴다. 그러므로, 사실 이상李箱의 모든 소설에 등장하는 '여성'들은 종국에 남성 주인공인 '나'의 '존재'를 자각하게 만드는 '계기'이자 '대상적 존재'가 된다. 이 점은 아리시마의 소설 「돌에 짓눌린 잡초」도 마찬가지 원리에 서 있다.

5. 맺음말

이상의 에세이 「혈서삼태」에 이런 구절이 있다.

> 性慾! 性慾은 그럼 弄談임니싸. 性慾에는 정말 '스토-리'가 업습니싸.[62]

이상의 텍스트가 종종 그러하듯, 인용구절 역시 전후의 맥락과 산뜻하게 연결되지 않는 난해한 문장이다.[63] '농담'과 '스토

62　이상, 「혈서삼태」, 김주현 주해, 앞의 책, 36쪽.
63　위의 문장은 논리적으로도 정확한 문장은 아니다. "性慾! 性慾은 그럼 弄談임니싸"는 성욕과 농담이 등가적 은유관계로 구성되어 있고, "性慾에는 정말 '스토-리'가 업습니싸"는 성욕과 스토리가 포함관계로 구성되어 있다. 농담과

리'는 그 대비 지점이 얼른 떠오르지 않는다. '농담'에 결여되어 있는 것이 '진지함'이라면, '스토리'는 결국 '성욕의 진지함'에 관한 비유인 것일까. 그러나 한 가지 분명한 것은 "성욕에는 정말 '스토리'가 없습니까"라는 이 반문反問은, 결국 '성욕에서 정말로 중요한 건 바로 욕구라는 추상적 실체가 아니라 '스토리'가 아닙니까!'라고 읽힌다는 점이다. 즉, '성욕'이 발동되거나 소멸되는 과정에서 정말 중요한 것은 '육체'의 반응에 상응하는 생물학적 메카니즘이 아니라, '심리'적 메카니즘이며, 그것은 '기승전결'이나 '인과관계'에 매개되는 '이야기'를 통해 확인할 수밖에 없다는 뜻이다. '이야기'는 곧 '언어'다.(이상은 '언어'를 종종 '어휘'로 바꾸어 쓰기도 한다)

예컨대, 이 '스토리론'은 소설 「단발」에 나오는 "이것을 소녀는 자기의 어휘로 설명할 수 없었다"[64]는 구절이나, 「동해」의 "나는 내 언어가 이미 이 황막한 지상에서 탕진된 것을 느끼지 않을 수 없을 만치 정신은 동공이오 사상은 당장 빈곤하였다"[65]와 연동된다. 「동해」의 다른 구절, "여기서부터는 내 教材에는 없다"[66]의 '교재'도 종국에는 '언어'로 씌어진 것이라는 점에서

스토리를 등가(等價)로 대비시키려면, 문장은 "性慾! 性慾은 그럼 弄談임니까. 性慾은 정말 '스토-리'가 아닙니까"이거나, "性慾! 性慾에는 그럼 弄談뿐임니까. 性慾에는 정말 '스토-리'가 업습니까"가 되어야 한다.

64 이상, 「단발」, 『전집 2 - 소설』, 295쪽.
65 이상, 「동해」, 위의 책, 328쪽.
66 위의 글, 324쪽.

는 '이야기'에 수렴된다. 결국 이상에게 진정으로 중요한 것은, 정조나 신뢰 같은 미덕이 아니라, 욕망을 둘러싼 심리적 추이推移와 그에 결부된 존재의 구성과 결핍에 관한 '언어적' 관심, 바꾸어 말하면 '욕망'을 '언어'를 통해 대상화하는 작업이었으며 동시에 그 대상화 과정에서 '주체'의 형성을 확인하는 것이었다.

이렇게 읽으니 '성욕과 농담, 그리고 스토리'의 상관관계가 조금은 선명해지는 것 같다. 즉, '성욕'은 '농담'처럼 잠시 웃고 지나가거나 소모적인 발화가 아니라, 인물과 갈등, 그리고 행위와 인과관계가 개입되는 매우 '진지한 발화'와 관계되는 '어떤 것'이라는 것이다. 따라서, 그의 소설에 등장하는 많은 여성인물들은, 작가 개인의 경험의 산물이라기보다는, 욕망과 존재(주체)의 복잡미묘한 관계를 언어(=이야기)화하기 위한 설정과 연출의 결과로 해석하는 것이 좀 더 타당하지 않을까. 그리고 아리시마와 이상에게 동시에 해당하는 이 '욕망-존재(주체)-언어(이야기)'를 둘러싼 등식의 상관관계 및 그 함의를 더 깊이 들여다보기 위해서는, 필경 정신분석학과 연관된 후속작업이 이어져야 한다. 여기에서는 분량의 제한으로 미처 그 지점까지 나아가지 못한 아쉬움이 있다. 추후의 논의를 통해 그 점을 좀 더 규명해 보고자 한다.

이 글은, 일본 근대작가 아리시마 타케오의 소설들에 나타나는 여성인물의 특징과 성적 심리의 특이성이, 이상 소설의 그것과 매우 유사하다는 전제 아래, 그 유사성의 몇 가지 사례들을 검토함으로써, 이상 소설의 여성 캐릭터의 원형을 유추해 보고자 하였다. 현재로서는 두 작가의 직접적이고 실증적인 영향관계를 확인하기는 어렵지만, 여러 정황과 맥락으로 미루어 보건대, 이상이 아리시마 타케오를 읽었고 그를 깊이 이해하고 있었음을 짐작하는 것은 그리 무리한 유추는 아니라고 생각한다. 따라서, 이상과 아리시마를 겹쳐 읽음으로써, 이상 소설의 여성 인물들과 다양한 성적 관계, 그리고 심리적 추이에 관한 새로운 비교 및 참조처를 찾아낼 수 있다는 점, 그리고 그를 통해 좀 더 확장되고 풍요로운 이상 텍스트 형성 과정의 한 단면을 들여다 볼 수 있다는 점을 확인하고자 한다.

내부망명자의 고독

안수길 후기소설에 나타난 '망명의식'의 문제를 중심으로

1. 말년의 양식으로서의 망명의식

작가 활동 후기後期의 안수길을 지배하고 있던 것은 일종의 '망명의식'이었다는 것이 이 글의 커다란 전제다. 그는 실제로 망명을 시도한 적도 없었고, 망명을 결행할 만큼 노골적인 핍박을 받은 적도 없지만, 자신이 법적法的으로 속해 있는 '대한민국'에 대한 환멸과 부정, 혹은 애증愛憎의 복잡한 심경이 후기의 작품에 두드러지게 나타나고 있는 것만은 분명하다. 그의 '망명의식'이 지닌 특징은, '망명'에 관한 '욕망'을 암시하면서도, 다른 한편으로는 그 '욕망'을 억누르는 '억압'의 기제를 스스로 넘어서지 못한다는 데 있다. 그런 점에서, 말년의 가작佳作임에도 불구하고 안수길의 작품 계보에서 그다지 주목받아 오지 않았던

단편 「망명시인」은, 작가의식의 표층과 심층, 그리고 그 사이의 균열과 단층을 들여다 볼 수 있는 매우 중요한 작품이다. 좀 더 흥미로운 사실은, 「망명시인」에서 노출되고 있는 작가의 '망명'에 관한 '욕망'과 '억압'은, 안수길의 작품 세계 안에서 오래 전부터 일정한 계보를 형성해 오고 있었다는 점이다. 그 계보는 전시기戰時期에 발표되었던 「갱생기」(1952)와 「두 개의 발정發程」(1952)에서 시작하여, 후기의 「IRAQ에서 온 불온문서」(1964)와 「노부부」(1974), 「삼인행」(1974)까지 이어진다. 그리고 그의 작품 세계 전체를 가로지르는 '망명의식'의 계보를 거꾸로 거슬러 올라가면, 그 초입에서 우리는 작가 안수길의 '재만在滿 경험'과 다시 조우하게 된다. 그의 개인사와 작가로서의 운명처럼 각인되어 있는 '이주'와 '정주'를 둘러싼 이 길고 힘든 여정이, '망명'에 관한 그의 '욕망 / 억압'의 근원적 사건임을 재확인하게 되는 것이다. 이런 이유 때문에, 우리는 그의 '재만 경험'이 지닌 개성을 말년의 '망명의식'과 겹쳐 읽을 필요가 있다.

한국문학사가 기억하는 안수길은 여전히 '『북간도』의 작가'이다. 이 기억의 배후에는 해방 전 조선인들의 재만在滿 경험을 수난의 기록이자 항일의 서사로 구축하려는 민족주의 이데올로기가 투사되어 있다. 해방 전 재만 경험이 안수길 문학의 가장 중요한 원천인 것은 움직일 수 없는 사실이지만, 기존의 문학사는, 안수길이 자신의 재만 체험을 하나의 고정된 '기억'에 매몰되지 않도록 평생에 걸쳐 고투를 치렀다는 사실을 읽어낼 만큼 섬세하지는 않다. 해방 전 재만 경험을 지닌 작가는 안수길 말고도 여럿이 있지만, 그 경험의 문학적 형상화에서 안수길만큼 극적인 변전變轉을 보여준 작가는 드물다.

나는 몇 편의 논문을 통해 안수길 문학에서의 '재만 경험'이 다른 작가들과 구별되는 지점들을 비교적 자세히 살펴본 바 있다.[1] 안수길의 만주 인식이 지닌 독특함과 그 변화의 도정을 밝히는 것이 이 글의 목적이 아니므로 상론하기는 어렵지만, 그것은 이후 본론에서 검토할 '망명의식'과 밀접한 관련이 있을 뿐만 아니라, 이 글의 문제의식이 기왕의 논문들에서 제시했던 안수길 문학의 특징의 연장선 위에 놓이는 까닭에, 그에 대해 다시 한번 간단하게 정리해보고자 한다.

멀리 최서해로부터 가까이로는 박경리의 『토지』에 이르기까지, '만주'는 주로 우리가 '민족'의 이름으로 겪은 가난과 피억압, 이주와 개척, 독립과 귀환의 욕망이 얽힌 복잡다단한 서사적 무대로 묘사되어 왔다. 그것을 굳이 약호로 표시하자면 '수난 /

---

1   그 논문들은 다음과 같다. 「만주의 문학사적 표상과 안수길의 '북간도'에 나타난 '이산'의 문제」, 「친일문학 논의와 재만 조선인문학의 특수성—안수길의 소설과 '이주자—내부—농민의 시선'을 중심으로」, 「만주, 혹은 체험과 기억의 균열—안수길의 만주배경 소설과 그 역사적 단층」. 이상의 세 논문은 졸저인 『친일문학의 재인식—1937~45년간의 한국소설과 식민주의』(소명출판, 2005)에 수록되어 있다. 「재만(在滿)이라는 경험의 특수성—정치적 아이덴티티와 이민족의 형상화를 중심으로」는 『사상과 성찰—한국 근대문학의 언어·주체·이데올로기』(소명출판, 2011)에 실려 있다.

저항’ 혹은 ‘친일 / 항일(반일)’이라는 이항대립으로 나타낼 수 있을 것이다. 만주에 관한 문학적 표상을 이렇게 해독하는 근저에는 앞서 말한 것처럼 일종의 ‘민족주의적 자기동일성’이 작동하고 있다. 이를테면, 이것은 ‘본토(조선)’와 ‘민족(조선인)’이라는 확고부동한 ‘자기정체성’의 기반 위에서, ‘이주’와 ‘유동(혹은 유랑)’을 일시적이고 우연한 ‘사건’으로 치부하며, 때가 되면 그 우연한 ‘외재성’을 청산하고 ‘본토의 정주민’으로 ‘귀환’해야 한다는 논리라고 할 수 있다. ‘만주’를 배경으로 한 안수길의 소설은, 우리에게 익숙한 이 이분법적 구획이나 이항대립을 해체하거나 넘어선 자리에서 비로소 그 진면목이 드러난다.

여기서 한 가지 기억해야 할 중요한 사실은, ‘만주’에 관한 안수길의 기억이 항상 단일한 형상과 일관된 성격을 지닌 것은 아니었다는 점이다. 초기의 문제작 「벼」(1940)에서 후기의 「효수梟首」(1968)에 이르기까지, ‘만주’에 관한 그의 기억과 인식은 크게 네 번의 변모 과정을 보여 준다.

그 첫째 단계는 해방 전까지 그가 쓴 대부분의 ‘만주’ 배경 소설에 두루 나타나는 특징인 바, 나는 이 소설들이 지닌 개성과 특장特長을 좀 더 정확히 이해하기 위해 ‘이주자—내부—농민의 시선’으로 읽기를 제안한 바 있다. ‘이주자—내부—농민의 시선’을 제안한 이유는, 해방 전 안수길의 소설을 읽는 우리의 시각이 줄곧 ‘본토인—외부—비농민’의 시각에 고착되어 있다고 느꼈기 때문이다. 어떤 이유에서든, '만주'로 건너가 새로운 삶을 시작한 사람들은, '이주자'의 운명을 걸머진 채, 조선에 남아 있는 '본토인'의 이해利害와는 다른 조건과 상황에 놓일 수밖에 없다. 그들도 조선인이며 우리 민족인 것은 분명하지만, '만주(국)'라는 새로운 환경에서의 상황 인식은 민족이나 조선인으로 고스란히 환원될 수 없는, 또 다른 '잉여'를 배태하게 된다. 해방 전 그가 쓴 여러 소설 가운데 가장 문제적인 작품이랄 수 있는 「벼」의 주인공 '찬수'야말로 '이주자—내부'의 시선으로 이해하지 않으면, 곧 친일 시비의 블랙홀에 빠져들 수밖에 없는, 그런 인물 형상이라고 할 수 있다. 이 소설의 말미에, 주인공 찬수와 농민들이 중국관헌들의 위협을 마주하고, 못물이 찬 논바닥에 납작 엎드린 채 일본영사관으로부터 기별이 오기만을 기다리는 행위는 이주자로서의 삶의 논리를 상징한다. '납작 엎드리다 / 기다리다'라는, 일견 비겁하고 기회주의적인 행동은, "죽어서도 예서 죽고 살아도 예서 살밖에 없는 그들", "고향에는 도로 나갈 수 없는 것을 잘 알고 있는 그들"의 시선으로 읽을 것인가 아닌가에 따라 큰 의미의 차이를 가져온다. 안수길은 재만 시절, 비록 그 자신 농민은 아니었지만, '만주'에서 '만주국'의 이상이나 정책의 틈새를 비집고 그가 꿈꾸는 '농촌공동체'가 어떻게 가능할 것인가를 끊임없이 모색했다.

해방 후, 안수길은 3년 가까이 고향에서 투병 생활을 한다. 그리고 월남해서 다시 기자와 작가 생활을 재개하게 된다. 이때 쓴 「여수旅愁」(1949)나 「범속凡俗」(1949) 같은 단편들이, '만주'에 관한 그의 기억의 두 번째 계열에 속하는 작품들이다. 이 소설들에는 내가 '만주 노스탤지어'라고 이름 붙인, 재만 시절에 관한 깊은 향수와 그리움이 배어난다. '정든 이역異域과 낯선 고국'이라는 역설, 혹은 고국에 돌아와 있으면서도 스스로 일종의 '전재민戰災民의식'에 사로잡힐 수밖에 없는 고통이 그를 괴롭히던 시절이다. 그는 사람으로 복닥대고 좁아터진 서울의 하늘 밑에서, 만철滿鐵이 자랑하는 특급열차 '아시아호'를 타고 광활한 만주벌판을 달리던 시절을 떠올린다. 이 지독한 '만주 노스탤지어'의 독毒으로부터 벗어나기 위해 그는 다시 '생활'을 발견하지 않으면 안 되었다. '생활'이란 그에게 남한(서울)이라는 또 다른 이주지에서 '살아남아야 한다'는 것을 자각하는 일이었다. 역설적이지만, 그의 삶을 가로지르는 '외재성'은 기실 첫 이주지였던 '만주'에서가 아니라, 해방 후 귀환했던 고국 '서울'에서 비로소 완성되었다. 고향이란 결국 '몸'에 각인된 '감각적 안정성'과는 하등 상관없는 '관념의 허상' 같은 것임을, 그는 비로소 서울에서 절감했기 때문이다. 민족주의적 자기동일성에 기반한 '본토인'의 시선으로는 안수길의 이런 소설들이 보여 주는 '이산' 경험의 내밀한 '속살'을 읽어 내기 힘들다.

안수길의 대표작이자 그를 한국문학사에서 '만주문학'의 대표 작가로 부각시키는 데 일등 공신의 역할을 한『북간도』는, 이런 복잡한 안수길의 '만주 인식'의 굴절 과정을 거쳐서 도달한 일종의 기착지寄着地였다. '기착지'란 목적지에 도달하는 도중에 들리는 곳을 말한다. 흔히『북간도』를 안수길 문학의 완성이자 대미라고 평가하지만, 그것은 안수길에게 있어서의 만주 인식의 변화 과정을 주도면밀하게 살핀 뒤 내린 결론이라고 보기는 어렵다.『북간도』가 문제적인 것은, 만주 체험에 관한 그의 '개인적 기억'과 '공적 기억'이 충돌한다는 점에서 그렇다. '기억의 정치학'이라는 관점에서 안수길의 대표작 리스트에 올리는 것은 당연하고도 옳다고 믿지만,『북간도』야말로 안수길의 만주 체험의 총체이자 결정판이라는 평가, 혹은 그에 덧붙여 '민족대서사'와 같은 수사修辭로 포장하는 것에는 동의하기 어렵다.

안수길은『북간도』를 쓰면서 '민족주의'를 전면에 배치했다. 그가 해방 전에 썼던 여러 작품들을 전면적으로 개작改作해서 조심스레 재출간한 것도 이것과 연관된다. 민족주의는 개작과『북간도』의 창작의 배후에서 작동하는 이념적 조종 중심이었다. 특히『북간도』의 후반부가 그러하다. 그러나 그가 의도적으로 배치한 이 민족주의와 그가 그리고 있는 '만주'는 서사의 전개 과정에서 조화를 이루지 못하고 계속 어긋난다. 왜냐하면, 체험에 의해 내장된 만주의 '기억'과, '민족주의'에 의해 재구성해 내어야 할 만주의 '기억'은 결코 같은 것이 될 수가 없었기 때문이다. 선구적인 안수길 연구서인 김윤식의 『안수길 연구』(정음사, 1986)에서 이미 정확히 지적하고 있듯이, 장편 『북간도』는 전반부인 1·2·3부와 후반부인 4·5부의 서사원리가 현격한 차이를 보여 주고 있다. 『북간도』가 보여 주는 이 파탄의 근원은, '일상'과 '역사'의 부조화 때문이며, 민족주의라는 이념이 주조한 '공적 기억'과 작가 안수길이 내밀하게 지니고 있던 '주관적 기억'이 충돌하면서 파열음을 냈기 때문이다.

『북간도』에서 노출된 이 '공적 기억', 이를 테면 만주는 우리의 옛 영토이며, 식민지 시대 우리 민족이 수난과 희생 위에 이룩한 개척지이자 독립운동의 발원지이고, '만주국'은 일본 제국주의가 건설한 한갓 '괴뢰국가'에 지나지 않았다는 것, 그래서 '재만 조선인'은 추방당한 자이자 망명자들이며 '제국의 타자'였다는, 이 기억의 두꺼운 갑각甲殼을 뚫고 안수길은 내면의 기억을 통해 전혀 다른 모습의 '만주'를 그려 냈다. 단편 「효수」, 「나자 머자니크」(1969)가 펼쳐 보이는 '만주'는, 그 이전까지 안수길이 「벼」와 「여수」, 그리고 『북간도』를 거쳐 오면서 보여 주었던 '만주'와 사뭇 다른 성격을 띠고 있다. 이 소설들에서 가장 빛나는 부분은, 스스로 견지해 왔던 '이주자―내부의 시선'이나 '민족주의적 자기동일성', 혹은 '만주 노스탤지어'마저도 근본적으로 부정하는, 어떤 성찰의 서늘한 기운이다. 그리고 그 성찰은 '만주'를 그리면서 단 한 번도 스스로 취택한 적이 없는 '중국인

의 시선'을 통해서 가능했다. 그의 소설에서 중국인은 늘 '타자'
였다. 때로는 포악무도한 군벌잔당으로, 때로는 무자비한 마적
으로, 때로는 「벼」의 '소현장'처럼 조선인을 '반半일본인'으로
적대시하는 껄끄러운 중국관헌의 모습으로, 때로는 '수전水田'을
이해하지 못하는 몽매한 중국농민으로 묘사되었고, 그렇게 묘사
되는 한 중국인은 재만 조선인의 이해관계에서 늘 대척의 지점
에 놓일 수밖에 없었다. 「효수」는, 그렇게 자기 소설 속에서 영
원한 타자였던 중국인에게 처음으로 자리를 내준다.

세 개의 에피소드로 구성되어 있는 이 독특한 소설에서, 안수
길은 재만 조선인에게 비친 중국인이 아니라, 중국인에게 '재만
조선인'은 무엇이었을까를 질문한다. 중국인에게 당시의 재만
조선인은 똑같은 제국주의의 타자이면서도, 한편으로는 일본 국
적을 가진 '반半일본인'으로, 재만 조선인의 개척의 '당위'가 동
시에 일본 제국주의의 대륙 침략과 만주 경영책의 일환이기도
한, 그래서 '동지'일 수도 '적'일 수도 있는 복잡 미묘한 대상이
었다. 「효수」에서 안수길은 『북간도』의 전면全面에 배치했던 민
족주의의 시선을 거두고, '만주'에서의 일본과 조선과 중국을 모
두 '대상화'하는 데 성공한다. 이런 '타자의 얼굴'을, '백계 러시
아 망명자'의 후손인 '라자'를 통해 다시 보여 준 수작이 「나자
머자니크」다. 「나자 머자니크」에서는, 다양한 민족과 인종이 공
서共棲했던 '만주국'의 '인종적 위계'와 그 위계적 질서 가운데

안주安住하고 있던 재만 조선인의 허위의식을 자기비판한다. 나는 '만주'에 관한 한국문학사의 자기인식이, 이 지점에서 비로소 성숙한 역사철학적 깊이를 보여 주었다고 생각한다. 그리고 이것이 '『북간도』의 안수길'이라는, 그에게 주어진 세간의 계관桂冠에 내가 동의하지 못하는 이유이기도 하다.[2]

이상에서 살펴보았듯이, 안수길 후기소설을 관통하는 핵심적 키워드인 '망명의식'을 이해하기 위해서는 그 근저에 깔려 있는 작가의 재만 경험의 내용과 성격을 이해하는 것이 선결과제이며, 또한 그의 재만 경험의 문학적 형상화가 이토록 복잡한 변전 과정을 거쳐 그의 후기 사상에 이르게 되었다는 사실을 파악하는 것이 필수로 요청된다.

이 글은 대체로 세 부분으로 나누어 '망명의식'을 중심으로 한 그의 작품 세계를 검토해 보게 될 것이다. 첫째는, 그의 마지막 단편집인 『망명시인』과 표제작인 「망명시인」의 자세한 읽기를 통해, 후기의 작가의식을 지배하고 있던 '망명의식'의 원형을 살펴보려 한다. 두 번째로는, 그의 '망명의식'이 후기에 갑자기 형성된 것이 아니라, 그의 작품 세계 내부에서 일정한 계보를 형성할 만큼 지속적인 문제의식으로 자리 잡고 있었다는 점, 그리고

---

2   이상의 내용은 각주 1에서 밝힌 수 편의 논문에 담긴 주요 논지를 압축·요약한 것이다. 아울러, 탄생 100주년 작가열전으로 『문학사상』에 썼던 졸고, 「떠도는 자의 초상, 혹은 '이산'이라는 운명—탄생 100주년에 생각하는 안수길의 문학과 사상」(『문학사상』, 2011.3)의 일부를 재인용한 것임을 밝힌다.

마지막으로, 그러한 ‘망명의식’과 그의 작가적 원체험으로서의 ‘재만 경험’의 상관성을 다시 한번 검토해 보려 한다.

이 글에서 사용하는 ‘후기 소설’이란, 대체로 1960년대 초반부터 작고하기 직전인 1976년까지의 약 10여 년을 가리킨다. 중·단편을 중심으로 범박하게 나누자면, 작가 안수길의 전기前期는 등단 이후부터 해방 직전까지를, 중기中期는 해방 직후부터 1960년대 초반까지를, 그리고 그 이후를 후기로 구분할 수 있다.[3] 물론 이 시기구분은 절대적인 기준이 있는 것은 아니다. 다만, 각 시기를 관통하는 가장 중요한 특징만을 염두에 둔다면, 전기에 해당하는 해방 전은, 역시 앞서 언급한 ‘이주자—농민—내부의 시선’으로 그린 재만 조선인들의 삶이 그 중심을 형성하고 있고, 해방 직후부터 1960년 정도까지는 해방과 전쟁, 전후를 통과하는 한국 사회의 세태와 인심, 혹은 전쟁과 인간의 윤리에 관한 전후문학 특유의 철학적 문제의식 등이 삼투되어 있다. 후기에 접어들면서, 그의 중·단편은 매우 다채롭고 풍요한 진경을 보여주게 되는데, 이 시기에 이르러 재만 경험의 문학적 형상화에 있어서나, 사회와 현실에 관한 그의 비판의식의 수준에

---

3   장편을 포함하지 않은 이유는 두 가지다. 첫째는 안수길의 장편이 매우 많을 뿐만 아니라 문제작도 여럿인데, 장편까지 두루 섭렵하여 논의할 만큼 필자의 능력이 미치지 못하는 까닭이며, 두 번째로는 역사소설을 포함하여, 그의 장편을 통해서는 작가의식의 변화를 시기적으로 구획할 만큼 선명한 변전을 확인하기 어렵기 때문이다. 장편을 포함한 시기구분은 더 큰 규모의 다른 논의를 필요로 한다.

서 두루 노작가의 깊이와 경륜이 묻어나는 여러 편의 가작佳作들
이 생산된다.

　안수길은 일종의 '내부망명자'였다. '내부망명'이란, 'internal
exile' 혹은 'inner emigration'의 번역어이다. 우리말로 옮겨지
면서 둘 다 '내부망명'이란 번역어로 자리 잡았지만, 내용상 약
간의 차이가 있다. 'internal exile'이란 국외로 추방당하지 않는
다는 차이만 있을 뿐, 국가권력과 같은 외부의 강제된 힘에 의해
국내에 유폐되어 일체의 공민으로서의 활동이나 사회관계 등이
차단된 상태를 가리킨다. 굳이 의미에 가깝게 옮기자면 '국내추
방'이라고 할 수 있다. 반면에, 'inner emigration'은 열악한 정
치상황이나 사회적 조건 등으로 인해 공식적인 사회활동이 어렵
다고 판단해서 스스로 활동을 접고 내부의 정신세계로 칩거하는
상황을 가리킨다. 그 점에서 'inner emigration'은, 물론 신체나
물리적인 공간과도 전혀 관련이 없는 것은 아니지만, 주로 정신
적인 차원에서 논의되는 용어다. 굳이 의미에 가깝게 옮기자면,
'정신적 망명'이라고 할 수 있을까.[4] 이 글에서 안수길을 '내부망

4　'internal exile'이나 'inner emigration'은 둘 다 새로 만들어진 조어(造語)인
　까닭에 분명한 정의가 내려진 전거(典據)를 확보하기 어렵다. 둘의 차이를 이
　해하는 데 도움을 받은 책을 밝히면 아래와 같다. H. Stuart Hughes, 김창희
　역,『지식인들의 망명―사회사상의 대항해, 1930～1965(*The Sea Change―the
　migration of social thought, 1930～1965*)』, 개마고원, 2007. 이 책에서는 'inner
　emigration'을 대체로 '내부망명'이라고 옮겼지만, '국내망명'이라고 번역한
　부분도 있다.(32쪽 참조) Andre Vltcheck · Rossie Indira, 여운경 역,『작가
　의 망명―인도네시아의 대문호 프라무댜 아난타 투르와의 대화(*Exile―*

명자'라고 명명하는 것은 전자보다는 후자에 좀 더 가까운 의미라고 할 수 있다. 그러나 엄밀하게 말하자면, 안수길은 정신적 망명 상태에 실제 돌입한 것은 아니었다. 그는 여전히 작가로서 창작 활동을 계속하고 있었으며, 대한민국 공민公民으로서의 권리와 의무를 이행하고 있었다. 그의 의식을 '내부망명'의 상태라고 부를 만한 근거는, 물리적 공간으로서의 '대한민국'을 벗어나고자 하는 그의 '욕망'과 관계된다. 그는 이 '욕망'을 실천으로 옮길 수도 완전히 포기할 수도 없는 매우 모순적이고 이중적인 상황에 놓여 있었다. 무엇이 그를 정신적 망명 상태로 이끌었던 것일까. 이 글은, 그 이유와 과정을 재구성함으로써, 말년의 안수길을 새롭게 이해하고, 나아가 작가 안수길의 내면을 좀 더 풍요롭게 이해하는 하나의 계기를 만들기 위해 쓴다. '망명의식'을 안수길의 말년의 정신형식의 한 구조로 보려는 궁극적인 이유는, 앞서 전제한 바 있듯이, 그가 재만在滿의 경험을 다른 누구와도 공유되지 않는 독특한 지평 위에 구축하고 있으며, 그 개성을 온전히 읽어내는 일이 근대 초기 이산과 귀환의 문학적 경험을 풍요롭게 전유하는 일과 긴밀히 이어져 있기 때문이다.

<hr>

conversation with Pramoedya Ananta Toer)』, 후마니타스, 2011. 역자인 여운경은 'internal exile'을 시종일관 '내적 망명'이라고 옮기고 있다. 책의 내용으로 판단하면, '내적 망명'은 '국내 추방'에 가까운 의미를 담고 있다.

2. 「망명시인」에 그려진 두 개의 망명

단편집『망명시인』은 작가 안수길이 세상을 떠나기 넉 달 전에 간행되었다. 단편집이 세상에 나온 것은 1976년 12월 말이었고, 이듬해 4월에 그는 작고했다. 물론, 작가는 단편집을 꾸리면서 이것이 자신의 마지막 작품집이 되리라는 예상을 못했을 것이다. 그러나, 결국『망명시인』은 그의 최후의 단편집이 되었고, 책이 지닌 이러한 시간성 때문에, 이 책은 후기의 그를 이해하는 가장 중요한 통로이자 단서로서의 운명을 지니게 되었다.

'서문'에서 안수길은 "처음에는『벼』(작품집) 이후의 작품을 총망라한 단편집을 생각해 보았으나 마침내 2편의 중편과 7편의 단편으로 낙착 지은 것"[5]이라고 작품들을 솎아낸 경위를 밝혔다.『벼』가 1965년에 출간되었고, 그 이후 그가 발표한 중·단편을 대강 추려 보아도 20여 편[6]에 가까우니, 그는 절반 이상을 버린 셈이다. 그는 그 이유를 "오랫만에 가지는 창작집의 중량감을 위해서였다"[7]고 밝혔다. 그가 말한 '중량감'이 정확히 무엇을

---

5   안수길, 「서문」, 『망명시인』, 정음사, 1976, 3쪽. 이하 인용문은 원문에 충실하되, 한자는 필요한 경우에만 직접 노출하기로 한다.
6   2011년 글누림 출판사에서 간행된『안수길 전집』제16권의 「작품연보」에 의하면,『벼』(1965) 이후 발표된 그의 중·단편은 도합 21편이다.
7   안수길, 「서문」, 앞의 책, 3쪽.

의미하는지 확인할 수는 없지만, 한 가지 흥미로운 사실은, 10여 편을 버리면서도 그 '중량감'을 위해서 1954년에 발표했던 중편 「향수鄕愁」[8]를 끼워 넣었다는 점이다. 『망명시인』에 수록된 다른 작품들 중 시기적으로 가장 앞선 것이 「효수梟首」(1965)인데, 「향수」는 그보다도 무려 12년이나 더 앞선 작품인 셈이니 시간으로 따지면 상당히 묵은 작품이다. 그는 시기적으로 이렇게 동떨어진 「향수」를 단편집에 수록한 이유로, "수년 전 모 외국인 문학도가 『좁은문』(지이드)과 비교한 글이 『코리아헤럴드』에 난 일이 있었다"고 밝히면서, 세간의 화제작이었음을 들고 있지만, 선뜻 납득되는 설명은 아니다. 「향수」를 수록한 이유를 굳이 찾자면 「향수」가 지닌 소재와 주제의식 때문이라고 하는 편이 좀 더 타당하다. 「향수」는 함께 실린 중편 「귀심歸心」과 더불어 부모세대의 역사적 사건(곧 '만주 거주'나 '월남'을 가리킨다)이 자녀세대의 '혼인'에 혼선을 초래한다는 화소話素로서의 공통점이 있다. 다른 한편으로는 연작인 「삼인행三人行」과 「노부부」에 연결됨으로써, 노인세대의 문제를 본격적으로 다루고 있다는 점에서도 소재나 주제 면에서 겹친다. 아울러, 「향수」는 「귀심」이나 「삼인행」과는 경향을 달리 하는 다른 세 편의 작품들, 예컨대 「효수」나 「나자 머자니크」, 「어떤 연애」와 같이 재만在滿시절의

경험담과도 연결되는 요소를 안고 있다. 단편집을 엮는 현재 시점으로부터 무려 22년 전의 작품인 「향수」를 수록한 것으로 유추하건대, 그는 작품집에 실릴 중·단편의 선정에 매우 세심하고 까다로운 그 나름의 원칙과 기준을 마련하고 있었던 것으로 짐작된다. 작가가 '서문'에서 밝힌 '중량감'은 아마도 이러한 원칙과 기준의 다른 표현이라고 할 수 있을 것이다.

단편집에 실린 9편의 중·단편 중에서도 가장 문제적인 작품은 역시 표제작인 「망명시인」이다. 「망명시인」은 다른 여덟 편의 작품과 주제나 소재 면에서 겹쳐지는 요소가 거의 없다는 점에서, 시기적으로 가장 먼 「향수」와 비견된다. 굳이 다른 작품들과의 유사성을 찾자면, 「나자 머자니크」나 「효수」와 더불어 '화자'의 눈에 비친 '외국인'에 관한 이야기라는 점일 것이다. 「나자 머자니크」와 「효수」는 작가의 재만 시절 만났던 백계 러시아인과 중국인들에 관한 회고담이다. 그런 점에서 등장인물이 외국인이라는 점만 제외하면, 재만 경험의 문학적 형상화에 좀 더 가까운 계열의 작품이라고 할 수 있어, 「망명시인」과는 다소 이질적이다. 중·단편집에 수록되는 작품들이 전부 유기적 연관성이 있거나 소재와 주제 면에서 유사성이 있어야 한다는 뜻은 아니다. 다만, 이십여 편의 근작近作들 중에서 선별하는 그의 감식안, 그러면서도 22년 전의 작품을 재수록하는 그의 소신 같은 것을 염두에둘 때, 「망명시인」을 선뜻 표제작으로 결정한 그의 내면을 좀 더

면밀히 이해할 필요가 있음을 말하고 싶다.

이를테면, 바로 직전 작품집이었던 『벼』(1965)의 작품집 명명 방식과 비교할 때 더욱 그러하다. 그의 네 번째 창작집인 『벼』에는 모두 13편의 중·단편이 수록되어 있는데, 흥미로운 것은 이 중 네 편이 해방 전 작품인 「부엌녀」, 「원각촌」, 「새벽」, 「벼」라는 사실이다. 첫 창작집인 『북원』(1944)에 실려 있던 이 작품들을 전면적으로 개작改作해서 해방 후 처음으로 재출간을 단행했던 것이다.[9] 다른 근작들을 젖혀두고 「벼」를 표제작으로 내세운 것, 이를 두고 이 작품이야말로 재만 경험에 관한 문학적 형상화의 진면목이라는 자부심과, 이를 재평가받고 싶다는 작가로서의 욕망이 내재된 결과라고 보는 것은 지나친 해석일까. 만약 그러한 해석에 일말의 개연성이 있다면, 마찬가지 논리로, 「망명시인」이 마지막 단편집의 표제작이 된 연유도, 이 작품이야말로 노년에 접어든 작가의 내면풍경을 가장 절실하고 핍진하게 드러내고 있음을 방증하는 것이며, 그 내면풍경을 읽어주기를 바라는 작가의 원망願望이 개재된 것이라고 볼 수 있지 않을까.

「망명시인」은 작가인 '나'의 눈에 비친 에스토니아 출신 망명시인 '알베드 바이로이다'에 관한 이야기다. '바이로이다'는 1922년생으로 조국인 에스토니아가 이웃 국가였던 라트비아, 리투아

---

9 안수길의 개작, 특히 「벼」의 개작 양상과 그 의미에 관해서는 앞의 글, 「만주, 혹은 체험과 기억의 균열―안수길의 만주배경 소설과 그 역사적 단층」에서 비교적 상세히 밝힌 바 있다.

니아와 함께 소련에 강제합병될 때 서방으로 탈출, 캐나다에 주로 거주하면서 시작詩作활동을 하고 있었다. '나'는 '바이로이다'를 13년의 시차를 두고 세 차례 만나게 되는데, 1957년 서울에서 한 번, 1970년 대만에서 열렸던 '아시아작가대회'에서 다시 한 번, 그리고 한 달 후 서울에서 열린 PEN 대회에서 세 번째로 해후한다.

이 소설이 흥미로운 것은 '바이로이다'가 주인공이 분명한데도, 작가가 진심으로 말하고자 하는 대상은 그가 아니라는 사실이다. 그 점에서 이 소설은 겉으로 드러난 주인공과 숨은 주인공이 따로 존재하는 소설이라고 할 수 있다. 1957년 서울에서 처음 만났을 때, 바이로이다에 대한 '나'의 첫인상은 썩 유쾌한 것이 아니었다. 그 이유는, 시인 '윤지수'에게 바이로이다가 '한국 색시를 구경시켜 달라'고 졸랐기 때문이다. 그의 부탁대로 무교동의 술집에 데려가주자, 바이로이다는 여급을 옆에 끼고 연신 "한국의 여자는 예뻐, 예뻐……"라고 하면서 즐거워했고, 그 모습을 '나'는 '잡스럽게 보였다'고 냉소적으로 묘사하고 있다. 첫 만남에서 '나'에게 남은 바이로이다의 인상은 한마디로 '여자에게 오금 못 쓰는 잡놈' 정도로 각인되고 만다. 그러나, 두 번째 만남에서는, 13년 전 '나'에게 '잡놈'이라는 인상을 각인시켜 준 바로 그 일 때문에 바이로이다를 다시 보게 되는 사건이 일어난다. 13년 전 서울을 방문했을 때 만난 술집 여급을 못 잊어 그녀를 찾아 서울을 방문하고 싶다는 바이로이다의 순정을 발견했기 때문이다. 바이로이다의 엉뚱한 소망을 '나'에게 전해 준 시인 '장'은 한마디로 그를 '어처구니없다'고 일소에 붙인다.

거 참 괴짜 아닙니까? 13년 전에 하룻밤 데리고 놀았을 이국(異國)의 매춘부를 잊지 못하고 지금 와서 결혼하겠다고 서두르니…… 정신 바로 박힌 녀석인지 모르겠습니다.[10]

그러나 바이로이다는 대만의 '아시아작가대회'가 끝난 후 한 달 뒤에, 서울에서 열린 PEN에 참석하기 위해 실제로 입국했고, 정말로 사진 한 장을 달랑 들고 '나'와 '장시인'을 대동한 채 무교동의 옛 술집을 찾아가게 된다. 물론 13년 전의 술집은 흔적조차 없고, 그 일대의 거리는 높은 빌딩이 들어선 지 오래다.

"변했군."
간단히 한마디를 뇌었을 뿐, 얼마 동안 선 자리에서 움직이지 않았다. 마치 서울에 온 시골뜨기 같았다. 그러나 시골뜨기 같지 않은 것은 그의 표정과 몸에서 서글픔 같은 것이 풍겨져 있는 점이었다.[11]

---

10   안수길, 「망명시인」, 『망명시인』, 일지사, 1976, 15쪽.
11   위의 글, 17쪽.

세 번의 만남을 거치는 동안, 바이로이다에 관한 '나'의 인상
은 최초의 '잡놈'에서 점차 연민과 동정 쪽으로 옮겨 간다. '나'
에게 여전히 바이로이다는 알 수 없는 '낮도깨비' 같은 친구이기
는 하나, 그런 한 편으로 그 엉뚱함 너머의 쓸쓸함과 순정純情을
읽었기 때문이다. 그러나, 최초의 인상이 비록 연민과 동정으로
옮아갔다고는 하더라도, 바이로이다에 관한 '나'의 태도에는 시
종일관 모종의 소원疏遠한 '거리'가 존재하고 있다. '나'는 바이
로이다와 직접 교유하지 않는다. 13년 전에도 그랬지만, 다시 해
후한 두 번째와 세 번째도 바이로이다를 향한 나의 시선은 간접
화되어 있다.

13년 전, 윤 시인과의 때에도 그랬으나 나에게는 그다지 흥미가
가져지지 않는 모양이었다. 그 대신 장 시인과 갑자기 친해져 둘은
서울 초청 때의 윤 시인과의 사이보다도 더 친밀해지고 있었다.
(…중략…)
선배에 대한 예절이 바르고 특히 나를 무척 받들어 주는 장 시인
은 자신이 바이로이다와 친해진 것이, 마치 나의 친구를 가로챈 것
처럼 느껴지는 모양, 공연히 미안해하는 태도였다. 그러나 나는 도
리어 그것을 다행한 일로 생각하고 있었다. 여자 친구도 아닌 바에
야 가로채고 세로 맞추고가 있을 까닭이 없는 일일뿐더러, 비사교
적인 나의 성격과 무엇보다 서툰 외국어 때문에 짊어져야 하는 부

담감을 완전히 덜어주기 때문이었다. 그 대신 장 시인을 통해 그의
이야기를 듣는 것이 오히려 재미있었다.[12]

바이로이다에 관한 '나'의 관심은 위의 인용문에 나와 있는 것
처럼, 간접화되어 있고 소극적이다. 소설 말미에, 그의 근황에
대해 장시인과 주고받는 마지막 대화도 예例의 그 여자 타령으로
끝맺는 것만 보더라도 진지하고 적극적인 관심과는 거리가 멀
다. '나'와 장시인이 마지막으로 주고받는 대사, "애인 이야기는
없구요?", "다행히도 그 말은 없군요", "빌딩 숏은 덕분에 장형 한
가지 걱정거리가 덜린 셈이구료", "하하하……"[13]는, 그나마 유지
하던 바이로이다에 대한 '나'의 연민과 동정의 순도純度마저 일
정 정도 감소시키고 있다. 바이로이다에 관한 묘사의 처음과 끝
을 '여성'에 대한 그의 일화로 장식함으로써, 주인공인 바이로이
다에 관한 독자의 인상과 관심은 더 깊이 진척되지 못한다.

대체 안수길은 '바이로이다'를 주인공으로 해서 무슨 이야기
를 하고 싶었던 것일까. 십수 년 전에 하룻밤을 보낸 이국의 술
집여급을 잊지 못하는 한 사내의 우직한 '순정'을 그리고 싶었던
것일까. 혹은, 여자나 밝히는 '잡놈'으로 여긴 한 '망명시인'이
알고 보니 사랑에 관한 충정을 지닌 인물이었음을 깨닫는 인상

12   위의 글, 11쪽.
13   위의 글, 20쪽.

기印象記를 남기고 싶었던 것일까. 우리는 소설이 제공하는 서사 정보를 통해, 바이로이다가 캐나다에서 모어母語가 아닌 영어로 시작 활동을 한다는 것, 그것이 시인인 자신에게는 무척 불편한 일이라는 것, 그리고 자신의 영어시들을 한국의 독자들에게 읽히고 싶어 한다는 것을 알 수 있다. 그러나 바이로이다를 둘러싼 이 진지한 문제들은, 앞서 말한 그의 '연애사건'에 묻혀, 바이로이다의 인물성격을 형성하는 데 결정적인 역할을 하지 못한다.

「망명시인」을 제대로 읽기 위해서는, 전면前面에 배치되어 있는 '바이로이다'와 그의 망명생활이 아니라, 숨어 있는 또 하나의 '망명'과 '망명자'를 주의 깊게 살펴보아야 한다. 그것은, 소설의 행간에 지나가듯이 삽입되어 있는 시인 '윤지수'와 그의 '이민'이다. '윤지수'는 소설 허두에, '나'에게 바이로이다를 소개해 주는 인물로 잠깐 나온다. 대만에서 바이로이다와 재회했을 때, '윤지수'의 근황은 스쳐 지나가듯 짧게 소개된다.

> 그러나 윤은 떳떳지 못한 일인 듯 떠날 때에도 친구들에게 비밀에 붙였으나 간 뒤에도 소식을 전해오지 않았다. 미국으로 이민했을 뿐 어느 주(州) 어디인지 나로서는 알 수 없었다. (…중략…)
> "참, 미스터 윤의 주소 알 수 있을까요?"
> 바이로이다는 잊었던 걸 생각해 낸 듯 나를 보고 물었다.
> "여기 있소."

벌써부터 적어 두었던 쪽지를 그에게 주었다. 고맙다고 말하고 그는,

"뭐라고 편지했읍디까? 실례지마는……"

쪽지를 꼬깃꼬깃 접어 포켓에 넣으면서 물었다.

"향수병에 걸려 있는 상태라고…… 이번 펜 서울대회 소식 듣고는 더욱 그렇다고…… 이런 정도였소."

이민 생활에 얽힌 고난과 고민 같은 사연이 많았으나, 그런 걸 이야기할 필요가 없어 이런 상식적인 대목을 건성으로 말했을 뿐이었다.[14]

윤지수에 관한 '나'의 태도는, 마치 바이로이다에 관한 그것처럼 시종일관 건조하고 차갑다. 정작 이민 간 윤지수에게 적극적인 관심을 보이고 동병상련의 공명共鳴을 보인 것은 바이로이다였다.

"홈식?"

뇌더니 그는 무섭게 머리를 끄덕이다가

"시 많이 썼답디까?"

나를 강력한 시선으로 보면서 물었다.

"글쎄요, 그런 말은 별로……"

---

14 위의 글, 18쪽.

"못 썼을 겁니다. 간 지 몇 해지요?"

"한 5년 되는가요?"(…중략…)

"5년? 미스터 윤, 영어 실력 대단하나, 5년쯤 가지고는…… 20년이 됐는데도 영어로는 시가 뜻대로 되지 않는 걸요."

바이로이다는 자신의 경우를 말하고 있었다.

장시인이 가볍게 머리를 끄덕였다. 윤이 영어로는 아직 시를 쓸 수 없을 거라는 뜻에 공감해서가 아닐 거라고 생각했다. 바이로이다의 타이프 원고가 신통치 않은 까닭을 알았다는 뜻일 거다. 대만에서 돌아온 뒤 장 시인은 그의 원고를 여러 영문학자와 문인들에게 읽혔다. 그러나 어딘가 서툴고 딱딱하다는 일반적인 평이었다.

그걸 생각하고 끄덕이는 머리임에 틀림없다.

"홈식에 걸리면 시는 못 쓴다? 그럴 거여요. 일종의 신경증세니까……"

내가 가볍게 한 말이 그에게는 무척 무겁게 들린 모양이었다.

"돌아오라고 하시오, 시를 버리지 않는다면…… 시는 제 고장에서 제 말로 써야 돼요. 홈식이 생기면 아무것도 안돼요."

어조가 단호했다.

이것 봐라는 듯한 눈으로 장시인이 말했다.

"미스터 바이로이다, 당신, 고국이 몹시 그리운 게로군. 돌아가시지."

말이 끝나자마자 그는 발딱 골을 냈다. 망명시인의 긍지를 모독

당했다고 생각하는 탓일 거다.

"그걸 말이라고 하는 거요?"[15]

인용이 다소 길었지만, 「망명시인」에서 가장 중요한 대목이
자, 작가가 공들여 쓴 대목이라고 짐작해 길게 옮겼다. 세 사람
의 대화는 조금씩 서로 엇갈린다. 안수길은 노작가다운 절묘한
솜씨로, 이민 간 '윤지수'의 상태가 장시인에게도 '나'에게도 제
대로 이해와 공감을 얻지 못하고 있음을 보여줄 뿐 아니라, 바이
로이다의 고통도 마주 앉은 두 사람에게 제대로 이해되지 못함
을 알려준다. '윤지수'의 상태를 유일하게 공감하고 있는 것은
바이로이다뿐이다. '나'는 윤이 앓고 있는 '홈식'의 무게와 깊이
를 헤아리지 못한다. 그래서 바이로이다에게 '홈식'의 부작용에
대해 '가볍게' 말할 수 있었다. 장시인은 '윤이 시를 쓸 수 없을
것'이라는 바이로이다의 말을, '영어 실력'의 문제로 치환해서
받아들인다. 장시인은 언어의 유곡幽谷에 빠져 있을 윤지수의 상
태를 헤아리지 못한다. 더구나 장시인은 바이로이다에게 귀국을
종용함으로써, 망명과 귀환 사이에 놓여 있는 그 아득한 '거리'
에 대해 무지無知를 드러내고 있다. 더욱이, '나'는 바이로이다의
격앙을 '망명시인의 긍지' 문제로 오해한다.

이 지점에 이르러 비로소 이방인 '바이로이다'의 서사적 기능

15   위의 글, 18~19쪽.

이 드러난다. 작가는 '바이로이다'를 이야기하려는 것이 아니라 '윤지수'를 그리기 위해 '바이로이다'를 내세웠던 것이다. 실제 바이로이다는 윤지수와 단 한 차례 만났을 뿐이다. 그럼에도 그와 오래 교분을 나눈 '나'나 '장시인'보다도, 이민 상태의 '윤시인'을 가장 적극적으로 이해하고 공명하는 인물이다. '나'나 '장시인'은 '바이로이다'도 제대로 이해하지 못할 뿐 아니라, '윤시인'에 대해서도 이해하지 못하고 있다. '나'는 윤시인의 이민 이유도 잘 모를 뿐 아니라, 이민 이후 스스로 연락을 두절한 탓에, 미국에서의 생활에 대해서도 알지 못한다. 다만, 바이로이다가 몹시 그의 소식을 궁금하게 여기니, 주소를 알려주고, 자신이 알고 있는 근황을 '건성으로' 일러줄 뿐이다. 독자들 또한, 소설을 통해 전달받을 수 있는 윤시인에 관한 정보는 지극히 제한적이다. 윤시인은 이민의 사유도 불분명하고, 미국 현주소도 불분명하다. '나'에게 단 한 차례 편지를 보내왔을 뿐이고, 그의 행방을 쫓는 바이로이다에게도 여전히 그 행적이 오리무중이다. 윤지수는 그를 가장 애써 이해하려는 바이로이다의 상태를 통해 미루어 짐작할 수밖에 없다.

「망명시인」은 일종의 소설가 소설로, 화자인 '나'는 곧 실제작가인 안수길 자신인 것처럼 보인다. 그러나 자세히 읽으면 내포작가implied author[16]는 화자에 대해 상당히 비판적인 '거리'를 유

16　이 글에서 사용하는 '내포작가(implied author)'와 '거리(distance)'의 개념은 웨인 부스(Wayne Booth)로부터 빌려온 것이다. Wayne C. Booth, 이경우·최재석 역, 『소설의 수사학(*The Rhetoric of Fiction*)』, 한신문화사, 1987.

지하고 있음을 알 수 있다. 바로 이 점이 「망명시인」의 핵심이다. 안수길은 '시인 윤지수'의 망명에 대해 말하고 싶었다. 그의 미국행, 그것을 이민으로 부르든 망명으로 부르든, 거기엔 무언가 밝힐 수 없는 바깥으로부터의 '강제된 힘'이 작용하고 있다. 그러나 그것이 무엇인지는 말하기 어렵다. 그래서, 소설에서는 "떳떳지 못한 일인 듯 떠날 때에도 친구들에게 비밀에 붙였으나 간 뒤에도 소식을 전해오지 않았다"라고 처리되고 만다. 조국을 떠난 이후의 '윤지수'에 대해서도 제대로 말할 수가 없다. 그래서, 작가는 바이로이다를 통해 미국에서의 윤지수가 어떤 상태일 것인가를 대리 표상한다.

윤지수를 왜 정면에서 다룰 수 없는지에 대해서는 유추할 수밖에 없다.[17] 가장 먼저 생각할 수 있는 것은, 이 소설이 발표된

참고로 위 번역본에서는 'implied author'를 '함축된 작가'로 옮기고 있지만, '내포작가'가 좀 더 개념의 실질에 어울린다고 판단되어, 이 글에서는 그렇게 옮겨 쓰기로 한다.

17 나는 「망명시인」이 일종의 모델소설이라고 보고 있다. 그러나, 이 글은 「망명시인」이 모델소설인가 아닌가를 밝히는 것이 중심 주제가 아니므로 이에 대한 상론은 펼치지 않기로 한다. 다만, 「망명시인」에 등장하는 시인 윤지수는 여러 정황에서 시인 박남수(1918~1994)를 떠올리게 만든다는 점은 밝혀 두고자 한다. 「망명시인」에서 윤지수에 관한 서사정보가 워낙 제한적인 탓에 곧바로 그가 박남수임을 확증하기는 어려우나, 첫째로, 「망명시인」을 쓰기 전인 1975년 박남수가 미국 이민을 갑자기 단행한 점, 두 번째로 그의 이민은 가장 가까운 문단동료들조차도 모를 정도로 비밀리에 이루어졌다는 점은 소설 내적 정황과 일치한다. 더욱이, 박남수는 안수길과 마찬가지로 월남문인으로서 두 사람이 공유하는 지점이 적지 않았으리라 짐작할 수 있다. 평생을 이산과 정주 사이에서 방황했던 안수길로서는, 월남 이후 남한에서 안정된 삶을 확보하지 못했던 박남수가 다시 '미국'으로 떠나는 것을 지켜보며 매우 복잡한 심경에

시기가 '유신체제'라는 길고 어두운 터널의 가장 한 가운데에 해당하는 1976년이라는 사실이다. 윤지수의 미국행이 정치적 이유 때문인지도 소설을 통해서는 알 길이 없다. 그러나, 만약 '바이로이다'가 윤지수의 대리표상이라는 전제를 수긍한다면, 바이로이다의 망명의 원인이 정치적이듯, 윤지수의 미국행에도 그러한 배경이 작용하고 있음을 유추할 수 있다. 바이로이다는 두 가지 이유를 들어 윤지수의 미국행을 우려한다. 첫째는 향수鄕愁이고 둘째는 '언어'문제다. 이 두 가지는 바이로이다가 현재 처해 있는 '망명시인'으로서의 질곡이기도 하고, 독자로서는 짐작할 도리밖에 없지만, 아마도 미국에서 윤지수가 처해 있을 진퇴양난의 유곡이기도 하다. 그리고 소설의 표면에는 직접 노출되어

처했을 가능성이 높다. 한 회고담이 전하는 박남수의 출국장면은 다음과 같다. "아닌 게 아니라 그로부터 몇 달 뒤 박남수는 홀연 가족이 살고 있는 미국 뉴욕으로 떠났다. 아무에게도 알리지 않아 전송하는 사람조차 없었다. 아니 꼭 한 사람이 있었다. 박목월이었다. 그 전송 장면은 다분히 극적이었다. 박남수가 떠난 지 서너 해 뒤 미국 방문 길에 뉴욕에서 플로리다로 이사해 살고 있던 박남수를 찾은 허만하가 그에게서 들었다는 그때 이야기는 이렇다. 박남수가 수속을 끝내고 출국을 기다리는데 누군가 달려와 박남수를 부여안았다. 박목월이었다. 불과 몇 시간 전 박남수가 미국으로 떠난다는 이야기를 누구에게선가 전해 듣고 헐레벌떡 공항으로 달려온 것이다. 박목월은 뭔가 주고 싶었던 듯 주머니를 여기저기 뒤졌으나 경황없이 달려온 까닭에 줄 만한 것은 아무것도 없었다. 마지막으로 저고리 안주머니에서 흰 사각 봉투 하나를 꺼내 슬그머니 박남수의 손에 쥐여주었다. 박남수가 열어보니 그 속에는 구두 티켓 한 장이 달랑 들어 있었다. 박목월의 마지막 우정 표시였다." 정규웅, 「정규웅의 문단뒤안길－1970년대(44)」, http://blog.chosun.com/blog.log.view.screen?logId=4415619&userId=nulmunni으로부터 인용함. 박남수의 미국 이민 배경에 대해서는 여러 가지 이야기들이 있다. 이에 대해서는 『박남수 전집』 2, 한양대 출판원, 1998에 수록된 여러 편의 회고담을 참조할 것.

있지 않지만, '망명'에 관해 스스로를 단속하고 경계하는 자기암시의 장치이기도 하다. 앞서 말한 바와 같이, 이 소설은 일종의 소설가 소설이지만, 안수길은 화자인 '나'를 실제작가와 동일하게 그리지 않는다. 화자인 '나'는 작가(시인)의 '망명'에 대해 어떤 자의식도 지니지 않고 있다. 어떤 동일시同一視의 예감이나 징후도 보이지 않는다. 바이로이다는 그저 한바탕의 소화笑話나 에피소우드처럼 스쳐 지나간다. 미국으로 이민 간 윤지수의 행방이 묘연하든 말든 화자인 '나'나 또 다른 문우文友인 장시인은 큰 관심이 없다. 이 철저한 방관과 타자화야말로, 「망명시인」이 보여주는, 망명에 관한 감춰진 '욕망'의 위장술이다.

3. 망명의식의 계보—「갱생기」에서 「삼인행」까지

망명에 관한 안수길의 문제의식은 오랜 연원을 지니고 있다. 소급하자면, 그것은 작가의 소년 시절 간도행間島行까지 거슬러 올라간다. 망명의식은 '외재성outness'을 하나의 속성으로 지닌다. '외재성'이란 어떤 장소나 공간의 중심에 있지 않고, 그것의 바깥 혹은 주변부에 놓여있으려는 지향, 혹은 바깥과 주변부로부터 어떤 '내부'를 들여다보려는 지향을 뜻한다.[18] 그 점에서, 안수길의 소설에는 망명의식과 맞짝을 이루는, 그 내속內屬적 요소로서의 외재성이 종종 수반된다. 자신이 발 딛고 있는 '장소'나 '공간'에 대해, 자기동일성에 함몰되지 않고, 늘 '외부'와 '타자'의 시선을 견지하려는 욕망, 혹은 '장소'나 '공간'의 바깥으로 벗어나려는 욕망이 소설 속에서 꿈틀대고 있으며, 그러면서도 '내부'와 '외부'의 경계에서 길항하는 인력引力들에 끼어 어찌할 바를 모르는 인간 형상이 그려지고 있기도 하다.

한국전쟁이 한창 진행 중이던 1952년에 씌어진 「갱생기更生記」와 「두 개의 발정發程」은, 전란에 휩싸인 '이곳'을 벗어나 '바깥'을 향한 '욕망'을 그린 소설들로, 그의 망명의식의 한 편린을 엿볼 수 있다. 한국전쟁 당시에, 부산 앞바다에는 전세戰勢가 위

18　외재성(外在性)은 철학(존재론)의 중요한 범주의 하나다. 특히 동일자와 타자(他者)의 관계를 규명하는 레비나스(Levinas)에 의해 풍요로운 해석이 이루어졌다. 레비나스에게 '외재성'이란, 가장 소박한 차원에서 규정하자면, '나' 혹은 '주체'로 환원될 수 없고, '나' 혹은 '주체'가 개입할 수도 없는 절대적인 '외부'를 뜻한다. 강영안, 『타인의 얼굴─레비나스의 철학』, 서울 : 문학과지성사, 2005, 80~116쪽. 그러나, 이 글에서 사용하는 '외재성'은 존재론적 의미보다는 장소나 공간에 대한 '주체'의 '위치' 혹은 '시선'의 의미를 더 많이 지니고 있다. 그런 이유로, 이 글에서의 '외재성'은 에드워드 사이드의 자서전 *Out of Place*로부터 환기 받은 바가 크다. 이 책의 제목은, 팔레스타인에서 태어나 이스라엘의 건국을 전후한 열두 살 때 이집트의 카이로로 이주하고, 다시 10대 후반에 미국으로 건너가 그곳에서 삶을 마감했던, 그 과정에서 평생을 어떤 '장소(place)'의 '내부(in)'에 자리 잡지 못하고 '바깥(out)'을 떠돌아야 했던, 그의 어정쩡한 정체성을 절묘하게 상징하고 있다. 번역본은 원제목인 'Out of Place' 대신 '에드워드 사이드 자서전'이라고 고쳐 달았다. Edward W. Said, 김석희 역, 『에드워드 사이드 자서전(*Out of Place*)』, 살림, 2001.

기에 처하면 곧바로 제주를 거쳐 일본으로 달아나려는 부호와 고위관리들을 태울 배가 즐비하게 늘어서 있다는 소문이 무성했다고 한다. 그런가 하면 유학 가 있던 젊은이가 전선으로 가기 위해 자진 귀국했다는 미담이 흉흉해진 민중들의 심경을 위로해 주기도 했다. 안수길의 「갱생기」와 「두 개의 발정」은 전시기의 그러한 세태를 배경으로 하고 있다.[19]

「갱생기」에는 두 명의 청년, 상호와 현철이 등장한다. 두 사람은 대학동기로 절친한 벗이다. 상호는 현철을 친구 이상의 정신적 지주이자 삶의 은인으로 떠받들고 있다. 여자 문제로 한 때 삶을 포기할 지경까지 낙백落魄했던 자신을 현철이 구제해 주었기 때문이다. 현철의 설득과 충고로 다시 정신을 차린 상호는 해병대에 자원입대해 최전선에 배치된다. 과학도였던 현철이 미국유학을 떠난다는 편지를 받고 그와 작별인사를 나누기 위해 부산에 온 상호는, 현철의 어머니로부터 그의 음독자살 기도 소식을 듣게 된다. 그 이유가 미국유학 계획이 무산되었기 때문이라는 걸 어머니한테 듣고 나서도 상호는 쉽게 납득할 수가 없었다. 왜냐하면 "아무리 더듬어 보아도 현철이 같은 사람이 음독자살

---

19 안수길은 소설 속 인물의 연설을 통해 이러한 소문을 직접 인용한다. "사변 후에 우리 민족의 일부에 떠들고 있는 조국을 등지고 외국, 더욱이 일본에 도피하려는 심리—1·4후퇴 당시에는 고관 대작, 부호층이 부산 바다에 배를 즐비하고 있었던, 그런 민족의 고난을 피하여 외국에 가서 안일하게 지내고 싶어 하는 그런 심리". 안수길, 「두 개의 발정」, 『벼』, 정음사, 1965, 85쪽.

을 꾀한다는 것은 이해될 수 없는 일"이었고, "그렇게 의지가 강한 사람, 그렇게 뇌가 명석하고 조리가 있는 사람, 더욱이 상호의 타락생활을 그렇게 간절히 충고하여 갱생의 길을 걷게 하였던 현철이 미국 유학이 뜻대로 되지 않았다고 자살을 꾀"[20]할 리는 없다고 생각했기 때문이다. 병상의 현철을 만나고서야 상호의 의문은 풀리게 된다.

그러나 미국유학을 못 가게 되어 자살하도록 그렇게 약하거나 어리석은 자신은 아니라고 믿고 있네. 물론 그것이 기연이 된 것은 사실일세. 그러나 이번의 추태를 연출하게 한 원인은 딴 데 있네. 그것은 한 마디로 말하면 내 자신의 정신 속에 뿌리 깊은 병을 고칠 수 없다는 데서 나온 자포자기의 심경인 것일세. 전에 나는 자네의 타락 생활을 타매했고 그것을 병들고 썩어빠진 것이라고 충고를 한 일이 있었네. 그러나 나는 자네의 그때의 생활과는 대척적인 의미로 병들고 썩은 생활을 하고 있었다고 이제 와서 뼈아프게 느끼네. 가장 고상한 체 가장 아는 체 가장 잘 생각하는 체 한 나는 일체 우리의 것은 옳지 않고 낮고 허잘 것 없는 것으로 인정해버리는 습관이 배기게 되었네. 그래서 나는 입으로는 가장 민족을 위하고 국가의 위기를 부르짖고 열렬하게 우리의 현실을 통탄했으나 그러면 그럴수록 나의 머릿속 저 맨 밑바닥에는 말이나 제스추어와는 정반대의

20   안수길, 「갱생기」, 위의 책, 146쪽.

생각이 점점 굳어져갔네. 나는 우리나라가 밉고 우리의 현실이 진절머리가 났었네. 나는 어떻게 하면 이 땅을 떠나볼 수 없을까, 그것만 궁리하였네. 이것이 나의 정신적인 병인 것이었네. 9·28 직후의 유엔군 종군도 이 병적인 나의 분신(分身)이 시킨 계획적인 행동이었고 공보원 취직도 그런 설계에서 나온 것일세.[21] (강조―인용자)

상호는 현철의 양심적인 태도에 다시 감동을 받는다. 그리고 이번에는 자신이 현철의 갱생을 돕기 위해 용기를 북돋워야 한다고 다짐한다. 「갱생기」에는 전시문예다운 관제官製 애국주의가 소설의 전편을 지배하고 있다. 소설의 후반부에 드러나는 현철의 '망명욕구'는 오로지 현실도피이자 매국적 처사로, 준열한 자기비판의 대상이 된다.

같은 해에 씌어진 「두 개의 발정」에서는 똑같은 정황이 다른 방식으로 그려지고 있다. 이번에는 한 신문기자의 동경행東京行이 문제가 된다. 출판과 편집에 남다른 능력을 발휘하던 '이종윤'은 연합군총사령부의 초청으로 동경으로 가게 된다. 그의 송별연 자리에서 기자들 사이에 싸움이 벌어지게 되는데, 발단은 이종윤의 동경행을 동료인 '김종철'이 '장도壯途'가 아니라 '도피행'에 불과하다고 행패를 부린 데서 시작되었다.

21　안수길, 「갱생기」, 위의 책, 147쪽.

"자, 우리 행운아 이형의 장도를 축하하고 아울러 그의 계속되는
행운과 건강을 축하하는 의미에서……"

사뭇 연설조로 억양을 붙여 말하는데 테이블 모에 앉아 곤드레
만드레 하면서도 옆 자리의 윤창모와 열심히 무얼 격론하던 김종
철이 갑자기 얼굴을 돌렸다.

"무어? 행운과 건강을 축하하고…… 집어치워!"

소릴 지르고는

"이종윤 군의 도피행(逃避行)을 축하한다면 모를까 장행이 무
슨 말라비틀어진 거야?"

그리고 핫핫핫 방약무인하게 웃었다.

그때 철석 윤창모의 손바닥이 김종철의 뺨을 후려갈겼다.

"그래 기어이 이형의 동경행을 도피로 본단 말이야? 자식!"

김종철과 아까부터의 화제가 이것이었던 모양, 윤창모는 소리
를 질렀다.

"이 자식이 미쳤나? 손질은 뉘게 해?"[22]

이종윤의 동경행을 도피라고 비난했던 김종철은 사실 이종
윤이 동경에 갈 수 있도록 적극적으로 도와준 사람이었다. 그
럼에도 김종철은, "우수한 문화인이 하나둘 국외로 가게 된다
면 국내의 문화는 어떻게 되느냐? 전쟁으로 파괴된 문화, 이북

---

22 안수길, 「두 개의 발정」, 위의 책, 82~83쪽.

에 빼앗겨 부족한 인재人才가 국외로 흘러나가면 국내는 더욱
엉성해 질 것이 아니냐?"[23]는 논리로 술자리에서 윤창모와 대
립하고 있었던 것이다. 그러나, 소설이 진행되면서, 이종윤에
대한 김종철의 비판은 기실 부러움의 위장이었음이 드러난다.
종철은 간밤의 추태를 스스로 부끄러워하면서, "그것은 내 자
신이 이 고장을 뛰어나가 동경이고 어디고 가고 싶은 생각이
간절했으나 그것이 정녕 이루어질 수 없는 데서 생긴 울화가
잠재했다가 술기운을 얻어 그런 형식으로 폭발된 것이 아닐
까?"[24] 하는 자기분석에 도달한다. 간밤의 추태로 침체되어 있
는 종철 앞에 다른 신문사 기자인 조인국이 나타나 어제의 종
철의 행동이 '통쾌한 것'이었다고 칭찬하면서 문화예술인에 대
한 비판론을 전개한다.

이런 국가존망지추에 민족의 생사가 기로에 서 있고 조국의 운
명이 풍전등화 같은데 소위 문화인을 자처하는 친구들이 다방 구
석에 모여 앉아 눈만 날카롭게 해 가지고 저건 ××다 이건 ○○다
하고 계집애들처럼 패가름이나 하고 물고 찢고 하는 걸 난 도무지
이해할 수 없소. 가장 애국적인 문화인, 가장 애국적인 예술인이라
고 입으로 글로 외치면서 하는 일이 무어란 말이오. 다방이 전선(戰

---

23   위의 글, 86쪽.
24   위의 글, 90쪽.

線)이란 말이오? (…중략…) 자, 일선으로 나갑시다. 자연(紫煙)이 자욱한 다방을 박차고 일선으로 나갑시다.[25]

기자 조인국의 논리는 「갱생기」에서 자신의 자살시도를 뉘우치는 현철의 그것과 동일하다. 종철은 잠시 조인국의 제안에 흔들린다. 그의 논리보다도 당장 현실을 벗어날 수 있다는 가능성 때문이다. 그것은 "동경을 동경하는 것과는 반대방향이면서도 어쩔 수 없는 이 현실을 뛰쳐나가 영혼의 날개를 펴는 방법"[26]이기도 하기 때문이다. 그러나, 끝내 종철은 종윤의 길도, 인국의 길도 따라나서지 못한다. 월사금을 주지 않으면 학교를 가지 않겠다고 떼를 쓰는 어린 아들과, 그를 달래다 화를 못 이겨 뺨을 때리는 아내, 그 아내를 나무라는 노모의 잔소리가 빚어내는 아침의 스산한 집안 풍경 속에서 종철은 소리친다.

"이 놈의 **집을 뛰쳐 나가야겠다.**"

그는 벌떡 일어났다. 옷을 주섬주섬 걷어 입었으나 밖을 보니 줄기차게 내리는 비였다. 그는 **주저앉지 않을 수 없었다.**[27] (강조-인용자)

---

25 위의 글, 92쪽.
26 위의 글, 93쪽.
27 위의 글, 89~90쪽.

　‘나가야겠다’는 종철의 ‘의지’와 ‘주저앉을 수밖에 없는’ ‘좌절’의 짧은 묘사는, 망명에 관한 작가의 무의식을 상징한다. 「갱생기」와 「두 개의 발정」에는 ‘망명’에 관한 여러 층위의 지향이 등장한다. 이를테면, 부호나 고위관리들의 도피, 현철의 미국행, 그리고 이종윤의 동경행이 그것이다. 부호나 관리들의 ‘망명’에 대해서 작가는 일체의 자리를 내주지 않지만, 현철과 종윤의 경우는 다르다. 특히 「갱생기」의 현철의 경우, 미국행에 깔린 자신의 위선과 도덕적 해이를 준열한 애국주의와 민족주의로 질타하고 있는 듯하지만, 현철과 종윤의 외국행이 본질적으로 얼마나 큰 차이가 있는 것인지 가늠하기 힘들다. 더욱이, 「두 개의 발정」의 종철의 ‘욕망’에 이르면, 그 둘의 차이는 무망한 것이 된다. 왜냐하면, 현철은 자신의 ‘망명욕구’를 자극했던 이유, 즉 “나는 우리나라가 밉고 우리의 현실이 진절머리가 났었네. 나는 어떻게 하면 이 땅을 떠나볼 수 없을까, 그것만 궁리하였네”를 일종의 ‘초자아’인 애국주의나 민족주의를 통해 도덕적으로 해소시키고 있지만, 더 나은 ‘삶의 질’을 위해 동경행을 선택한 ‘종윤’이나, 그러한 ‘종윤’을 선망하는 ‘종철’의 ‘욕망’은 여전히 현철을 자극했던 그 원인들에 의해 추동推動되고 있기 때문이다. 차이가 있다면, 초자아를 발동시켜 그 욕망을 도덕적으로 해소하는가 아닌가의 문제다. 그러므로, 결국 「갱생기」의 말미에서 작가가 제시했던 현철의 ‘도덕적 반성’은 「두 개의 발정」에 이르러 더 이상 유효한 규범으로 작동하지 못하게 된다. 안수길은 '망명의식'과 '애국주의' 사이에서 기우뚱한 균형을 유지하면서 그 '시간'들을 견디고 있었던 것이라고 할 수 있다.

　1960년대 중반, 이 글의 허두에서 밝힌 바처럼, 그의 창작활동의 후기에 접어들면, 작가의 '망명의식'은 이전 시기의 그것과는 사뭇 다른 방식으로 전개된다. '망명의식'의 내적 속성인 '외재성'을, "자신이 발 딛고 있는 '장소'나 '공간'에 대해, 자기동일성에 함몰되지 않고 늘 '외부'와 '타자'의 시선을 견지하려는 욕망, 혹은 '장소'나 '공간'의 바깥으로 벗어나려는 욕망"이라고 잠정적으로 정의 내린다면, 이 시기에 이르러 안수길의 '망명의식'은 '외재성'의 고유한 의미에 부합하는 적절한 문학적 중량감을 획득한다. 이런 관점으로 보았을 때, 후기의 가편佳篇에서 결코 빠트릴 수 없는 것이 바로 「IRAQ에서 온 불온문서」(1964)이다. 어느 날 갑자기 배달된 북한의 불온책자 한 권이 일으킨 한바탕의 소동을 다룬 이 소설은, 이주와 귀환, 떠돎과 뿌리내리기를 여러 차례 거듭해 온 노작가의 '망명자의 감각'을 의식의 저 밑바닥으로부터 다시 일깨우고 있다.[28]

---

[28]　북한의 불온문서 발송은 1950년대 중반부터 끊임없이 시도되고, 그때마다 공안정국을 둘러싸고 날카로운 정치적 대립이 일어나고는 했다. 소설이 발표된 1964년 봄과 가장 가까운 시기에도 "평화통일의 주장을 담은 북한의 불온문서가 남한 유명인사 2,785명에게 발송되었다"는 공보부의 발표를 실은 기사가 보도되고 있다. 「불온문서 마구 뿌려—북괴서 1주일간 2천 7백여 명에」, 『경향신문』, 1964.4.24. 1962년에는 미국 잡지를 표지로 하고 속 내용에는

소설가이자 대학에서 철학 과목으로 시간강사를 나가는 '남진석'에게 어느 날 국제우편물이 배달된다. 그는 미국에 유학간 제자 '숙'이 보낸 편지라고 짐작하고 개봉하지만, 내용물은 김일성 사진과 여러 가지 선전문구로 가득한 '이북의 불온문서'였다. 발신국은 IRAQ였다.[29] 우표 귀퉁이에서 희미하게 찍힌 IRAQ라는 국명을 발견하자마자, '남진석'은 몇 년 전 이라크에서 일어났던 군부쿠데타를 떠올리고, 풍요로운 석유의 나라를 생각하고, 이어서 '쉐헤라자데'와 『아라비안나이트』를 떠올린다. 그러나, 이런 이국적인 감상은 곧 '사변'을 전후한 시기의 '공포'로 대체된다. 그 시절 횡행하던 유인물 협박장의 기억이 되살아나고, 이북이 어떻게 주소를 알아냈는지, 우편 검열에 걸리지 않고 어떻게 배달되었는지 여러 가지 걱정이 남진석 부부를 옥죄기 시작한다.

수백 명의 문인에게 이런 불온문서가 모조리 배달됐다고 생각하는 데서 오는 사태가 연상됐기 때문이었다.

북한체제를 선전하는 책자를 제3국을 통해 남한 인사들에게 우송한 사건도 있었다. 수법상 「이라크에서 온 불온문서」와 가장 유사한 경우라고 짐작된다. 『동아일보』, 「북괴 새 선전공세—美紙 表紙를 僞裝 남한에 우송」, 1962.5.1 참조. 경우에 따라서는 학생운동이나 야당탄압을 위해 정부가 조작했다는 의심을 사는 경우도 있었다. 1964년 4월 13일자 『경향신문』의 사설은, 최근 서울대, 연대, 고대생들 앞으로 전달된 괴소포는 북괴가 아니라 학생들의 사상검증을 위한 당국의 조작이 아닌가를 반문하는 내용이다.

29 작가는 제목을 비롯해 본문에서 이라크의 국명을 의도적으로 영문 IRAQ로 표기하고 있다. 군데군데 한글로 '이라크'로 쓰고는 있지만, 영문으로 계속 표기한 것은, 영문이 환기하는 '낯섦'을 강조하기 위한 것으로 보인다.

수백 명의 선량한 백성들의 가정에서, 남편인 문인들과 더불어 그 문인들보다 더 선량한 부인들이 남진석 씨 자신의 가정에서 진 부인이 지금 겪고 있듯이 까닭 없이 불안과 공포 분위기 속에 가슴이 두근거릴 것이 우선 머리에 떠올랐다. (…중략…)

그러나 그것과는 전연 별개의 각도에서 남진석 씨는 서글픔이 스며드는 걸 어쩔 수 없었다.

당당히 제 주소와 이름으로 온 통신물에 가슴이 떨리고, 불안하고…… 그것보다는 그걸 고스란히 관헌(官憲)에 보고하지 않아서는 국민의 도리가 아니고 그것보다 마음이 놓이지 않는 이 현실에 대한 서글픔이었다.[30]

'남진석'은 체제 선전이랍시고 조잡한 책자를 제3국을 통해 배달시킨 북한의 국가로서의 미성숙함을 비웃는다. 종이를 아끼기 위해 돋보기로도 보기 어려울 만큼 깨알 같은 글씨로 조악하게 인쇄된 책자를 체제를 선전하는 홍보자료랍시고 보내는 그 치기稚氣가 일개 '국가'로서 지녀야 할 품위와는 사뭇 동떨어진 것임을 비판하는 냉소다. 그러나, 그보다 더 절박하게 다가오는 문제는 '검열과 통제'로 국민을 순치시키는 '남쪽 체제'의 냉혹함이며, 그 냉혹함에 대한 두려움은 마침내 '자기 검열'에 시달리는 자신을 향한 분노로 바뀌게 된다. 그래서, 진석은 제대로

---

30   안수길, 「IRAQ에서 온 불온문서」, 앞의 책, 244~246쪽.

살펴보지도 않고 우편물을 받았다고 아내에게 화를 내고, 불온 문서 신고를 받고 조사차 달려온 경관을 향해 울분을 토로한다.

「IRAQ에서 온 불온문서」에 드러나는 '망명의식'은 「갱생기」나 「두 개의 발정」처럼 '지금 / 여기'를 벗어나고 싶은 욕구로 발현되는 것이 아니라, '지금 / 여기'를 낯선 시선으로 바라보는 '자발적 타자성'과 연결된다. 작가는 소설 속 인물인 진석을 통해 반공 국가 '대한민국'을 대상화한다. 진석은 이 불친절한 '인공ㅅㅗ 국가'가 못마땅해진다. '만주(국)'을 경험한 안수길에게 근대국가의 '인공성ㅅㅗ性'은 자명한 것이다. 국민국가가 국민을 향해 끊임없이 주입시키는 '국가라는 자연성의 신화'가 지닌 허구를, 안수길은 일찍이 간파했다. 그는 체제의 바같에서, 현재 몸담고 있는 체제의 미성숙함과 간악함을 들여다보고 이를 비판한다. 그것이 가능한 것은 그가 '만주(국)'을 경험했기 때문이다. 근대국가의 '인공성'이란 동전의 양면과 같은 것이어서, 체제의 부정성이 인공적인 것이라면, 그 극복 또한 인공적일 수 있다는 것. 물론 「IRAQ에서 온 불온문서」는 그 지점까지 나아가지는 않는다. 대신 잠깐 동안 미국과 이라크를 꿈꾼다. 동물원 시설이 유학생 숙소보다 더 낫다는 제자의 편지로부터 가 보지 않은 나라 미국의 물질적 풍요와 교양에 대해 생각한다. 불온책자의 발신지인 이라크는 그를 잠시 '아라비안나이트'의 노스텔지어에 젖게 만든다. 그러나 그는 떠날 수 없다. '떠나다 / 주저앉다'는 「갱생기」 이후

줄곧 그의 '망명의식'을 성격화하는 원심력과 구심력의 상징적 기호가 되고 있다. 그의 소설 속 인물들은 떠나고 싶어 하지만, 결국 떠나지 못하고 주저앉는다. 그러나, 그 '주저앉음'은 '떠남'을 포기한 것이 아니다. 주저앉기는 하되, 그것은 '지금 / 여기'의 시간과 공간이 제공하는 '자기동일성'에 포획됨으로써가 아니라, 끊임없이 '지금 / 여기'를 대상화하고 타자화하는 방식으로써이다. 그래서 '떠나고자 하는 욕망'은 결코 사라지지 않는다. 다만, 내면의 어딘가로 깊숙이 침잠해 들어가서 또아리를 틀고 있을 뿐이다.

「노부부」(1974)와 「삼인행」(1974) 연작은, 이 '망명의식'이 정치의 차원에서 좀 더 일상적인 차원으로 옮겨온 것일 뿐, 그가 지닌 '망명의식'의 구조가 여전히 견고하게 유지되고 있음을 보여주는 후기 작품이다. 이 소설은 돈독한 우정을 나누는 세 사람의 노인을 주인공으로 내세워, 노년의 삶에 대해 차분하게 이야기하고 있다. 여러 겹으로 포개지는 갈등구조 안에서도, 이 글의 주제와 관련된 것은 단연 주인공 박영기 영감의 '미국행'을 둘러싼 우여곡절이다. 박영기는 결혼한 아들과 딸이 모두 미국에 거주하고 있다. 초청장과 여비를 보내 잠시만 다녀가시라고 간청을 해도 그는 요지부동 말을 듣지 않는다. 완전히 부모를 미국에 영주하게 만들려는 작전이라고 철석같이 믿는 까닭이다. 박영기는 해방 전 만주에서 살다가 고향인 북한으로 귀국했다. 그리고 다시 아내와 간신히 월남해 남한 땅에 정착했다. 평생을 자기의 땅을 떠나 살다보니, 노년의 그는 유난히 착근着根의식이 강하다. 그 착근의식은, 평생을 이산과 정주를 반복한 그의 이력의 또 다른 얼굴이다. 일종의 방어기제라고 할 수 있다. 제발 한번만 다녀가시라는 딸의 간곡한 편지를 앞에 두고, 그는 미국이 아니라 저서 집필을 위해 낙향한 친구 조교수가 있는 시골로 가는 것이 어떨까 고민한다. 그러나, 그는 어느 곳으로도 향하지 못한다.

그것은 마치, 들판에 혼자 팽개쳐진 것 같은 호젓함이요 서글픔이요, 어찌 보면 절망감과 통할 수 있는 감정 상태이기도 했다. 사고 능력이 멈춘 듯도 했다. 그런 상태 속에 박영기 씨는 반나절을 헤매고 있었다. 여느 때, 공허감이 절정에 달하는 시간인 오후 다섯 시가 되기 전에 박영기 씨는 벌써 소줏잔을 기울이고 있었다.[31]

박영기는 노년에 다시 새로운 땅(미국)에서 삶을 시작한다는 것이 두렵다. 그래서 그는 '지금 / 여기'에서의 정주定住를 스스로에게 확인시키기 위해, 재만의 경험을 왜곡하기까지 한다. 예컨대, 그가 자녀들이 있는 미국행을 한사코 반대하는 이유를 소설은 이렇게 제시하고 있는 것이다.

---

31   안수길, 「삼인행」, 『망명시인』, 일지사, 1976, 67~68쪽.

귀에 못이 박히도록 들려준 말 아닌가? 그걸 까먹다니? 할망구 두 젊었을 적 함께 겪구, 뼈저리게 느꼈던 일 아닌가? 일정 시대, 만주 살 때 말이야. 실력이 있으면서두 일본놈 틈바구니에서 기를 펴지 못했던 일, 다른 외국사람들에 대해서두 떳떳치 못했지. 만주 살 때에 비길 건 아니나 키 작고 코 낮은 황색 인종이 주눅이 잡힐 건 뻔한 일, 내 자손에게는 다시 어깰 펴지 못하는 심정 갖게 하구 싶지 않다는 주장, 어쩜 그렇게 쉽게 잊을 수 있을까?[32]

박영기의 이 기억이 왜곡인 이유는, 실제작가 안수길의 만주에 관한 초기의 기억과 서로 배치背馳되거나 충돌하기 때문이다. 「여수旅愁」(1949)는 해방 직후 그가 소설가로 다시 활동을 시작하면서 쓴 첫 소설이자, 만주를 떠나 고향 함흥을 거쳐 다시 월남, 서울에 터를 잡고 생활을 시작하면서 발표한 첫 작품이다. 공교롭게도 이 소설의 전반부는, 주인공의 만주 회상으로부터 시작한다. 이를테면, 「여수」는 재만 경험의 문학화를 평생의 작업으로 삼았던 작가 안수길에게, 다른 복잡한 여과濾過 과정 없이 순연하게 떠오른 만주에 관한 '기억'의 첫 장면이라고 할 수 있다.

그러나 그것보다도 철은 이러한 풍경을 대하자, 이내 만주가 연상되었던 까닭이다.

넓은 만주, 탁 트인 만주, 활개를 치고 다녔자 거칠 것이 없었던 만주, 우리 민족정신이 맥맥히 깃들여 있고 선열의 핏방울이 엉켜 있는 만주, 거기에, 철에게는 요람의 땅이었고 젊음의 정열을 쏟았던, 아름답기도 하려니와 추억도 많은 만주였다.

이러한 만주기에 철은 하루의 피로를 늦추노라 다방에서 레코오드를 들을 때나 덕수궁 연못가에 호젓이 앉을 때나, 생각이 만주를 향하여 저절로 달음질 쳤고, 만주와 관련된 추억을 더듬을 때, 희귀하게도 마음의 여유가 찾아들기도 하였다. (…중략…)

물론 무변한 평야는 아니었다. 사래 끝간 데를 모를 한전(旱田)만도 아니었다.

청복을 입은 만주사람의 모습도 눈에 띄지 않았다.

그러나 철은 가까운 곳에 안계를 가로막고 있는 산을 산으로 보지 않았다. 정연한 논배미를 논으로 보지 않았다. 산은 밀어다 지평선 저쪽에 넘겨버리고 논배미는 메꿔 사래 긴 고량(高粱)밭으로 바꾸어버렸다.

이렇게 관념 속에서 장난을 하고 있노라니, 철 자신이 실제로 만주에 온 듯, 지금 '아지아'호의 호화로운 이등을 타고 봉천에서 신경으로, 신경에서 할빈으로, 묘망한 광야를 허탈된 마음으로 질주하는 듯한 환각을 일으켰다.[33]

---

33 안수길, 「여수(旅愁)」, 『제3인간형』, 을유문화사, 1954, 16~17쪽.

해방 후 만주를 떠나 고향 함흥에 이른 후, 다시 월남하여 서울에 정착한 주인공 '철'은 작가 안수길의 이주의 역정歷程과 고스란히 겹친다. '철'은 좁고 가난하고 사람들로 복작대는 '서울살이'에서 환멸을 느낀다. 「여수」는 같은 시기 발표한 「범속凡俗」과 함께, 작가 안수길이 '만주 노스탤지어'로부터 벗어나 새로운 정주지定住地인 '서울'에 뿌리내려야만 하는 당위, 곧 '착근의식'을 공표하는 일종의 '선언'과도 같은 소설들이다. 그럼에도 불구하고 이 '뿌리내리기'의 당위는 '만주노스탤지어'와 공존하면서 젊은 철의 의식을 부유浮游하게 만든다. 바깥을 향한 '욕망'은 새로운 땅에 뿌리내려야 한다는 '당위'를 종종 위반한다. 그러나 그 '위반'은 끝내 실현되지 못하고 일종의 미필未畢적 시도로 그치고 만다. 대신, '욕망'은 '지금 / 여기'에 안주하지 못함으로써 얻는 대상화된 '자기'를 확보하게 만들어준다.

노년의 박영기와 장년의 '철'이 떠올리는 만주의 '기억'은 서로 다르다. 중요한 것은, 어느 쪽의 기억이 '사실'이고 어느 쪽이 '거짓'인가에 있지 않다. 안수길은, 여러 차례의 이산을 경험하는 동안, 새 터에 자리를 잡기 위해서는 박영기의 '기억'을 일종의 '당위'로 내세워야만 했다. 그러나, 그것은 종종 '철'의 기억과 충돌하거나 배치된다. 안수길은 그 경계에 서있었고, 그 둘의 인력과 장력을 모두 견뎌야 했다. 이 모순이야말로 그의 '망명의식'의 진면목이었다.

4. 운명으로서의 '이산'과 내부망명자의 고독

안수길은 함남 함흥에서 태어나 흥남, 만주, 서울, 일본, 신경, 부산 등지를 끊임없이 옮겨 다녔다. 복잡다단한 한국 근현대사의 수레바퀴가 굴러가는 동안은 어쩌면 '이주'나 '이산'은 한국인에게는 개인의 선택이나 팔자가 아니라 민족 전체의 공통의 운명 같은 것이었을는지도 모른다. 그런 점에서 '이산'의 경험은 한국의 근대작가에게 있어서는 작가의 개성을 규정짓는 근거가 되기에는 너무 흔한 경험일는지도 모른다. 그러나, '이산'을 경험한 한국의 근대작가들은 허다하지만, '이주'나 '이산'의 경험을 '사상'의 형식으로 승화시킨 작가들은 그리 흔하지 않다.

작가 안수길에게 가장 큰 영향을 미친 원체험은 단연 '재만在滿'의 경험이었다. 다양한 소재와 주제의 편폭을 지닌 그의 문학을 '만주'라는 제한된 '공간'으로 수렴해서 읽고 해석하는 데 대해서는 약간의 이의가 있을지도 모르겠다. 그러나 중요한 것은, 그가 '재만'의 경험을 소재주의로 소모하지 않고, 인간과 세계를 인식하고, 나아가 자신을 성찰하는 '사유의 거울'로 삼았다는 사실이다. '만주'는 작가 안수길이 특정한 시기에 살았던 특정한 공간일 뿐 아니라, 편재遍在하는 보편성의 한 부분이기도 했다. 즉, 그에게 '만주'는 특수한 공간이 아니라, 보편성이 충만한 하나의 작은 '세계'였던 것이다. 거듭되는 이산의 경험을 통해 그가 확인한 것은, 어느 곳도 뿌리내릴 '고향'이 될 수 없다는 사실, 그럼에도 생활인으로서 어딘가에 '정착'해야 한다는 '당위' 사이의 균열이다. 그의 문학에 한국 사회를 향한 건강한 비판의식과 성찰적 지성이 존재한다면, 그것은 바로 이 균열의 지점에 형성된 무의식으로서의 '망명의식' 때문이라고 할 수 있다.

사이드는 유고遺稿인 『말년의 양식에 관하여』에서 '시의성 timeliness'와 '말년성lateness'이란 개념을 교차시키면서 예술과 예술가의 삶에 대해 말한다. '시의성'이란 시간에 맞게 호응하는 것. 그러므로 시간에 어울리는 '말년성'이란 예컨대, 노년의 예술가로부터 그의 나이에 걸맞은 연륜과 지혜, 그리고 화해와 평온함 등을 기대하는 것, 혹은 평생의 미적 노력이 완성되는 어떤 상태를 일컫는다. 그러면서, 그는 이런 '시의성'으로서의 '말년성'이 아니라 그것을 배반하는 양식, 조화롭지 못하고 평온하지 않은 긴장, 비생산적인 생산력을 수반하는 말년의 양식에 더 큰 관심이 있다고 고백한다.[34] '이산'을 운명처럼 짊어지고 있던 안수길이 노경老境에 보여준 '망명의식'은, 이를테면 '시의성'과는 상관없는 말년의 정신적 형식이라고 볼 수 있다. 최후의 단편 「망명시인」은, 끝내 그가 '떠돎'과 '정주'의 경계에서 여전히 긴

---

34 Edward W. Said, 장호연 역, 『말년의 양식에 관하여(*On Late Style*)』, 도서출판 마티, 2008, 25~29쪽.

장의 끈을 늦추지 않고 있음을 확인시켜 준다. 그는 시종일관 내부에 있으면서 외부를 꿈꾸고, 또 외부에서 내부를 향해 낯선 시선을 던지곤 했다. 그리고 그것은 초기부터 일관된 그의 문학의 근원적인 동력으로 작용하는 것이기도 했다. 그런 까닭에, 그의 재만 경험의 문학화는 민족주의나 의사擬似제국주의의 틀로 다 포괄할 수 없는 '잉여'를 빚어내고, 또한 한국 근대문학사가 경험한 '이산'의 기억에서 그를 특별한 위치에 자리매김하도록 만든다.

전후세대의 '미적 체험'과 '자기번역' 과정으로서의 시 쓰기

김수영의 「시작詩作노우트」 다시 읽기

1. 김수영의 「시작노우트」(1966)의 문제성과 전후세대의 시쓰기

이 글은, 전후문학 및 전후세대에 관해 최근의 연구들이 확장해 나가고 있는 방법론과 해석학의 새로운 지평에 기대어, 전후세대의 시쓰기에 관한 새로운 이해 방식을 제안하기 위해 쓴다. 그리고 그 논의의 과정에서 김수영의 「시작 노우트」(1966)[1]를 재

1   이 논문의 주된 분석대상인 「시작노우트」는 『한국문학』, 1966.여름에 실린 것을 가리킨다. 「시작노우트」라는 제명을 단 그의 에세이는 같은 잡지의 봄호와 가을 / 겨울 합본호에 연달아 실려 있다. 한국 잡지사에는 두 개의 『한국문학』이 있다. 하나는 1966년에 계간으로 창간된 『한국문학』(현암사 간)이고, 다른 하나는 1973년 창간된 『한국문학』(한국문학사 간, 편집인 김동리, 주간 이근배)이다. 이 글에 등장하는 『한국문학』은 앞의 것이다. 현암사가 발행한

독再讀함으로써, 그 글에서 추론할 수 있는 전후세대 시쓰기 과정의 문제적인 지점들에 대해 좀 더 현상학적 고찰과 재구성이 필요하다는 점을 환기하고자 한다.

김수영의 「시작노우트」가 지닌 문제성은 이미 몇몇 선행연구들에서 주목받은 바 있으며, 그 연구들을 통해 김수영의 시와 시론의 변모 양상과 의미에 관한 다양한 해석들이 이루어졌다. 김수영의 시와 시론에 관한 연구와 비평은 헤아릴 수 없이 많으나, 이 「시작노우트」의 문제성을 중심으로 탁월한 해석과 비평을 시도한 것으로는 강계숙, 정명교, 조강석, 박지영, 조연정 등을 먼저 꼽을 수 있다.

강계숙은 「시작노우트」 전체가 일본어로 씌어졌다는 사실에 먼저 주목하고, 그 에세이를 쓰기 전후에 김수영이 번역하고 있던 이상의 일문시日文詩 「애야哀夜」와 칼톤 레이크의 자코메티 방문기 「자코메티의 지혜」를 겹쳐 읽으며, 그 독해과정으로부터 김수영 시창작의 내밀한 방법과 태도를 다양하게 추출해내고 있다. 강계숙은 이상의 일본어 쓰기에 대한 김수영의 비판의 핵심을 "김수영이 판단하기에 이상 또한 '조선적인 것'을 실재하는 동일성으로 여기는 관념과 환상으로부터 자유롭지 못했다"고 전제한 후, "'일본적인 것 / 조선적인 것'의 이분법과 '일본어 / 조

『한국문학』의 전반에 관해서는 박수연, 「1960년대 한국문학의 계보―계간지 『한국문학』을 중심으로」, 한국언어문학교육학회 편, 『한어문교육』 27, 2012, 참조.

선어'의 위계를 해체하고, '남'과 '다른' '나'가 되려는 욕망, 혹은 상이한 것, 독창적인 것이 되려는 집념이 사실은 서로간의 차이를 무화시키는 "서로 닮는 방식"임을 깨닫는 것, 그리하여 '나'와 '타자'가 동일하게 되는 것을 두려워하지 않고 그것을 과감히 시도함으로써 "혼용되어도 좋다는 용기"를 얻는 것[2]이 문맥의 진짜 의미라고 해석했다.

정명교는 김수영과 프랑스문학의 관련양상을 「시작노우트」를 중심으로 집중 분석하면서, 이 에세이에 등장하는 '자코메티적 발견'의 의미와 그것이 김수영의 시론 및 시창작에 미친 영향관계에 대해 조밀한 고찰을 시도함으로써, 특히 김수영의 후기시에 나타나는 변화가 자코메티로부터 환기 받은 김수영의 예술적 자각과 어떤 상관관계를 가지는가를 검토했다.[3]

조강석은 이 '자코메티적 발견'을, 초기시에 나타나는 '연극성'과 그 '연극성'으로부터의 탈피나 전환을 모색한 후기시 사이의 변별적 지점으로 설정하고, 특히 시 분석을 통해 이러한 변화가 어떻게 구현되는가를 섬세하게 분석함으로써, 「시작노우트」가 김수영의 시와 시론에서 차지하는 각별한 위치와 역할을 다

---

2   강계숙, 「김수영은 왜 시작노트를 일본어로 썼을까」, 『현대시』, 2005.8, 108쪽. 그리고 이 논의를 확장하여 김수영 시론 전반에 대해 논의한 「김수영 문학에서 '이중언어'의 문제와 '자코메티적 발견'의 중요성」, 한국근대문학회, 『한국근대문학연구』 27, 2013.3 참조.

3   정명교, 「김수영과 프랑스문학의 관련양상」, 『한국시학연구』 22호, 2008 참조.

시 한 번 환기시켜 주었다.[4]

김수영의 시와 시론에서 '번역'이 갖는 위상과 중요성에 착안
하여 김수영과 번역의 문제를 심도 있게 논의해 온 박지영은, 상
호텍스트성에 기반한 작업을 통해 김수영의 번역과 (번역을 통한)
독서 체험이 시창작과 시론에 끼친 영향관계를 실증적으로 풍부
하게 재구성해 낸 바 있다.[5]

조연정 역시 김수영의 '번역체험'이 그의 시론에 미친 영향을
분석한 바 있는데, 그는 텍스트들끼리의 의미의 유사성에 기반
한 영향관계가 아니라, 번역체험에서의 언어작용 및 체험과 시
쓰기에서의 언어작용 및 체험의 유사성을 통해 김수영 시와 시
론의 언어인식과 태도를 해명하고자 시도했다.[6]

「시작노우트」에 한정된 논의는 아니지만, 장인수는 전후세대
시인 조향, 박인환, 김수영의 시편들을 직접 분석하면서, 일본어
나 일본문학, 혹은 문화의 흔적이 어떻게 시에 습합되어 있는지
를 분석해 보려고 시도한 바 있다. 그의 분석에서 가장 주목할
만한 발언은, "전후 모더니스트들의 언어적 정체성은 '모국어능
력의 결여'라고 하는 문제에 '선행하여' 공식어로서의 '일본어의

<hr>

4 조강석, 「김수영의 시 의식 변모과정 연구―'시적 연극성'과 '자코메티적 전
   환'을 중심으로」, 『한국시학연구』 28, 2010 참조.
5 박지영, 「번역과 김수영 문학」, 김명인·임홍배 편, 『살아있는 김수영』, 창비,
   2005 및 「김수영 문학과 '번역'」, 『민족문학사연구』 39집, 2009 참조.
6 조연정, 「'번역체험'이 김수영 시론에 미친 영향―'침묵'을 번역하는 시작태
   도와 관련하여」, 『한국학연구』 38집, 2011 참조.

실추'라고 하는 문제로 규정되어야 한다"[7]는 것에 압축되어 있
다. 모더니스트들이 대부분이었던 전후세대 시인들이, 당대의
문단에서 왜 '아웃사이더'가 될 수밖에 없었는가에 대한 문학사
적 '변호'라고 할 수 있다.

임세화는, 김수영의 '번역'에 초점을 맞추어, 그의 '번역'이 김
수영 시어의 확장과 심화에 어떤 영향과 작용을 미쳤는가를 세
심하게 분석했다.[8]

「시작노우트」에 관한 해석을 중심으로 기존의 연구와 비평들
이 보여준 성과[9]들을 다시 정리해 보자면, 무엇보다도 김수영이
자코메티의 예술론을 창조적으로 재전유하면서 '리얼리티'에 관
한 그의 후기 시와 시론을 어떻게 변화시켰는가를 재구성한 점
이라고 요약할 수 있다. 일본어와 관련된 시어詩語의 문제나 번
역을 매개로 한 기호로서의 시어의 차연差延도 종국에는 이에 수

---

7   장인수, 「전후 모더니스트들의 언어적 정체성」, 국제어문학회, 『학술대회자
료집』, 2011.5, 57쪽.
8   임세화, 「김수영의 시와 시론에 나타난 시어로서의 '국어'와 '번역'의 의미」,
경성대 인문과학연구소 편, 『인문학논총』36, 2014.
9   김수영 연구에 관한 가장 최근의 주목할 만한 연구서는 연구집단 '문심정연'
편, 『김수영연구의 새로운 진화―이중언어, 자코메티 그리고 정치』, 보고사,
2015이다. 개별 연구들로 아래와 같은 성과들이 있다. 김승희, 「김수영의 시
와 탈식민주의적 반언술」, 『한국문학이론과 비평』5집, 1999; 곽명숙, 「김수
영의 시와 현대성의 탈식민적 경험」, 『한국현대문학의 연구』9, 2001;『 서석
배, 「단일 언어 사회를 향해」, 동국대 한국문학연구소, 『한국문학연구』29,
2005.하반기; 배개화, 「김수영 시에 나타난 '탈식민적 언어'의 양가성」, 한국
어교육학회, 『국어교육』, 2006 및 「김수영 시에 나타난 양가적 의식」, 『우리
말글』36, 2006.

렴된다고 볼 수 있다.

그러나, 앞선 논의들의 탁월한 성과에도 불구하고, 대체로 전후문학이나 전후시를 둘러싼 논의가 너무 김수영에게만 집중됨으로써 전후시나 전후문학 전체로 논의의 지평을 확장해 나가는 데에는 다소의 한계가 있다는 점을 생각해 볼 필요가 있다. 다시 말하면, 기존의 김수영에 대한 연구 및 비평의 관심은 그를 전후문학의 '예외적 개인'으로 만들어, 김수영을 매개로 연역해 낼 수 있는 전후문학 혹은 전후시의 공통현상들에 대해 덜 주목하게 되는 현상이 생겨난다는 것이다. 기존 논의들이 도달한 결론들에 대해 좀 더 과격한 비평적 판단이 허용된다면, 김수영을 한국 전후문학이 내포하고 있는 복잡하고 중층적인 모순과 균열의 유일한 출구이자 대안으로 상정하는 한, 전후문학과 전후세대를 한국문학사에서 어떻게 위치 짓고 이해해야 하는지, 그리고 세계문학의 지평에서 한국문학의 위치와 성격을 어떻게 부여해야 하는지에 대한 전체적인 전망을 놓칠 우려가 있다는 점을 지적하고 싶다.

더욱이, 그를 전후문학에 내재한 포스트식민문학으로서의 (거의 유일한) 가능성과 전망으로 해석하는 기왕의 연구와 비평들에는 그것이 진정한 전망이나 대안인지를 검증하는 절차들이 대체로 생략되어 있다. 이를테면 「시작노우트」에 등장하는, 이상의 일문시日文詩 「애야」에 관한 김수영의 비평적 명제인 '일본적 서정과 조선적 서정'은, 많은 논자들이 쉬 동의하듯이 포스트식민적 '혼종성hybridity'이나 '번역 불가능성으로서의 가능성'으로 서둘러 봉합될 사안은 아니며, 그보다 훨씬 더 복잡한 검증이 필요한 문제라고 생각된다.

그런 맥락에서, 다소 과도한 비유일는지 모르지만, 나는 김수영을 '요법療法'이나 '해결'이 아니라 좀 더 '증세症勢'로 들여다볼 필요가 있다는 점을 제안 드리고 싶다. 다시 말하면, 그는 전후문학의 '대안'이나 '전망'을 제시한 시인 이전에 전후문학의 '공통증상'을 가장 명료하고 본질적으로 호소한 전후 문인이었다는 점, 따라서 그가 호소하고 고지告知해 주는 징후와 증세를 통해 전후세대 시인들과 전후시가 지닌 문학사적 성격과 위치를 재확인하는 일이 필요하다는 것이다.

따라서, 이 글은 김수영의 「시작노우트」의 문제의식이 지닌 고유성과 특징들의 중요성에 주목하면서도, 기존의 연구와 비평들이 김수영의 발언과 고백을 서둘러 시인 개인의 탁월함의 증거로 채용하는 관점과는 조금 다른 위치에서 읽으려 한다. 「시작노우트」는 김수영 개인의 '시론'이기도 하지만, 좀 더 근본적으로는 전후문학과 전후세대의 언어 및 문화적 환경에 관한 짧지만 충격적인 '상황보고서'이기도 하다. 나는, 김수영의 「시작노우트」를 통해, 전후세대 일반의 시쓰기 과정에서 발생하거나 작용했으리라 짐작되는 두어 가지의 사전과정事前過程, pre-process들을 재구성해 보고자 한다. 그 하나는, 시창작과 관련되는 전후세대의 '미적 체험aesthetic experience'의 내용 및 성격에 관한 문제이며, 다른 하나는 시쓰기 과정으로서의 '자기번역self-translation'이라는 단계이다.

2. 전후세대와 일본어의 상관성에 대한 추론 및 몇 가지 의문

전후문학과 전후세대에 관한 최근의 연구동향은, 전후문학의 정확한 해석과 이해를 위해전후세대의 교육·문화 환경에 대한 충분한 선이해先理解가 반드시 필요하다는 점을 거듭 확인시켜 주고 있다. 특히, 한국문학에서의 전후세대를 정의할 때 등단시기보다도 그들의 출생연도와 교육 및 문화적 배경 요인이 훨씬 더 중요한 요소임을 다시 한 번 깨닫게 된다.

잘 알려졌다시피, 대다수의 전후세대 문인은 식민지기인 1920~1930년대 초반에 출생하여, 유소년기와 청년기 동안 일본어의 세계 속에서 교육받으며 성장했다. 또한, 몇몇 예외의 경우는 있지만, 거의 대부분 해방이 되고 나서야 한글을 배우고 익히면서 일본문학으로부터 한국문학으로 '국민문학'의 이적離籍을 경험했다. 그 과정에서 필연적으로 언어(일본어 / 한국어)의 문제나 문화적 / 미적 체험의 문제, 아울러 국가적 / 민족적 정체성과 문화정체성 등의 문제가 돌출될 수밖에 없었다. 요컨대, 위에서 말한 '최근의 연구동향'이란, 한 마디로 정의하기는 어렵지만 전후세대의 이런 특수한 조건과 맥락을 통해 전후문학을 이해하고 설명하려는 경향을 가리키는 것이다.[10]

17, 18세기 이후의 유럽과 비서구(혹은 유럽 내부의 중심부와 주변부) 사이에 형성된 '제국 / 식민지'의 관계항 속에서 세계문학을 조망하게 되면, 한국 근대문학과 근대문인들이 겪어야 했던 이러한 언어이민과 국민문학 '갈아타기'의 경험은, 그 세부와 특수성을 미루어둔다면 사실상 매우 일반적이고 보편적인 현상이자 경험이라고 할 수 있다.[11] 다시 말하면, 제국의 침략과 지배를 경험한 민족이나 국가의 경우, 정치·경제적 '지배 / 피지배'의 문제뿐 아니라, 언어와 교육 및 문화를 둘러싼 '지배 / 피지배'의 경험 및 그 속에서의 '동화同化 / 저항'의 복잡한 양상을 노정할 수밖에

10   나는 최근에 이러한 방법론의 기반 아래 전후문학 및 전후세대에 포괄적으로 접근한 바 있다. 『전후문학을 다시 읽는다―이중언어·관전사·식민화된 주체의 관점에서 본 전후세대 및 전후문학의 재해석』, 소명출판, 2015 참조.
11   물론, 한국의 식민지 경험이 내포하고 있는 세부와 특수성은, 그것이 함축하고 있는 세계사적 보편성이나 공통현상 못지않게 중요하다. 전후세대의 시쓰기에 관한 이 글의 논의도 궁극적으로 보편성과 특수성에 관한 변증적 사유의 필요성을 제안하기 위해서이다.

없다는 것이다. 이 점에서, 유럽이 아니라 같은 문화권에 속하는 동일 인종의 지배를 받았다는 차이가 있기는 하지만, 한국의 경우도 세계사의 그런 보편현상과 맥락을 같이 했던 것이라고 볼 수 있다. 그러므로, 해방 이후의 한국은 이른바 '포스트식민사회'에서 일반적으로 나타나는 이중언어나 문화정체성 등의 문제가 반드시 제기될 수밖에 없었음에도 불구하고, 비교적 최근에 와서야 이러한 사안들에 주목하기 시작한 것은, '포스트식민 사회' 특유의 '의도적 망각intentional forgetting'[12]이 작동한 이외에도 다양하고 복합적인 요인들이 식민지와 '식민지 이후'를 역사적·중층적 맥락에서 깊이 있게 사유하지 못하도록 했기 때문이다.

앞에서 언급한 바 있듯이, 전후세대의 교육·문화 환경에 관한 실증적 연구들에 의해, 우리는 전후세대에 속하는 문인 거의 대부분이 해방 이후에야 비로소 한글 공부를 시작했다는 사실을 알게 되었다. 한글보다 일본어가 훨씬 익숙했던 그들은 해방 이후 한참 동안 새로 한글을 배우고 익히는 힘든 과정을 견뎌야 했으며, 더욱이 한글로 시나 소설과 같은 문학작품을 창작하기 위

---

12   이 개념에 대해서는 저자의 앞의 책, 274쪽 참조. 간단히 줄여 정의하자면, '식민주의 이후 반식민 '독립' 민족 국가들이 출현할 때 흔히 식민 과거를 망각하려는 욕망이 수반되며, 역사를 스스로 창안하려는 충동이나 새롭게 출발하려는 욕구─식민 종속에서 비롯된 고통스러운 기억들을 지워버리려는 욕구─의 징후'로 요약할 수 있다. 이 개념의 원천인 '포스트식민적 기억상실amnesia'에 관해서는, 릴라 간디, 이영욱 역, 『포스트 식민주의란 무엇인가』, 현실문화연구, 2000, 16쪽 참조.

해서는, 보통 사람들이 겪는 것보다 훨씬 복잡하고 어려운 이중 삼중의 어려움을 감내해야 했음도 함께 알게 되었다.[13]

예컨대, 다음의 전후세대 문인 두 사람의 고백이 이 사실을 잘 정리해 준다.

① 한글 하나도 몰라요. 저는 인제 한글을 초등학교 3학년 때까지 배웠어요. 그땐 조선어였는데……, 그러니까 성적표가 갑, 을, 병인데 다 갑을 달아도 조선어만 병을 다는 거예요. 이게 외국어예요. 그 다음에는. 음, 근데 그 외국어라는 게 무척 힘들더라구요. 안돼요. 진짜. 그리고 인제 자연히 이제 그냥 한국말을 그냥 모르게 왔죠. 해방이 딱 되니까 뭘 알아요. 아무것도 몰라요. 아무 것도 모르니까. 그때 인제 아이들이 우선 집집마다 천자문을 배웠어요. 천자문을. 인제 어떻게 보면…… 천자문이 어디서 나오더라구요. 책이 나와 가지고선. 저……, 저도 일차적으로 천자문을 했죠. 이제 해고. **고담에** 서울 가서 공부할려면 한글 알아야겠어요. 그래가지고 한글맞춤법 통일안, 그게 또 어디서 나오더라구요. 그 책이. 아우. 참 열심히 공부했어요. **고거를 고거를 노트** 하면서. (…중략…) 그러니까 우리가 아주 일본말로 쭉 교육을 받았기 때문에, 이게 읽는 게 한글이 굉장히 더뎌요.[14] (강조—인용자)

13　이에 관한 다양한 고백과 증언, 인터뷰 및 회고 등에 관해서는 저자의 앞의 책, 3장 「전후세대의 목소리」에 비교적 자세하고 폭넓게 소개되어 있다.
14　소설가 박순녀의 이 회고는 국립예술원 구술사 아카이브에서 인용한 것이다.

② 국민학교에서 조선어 시간이 폐지된 것은 3학년 때이니까 우리말을 체계적으로 공부하고 익힐 만한 겨를이 없었던 것도 사실이었다. 더구나 나는 중학을 일본에서 다녔는지라 말에 대한 남모를 열등의식이 심했다. (…중략…) 그 당시(1943년을 가리킴 − 인용자) 나의 문학에 대한 소양은 상당히 높은 수준에까지 이르렀다고 본다. 그러나 문제는 우리말로 표현하는 것이었다. 이것이 마음대로 안 되니 안타까운 노릇이었다. (…중략…) 광복이 되자 비로소 나의 문학수업은 본격적으로 시작되었다. 당시 나의 생각으로는 하루빨리 우리말을 익히는 문제가 급선무라 생각됐다. 붓을 들면 쓰고 싶다는 생각은 굴뚝 같았으나 도시 말이 따라가지 않는 것을 어찌하랴. 그때마다 절망에 빠지곤 했으나 이러다간 안되겠다고 단단히 마음먹었다. 무슨 책을 읽다가도 생소한 말이 툭툭 튀어나오면 그것을 단어장 같은 데에 일일이 기록해놓고는 나중에 조선어 사전 같은 것을 보고서 뜻을 적어 두곤 했다. 그리곤 중학생들이 길을 가면서 영어 단어를 외우듯이 나도 부지런히 낱말들을 외우곤 했다. **그야말로 피나는 노력을 쏟았던 것이다.**[15] (강조 − 인용자)

소설가 박순녀의 회고 ①을 통해 우리는 전후세대 문인들이 해방 이후 한글 익히기가 무척 힘들었음을 알 수 있다. 그녀는

http://oralhistory.knaa.or.kr/oral/archive/interview.

15 　신동집, 『나의 詩論 나의 팡세 − 신동집회고록』, 도서출판 청학사, 1992, 25∼26쪽.

한글이 자신에게 일종의 '외국어'였다고 고백한다.[16] 시인 신동집의 회고 ②는 한글 익히기를 넘어 '한글로 문학하기'의 어려움에 대해 토로하고 있다. 그는 한글로 시를 쓰기 위해, 중학생들이 영어단어를 공부하듯이 사전을 뒤지며 모르는 단어를 찾고, 그 단어를 노트에 적어 외우며 공부했다고 고백한다. 한글 익히기나 한글로 문학작품 쓰기의 어려웠던 과정에 대한 고백은 전후세대 문인들의 회고나 자전自傳, 일기 등을 들추면 무수히 만날 수가 있다.

요컨대, 우리는 이런 회고와 고백을 통해 대체로 다음과 같은 추론을 도출해 낼 수 있다.

1) 전후세대 문인의 상당수는 일본어로만 공부하고 일본어 책을 읽어 해방 전에 한글을 읽을 줄 몰랐다. → 2) 예외적인 개인들이

---

[16] 박순녀의 회고를 자세히 읽으면, 엄연히 다른 개념과 범주인 '한글'과 '조선어'가 뒤섞여 이야기되고 있음을 알 수 있다. 그녀가 몰랐던 것이 '한글'인지 '조선어'인지, 혹은 둘 다였는지를 문맥상 정확히 파악하기 힘들다. 대부분 전후세대 문인들은 학교나 그 밖의 공공영역에서는 '일본어'를 썼지만, 집에서는 '조선어'를 썼다고 회고하는데, 박순녀는 '조선어'를 몰랐다고 회고하고 있다.(물론 박순녀의 경우, 집안에서도 조선어를 쓰지 않고 일본어만 사용했기 때문에 조선어 자체를 몰랐을 가능성을 배제하기는 어렵다) 그런데, 이런 범주의 혼란은 비단 박순녀뿐 아니라, 전후세대 문인들에게 공통적으로 나타난다. 그리고 그것은 또한 전후세대뿐 아니라 지금까지도 계속되고 있는 혼란이기도 하다. 이 혼란의 이유와 파장도 사실은 간단한 것이 아니다. 여기서 상술하기는 어렵지만, 말과 문자의 이 혼란이 국민문학으로서의 한국문학의 자기 동일성의 형성 혹은 혼란에 일조하고 있음은 분명하다.

있기는 하지만, 대다수의 전후세대 문인들은 해방 후 한글을 익혔다. →3) 한글을 익히는 과정도 힘들었지만, 그들을 더 힘들게 만든 것은 한글로 시나 소설과 같은 문학작품을 쓰는 일이었다. →4) 그들은 마침내 각고의 노력 끝에 드디어 한글로 (자유롭게) 시나 소설을 쓰게 되었고, (훌륭한) 문학작품들을 창작해 내게 되었다.

1)~3)까지의 과정은, 전후문학과 전후세대를 조금이라도 관심 깊게 들여다 본 사람이라면 이제는 하나의 상식처럼 받아들여지는 공인된 사실이다. 그러나, 문제는 3)에서 4)로 이행하는 과정, 그리고 4)의 단계에 해당하는 추론 내용이다. 물론 위 단락의 4)는 1)~3)을 바탕으로 한 임의의 설정이다. 논의하는 관점에 따라서는 이렇게 바꾸어 써야 한다고 주장할 수도 있다.

4)′ 그들은 우리말과 한글을 제대로 구사하기 위해 열심히 노력했지만, 일본어의 영향으로부터 완전히 자유로울 수는 없었다.

그러나, 이렇게 바꾸어 설정해도 충분하지 않기는 마찬가지다. 완전히 자유롭거나 혹은 자유롭지 못하다는 것을 무엇으로 판단하며 어떤 기준으로 분석할 수 있을 것인가? 몇몇 연구들이 시도한 것처럼, 우리말답지 않은 일본어 단어나 문장을 찾아내 그 증거를 삼을 것인가. 물론, 이런 작업들은 그 나름의 중요한 지표가 될 수 있을 것이다. 그러나 뒤집어 생각하면, 이런 전제를 바탕으로 한 '일본어의 영향'에 대한 이해 방식은, 한국어에 남아있는 일본어 어휘나 문장을 없앰으로써 '한국어'가 순정純淨해질 것이라는 소박한 '믿음'과 그리 멀리 떨어져 있지 않다.

흥미로운 사실 한 가지는, 1)~3)까지의 과정에 관한 전후세대 문인의 고백과 회고는 아주 흔하게 접할 수 있는 반면에, 3) 이후에 관해서는 전후세대 문인 누구도 자세히 이야기한 사람이 드물다는 점이다. 3) 이후는 과연 어떻게 되었을까? 전후세대 문인 개개인의 노력 여하에 따라 시기와 정도의 차이는 있지만, 애써 노력한 끝에 일본어로부터 비로소 완전히 해방되었던 것일까? 혹은 4)′의 추론처럼 일본어의 영향과 흔적으로 우리말 창작에 어려움을 겪었으리라는 짐작으로 충분한가?

앞에서, 제국 / 식민지의 세계사적 보편성을 언급하면서 한국의 식민지 경험이 내포하고 있는 세부와 특수성은 그것대로 매우 중요한 논의의 대상임을 강조한 바 있는데, 그토록 짧은 시간에 식민지 교육세대인 전후세대가 이중언어적 환경을 극복하고 모어 창작에 성공한 것은 세계문학사에서 매우 보기 드문 사례이며, 동시에 한국의 식민과 포스트식민의 경험에서 나타나는 독특한 현상이라고 할 수 있다.

그러나, 이 글은 4)의 자리에 들어설 추론 내용의 확정을 잠시 유보하고, 3)에서 4)로 이행하는 과정에 발생되리라 짐작되는 몇 가지 현상들에 좀 더 깊은 주의를 기울이고자 한다. 그것은 간단히 줄여 말하면, "전후세대를 그토록 힘들게 만들었던 '일본어'는 과연 어떻게 되었는가?"로 요약할 수 있다. 위에서 본 박순녀와 신동집의 회고는 솔직하지만 충분한 것이라고 인정하기는 힘들다. 수사적 효과와 서술 전략의 관점에서 분석할 때, 그들의 고백은 우여곡절 끝에 드디어 한글로 문학작품을 쓸 수 있게 되었다는 '결과'에 수렴된다. 회고의 주체인 그들이 의도했든 아니든, 대체로 이런 종류의 회고를 읽는 쪽에서는 결국 그 모든 난관을 뚫고 '한글 창작'에 성공했으며, 마침내 모어에 기반한 '한국문학'이 수립될 수 있었다는 '국민문학'의 이데올로기로 귀착한다.

이런 맥락에서 접근할 때, 아마도 김현은 이런 입장과는 정반대의 위치에서 '전후문학'이 전후세대들의 언어적 정체성 때문에 결코 '국민문학'으로 수렴될 수 없음을 명시적으로 선언한 최초의 비평가이자 문학사가일 것이다.[17] 그러나, 결국 그의 '국민문학' 이데올로기가 딛고 서 있는 자리도 '순정 한국어'라는 상상된

17 　김현의 '전후문학관'의 핵심은 다음 문장으로 요약할 수 있다. "일본어로 사고하고 한국어로 표현한다는 이 절망적인 현상은 국적 불명의 언어로 소설을 쓴 개화 초기의 비극과 맞먹는다. 그것은 사고와 표현이 한 차원에서 이해되지 않고, 서로 다른 차원에서 행해진 비극이며, 그것은 50년대 문학인들의 의식 속에 두 개의 국가가 공존한다는 것을 뜻한다." 김현, 「테러리즘의 문학」, 『김현 문학전집』 2, 문학과지성사, 1995(3쇄), 241~242쪽. 원 발표지는 『문학과 지성』, 1971.여름.

모어에 기반을 둔 것이어서 입장의 향배와 상관없이, 그 사유와 논리의 본질에는 변함이 없다는 점을 확인할 수 있다. 다시 말하면 '국민문학'의 적자嫡子가 '전후세대'가 아닌 그다음 세대로 지명指名되는 시간적 유예가 발생할 뿐, 국민문학과 언어의 상관성에 관한 인식과 논리는, 전후세대가 난관을 극복하고 한글 문학창작에 성공했다고 인정하는 입장과 본질상 차이가 없다는 것이다.

그러나, 과연 전후문학이 국민문학으로서 적격인가 결격인가를 검토하려는 것이 이 글의 논점은 아니다. 우리의 논의는 앞에서 요약했던 추론 3)에서 4)로 이행하는 과정에 제기되는 우리의 합리적 의심을 좀 더 공고히 구성해 볼 필요성에 초점을 맞추고자 한다. 이를 위해, 앞에서 언급한 것처럼 다음의 두 가지 사안을 검토할 것인 바, 첫째는 그동안의 연구에서 엄밀하게 구분되지 않았던 '문해자文解者, literate person로서의 이력 / 경로'와 '문학작품을 통한 미적 체험의 과정'을 구분해야 전후세대 시인들의 특이점을 확인할 수 있다는 것, 그리고 다른 한 가지는 전후세대의 시쓰기에 개입 / 작동하는 '일본어'의 문제를 사태와 정황에 맞도록 이해하기 위해서는 시창작 과정에 '자기번역self-translation'이라는 단계를 새롭게 상정할 필요가 있다는 점이다. 김수영의 「시작노우트」는 정확히 이 지점에서 우리로 하여금 다시 그 중요성을 환기시켜주고 있는 바, 그것은 '고통받는 자'이거나 '고투苦鬪하고 있는 자'의 외침으로서이다.

3. 「시작노우트」(1966) 재독再讀—의미와 위치의 재설정

김수영은『한국문학』 창간호부터 여러 편의 시와 「시작詩作노우트」를 연이어 연재했다. 우리가 주목하고자 하는 「시작노우트」는 여름호에 게재된 것으로, 지금은 유명해진 그의 시 「이 한국문학사韓國文學史」, 「H」, 「눈」과 나란히 실려 있었다.

이 글의 분석을 시도한 많은 논자들이 한결같이 동의하는 바이지만, 「시작노우트」는 산문임에도 불구하고, 종종 난해성 시비를 일으키는 그의 시보다도 더 해석하기가 어려운 글이다. 시를 둘러싼 그의 단상斷想들이 맥락 없이 충돌하고 있기 때문이다. 김수영 스스로 "이런 때에는 너무나 많은 상념이 한꺼번에 넘쳐나와 난처하다"[18]고, 「시작노우트」를 쓰고 있는 자신의 의식상태를 고백하고 있을 정도다.

이 「시작노우트」가 관심을 불러일으킨 첫 번째 이유는, 글 마지막에 부기된 '편집자주' 때문으로, 거기에는 "이 시詩 노우트의 원문原文은 영자英字와 고딕(韓國語로 되었음) 부분部分을 제외除外하고는 일본어日本語로 씌어진 것인데 독자讀者의 편의便宜를 생각하여 우리말로 옮겨 싣기로 했다"[19]고 적혀 있다. 그는 원고를 일

---

18 김수영, 앞의 글, 133쪽.
19 위의 글, 136쪽. 김수영은 이 메모를 1966년 2월 20일에 탈고했다고 괄호 안에 적어 두었다.

본어로 써서 잡지사에 건넸던 것이다.

이 글이 애초 일본어로 씌어졌다는 사실은, 「시작노우트」가 제기하는 문제성의 처음이자 끝이며 거의 '모든 것'에 해당할 만큼 중요하다. 새삼스러운 이 사실을 다시 환기하는 이유는, 실제로 우리가 이 글을 읽을 때는 주로 한글(그리고 부분적으로 한자, 영어가 섞인 형태)로 인쇄된 것을 읽기 때문에, 바로 그 '문자의 변신'이 일으키는 착시錯視현상으로 인해, 이 글이 일본어로 씌어졌다는 사실을 종종 잊게 되기 때문이다. 심지어는 이 에세이를 중요하다고 인정하는 연구자들도 이 착시효과에 현혹되는 것을 발견할 수 있다. 이 글이 일본어로 씌어졌다는 사실보다, 자코메티의 예술론에 더 집중하는 것이 그 증거라고 할 수 있다. 나는 이 '착시현상' 혹은 '착시효과'조차도 김수영이 의도한 것일 수 있다는 추정을 한다.[20]

글은 자코메티가 했다는 말의 영어 번역본에서 시작한다. "There is no hope of expressing my vision of reality. Besides, if I did, it would be hideous something to look away from." 그는 이 문장이 '자신의 머리를 다이어먼드처럼 둘러싸고 있다'고 한 후, 이 문장에서 'hideous'를 '보이지 않는다'

---

[20] 이런 이유로, 「시작노우트」에서 김수영이 말하는 '번역으로부터의 해방'을 제대로 검증하기 위해서는, 그의 글 내용 분석보다 최초로 편집부에 건네진 일본어 원본을 구하는 일이 더 급하고 중요한 일이라고 생각된다. 나아가 그의 시창작 과정에서 필시 존재했을 법한 일본어 메모나 초고의 확보 또한 중요하다.

는 뜻으로 해석하고, 맨 끝의 'look away from'을 빼버리고 생각하면 재미있으리라고 제안한다. 김수영의 제안대로 읽으면 원문의 대강의 뜻인 "리얼리티에 관한 내 비전을 표현할 가능성(희망)이 없다. 게다가, (만약) 표현한다면 그건 외면할 만큼 끔찍한 것이 되고 말 것이다"는 문장은 이렇게 바뀌게 된다. "리얼리티에 관한 내 비전을 표현할 가능성(희망)이 없다. 만약 표현한다고 해도 그건 보이지 않을 것이다."

그리고 글은 이 '보이지 않는 리얼리티'를 둘러싼 사이비시인들의 반응에 대한 가정假定과 추론으로 이어지고, 이어서 김수영이 읽고 있다는 보브왈의 「타인의 피」의 구절을 인용한다. 이어서, 손탁Sontag의 스타일론을 초역抄譯하는 것으로 「시작노우트」를 대신하려다가 그만 두었다는 이야기, 이어서 많은 논자들이 주목한 바 있는 "나는 번역에 지나치게 열중해 있다. 내 시의 비밀은 내 번역을 보면 안다"라는 구절의 등장. 그리고 이어서 다음의 구절이, 다소 느닷없이 등장한다.

그대는 기껏 **내가 日本語로 쓰는 것**을 誹謗할 것이다. 親日派라고, 저어널리즘의 敵이라고. 얼마 전에 小山いと子(고야마 이도꼬)가 왔을 때도 韓國의 雜誌는 忌避했다. 與黨의 雜誌는 野黨과 學生데모의 記憶이 두려워서, 野黨은 野黨의 大義名分을 지키기 위해서. 이리하여 排日은 完璧이다. 군소리는 집어치우자. 내가 日本語

를 쓰는 것은 그러한 敎訓的 名分도 있기는 하다. 그대의 誹謗을 招來하기 위해서이기도 하다. 그러나 人氣 때문만은 아니다. 어때, 그대의 機先을 制하지 않았는가. 이제 그대는 日本語는 못 쓸 것이다. 내 다음에 使用하는 셈이 되니까. 그러나 그대에게 多少의 機會를 남겨 주기 위해 일부러 나는 서투른 日本語를 쓰는 정도로 그쳐 두자. **하여튼 나는 解放後 二十年만에 비로소 飜譯의 手苦를 덜은 文章을 쓸 수 있었다. 讀者여, 나의 休息을 용서하라.**[21] (강조-인용자)

조강석을 비롯한 많은 논자들이, 글의 첫머리에 등장하는 자코메티의 말과 '리얼리티'에 관한 김수영의 새로운 자각, 그리고 그가 「시작노우트」를 쓰기 전후에 번역하고 있었으리라 추정되는 「자코메티의 지혜」를 겹쳐 읽으면서, 「시작노우트」의 의미연관을 섬세하게 재구성하고자 했다. 자코메티의 리얼리티론을 예술론 일반이나 시론 일반으로 환원시키는 이해와 설명은 그 나름으로 충분히 설득력과 논리를 지닌 것이어서 달리 이의를 제기할 여지가 없다. 그러나, 그런 읽기 방식과 달리 '리얼리티'의

---

[21] 김수영, 앞의 글, 134쪽. 원문대로 한자를 직접 노출했음을 밝힌다. 문맥상, 밑줄 친 '내가 日本語로 쓰는 것'은 여러 가지 의미를 내포하고 있다. 첫째는 표면적이고 직접적인 의미로 지금 이 「시작노우트」를 일본어로 쓴 것을 가리키는 것이라 볼 수 있다. 두 번째는 종종 일기 및 다른 글들을 일본어로 쓰는 그의 평소의 글쓰기 습관을 뜻하는 것이기도 하다. 세 번째로는 평소 김수영이 견지하고 있던 일본어에 관한 태도와 시각 등을 포괄적으로 가리키는 것으로 해석할 수도 있다.

문제를 '번역의 수고 / 수고로부터의 해방', 즉 '일본어'의 문제와 겹쳐 읽는 해석 또한 필요하고 유용하다.

　기왕의 논의에서 전혀 주목하지 않았던, 그러나 「시작노우트」에 수없이 등장하는 '그대'는 누구인지에 대해서도 새삼 주의를 기울일 필요가 있다. 「시작노우트」 전체로 보자면 '그대'가 가장 먼저 등장하는 구절은 다음과 같다. "신문사의 신춘문예응모작품新春文藝應募作品이라는 엉터리 시詩를 오백편五百篇쯤 꼼꼼히 읽은 다음에 그대의 시詩를 읽었을 때와 헤세나 릴케 혹은 로예스케의 명시名詩를 읽은 다음에 그대의 시詩를 읽었을 때와는 그대의 작품에 대한 인상印象·감명感銘은 어떻게 다를 것인가. 그대는 발광發狂해 버릴 것이다."[22] 여기서는 동시대의 동료시인 전부를 가리킨다고 보아도 무리가 없다. 그러나 인용문의 '이제 그대는 일본어는 못 쓸 것이다', '그대에게 다소의 기회를 남겨 주기 위해 일부러 서툰 일본어를 쓴다'는 구절로 미루어 짐작하건대, '그대'는 최소한 김수영과 동년배의 전후세대 문인들일 가능성이 높다. 김수영이 호명하고 있는 '그대'의 정체가 무엇이든 이 글 전체에서 '그대'는 시종일관 김수영에 의해 '타자화'되고 있다. '그대'는 김수영이 일본어를 쓰는 의도를 오해하거나 그것에 무지하다.

　그러나, 글의 맨 앞머리에는 "나를 비롯하여 범백凡百의 사이비시인似而非詩人들이 기뻐할 것이다. 나를 비롯하여 그들은 말할 것

<hr>

22　위의 글, 133쪽.

이다. 나는 말하긴 했지만 보이지 않을 것이다. 보이지 않으니까 나는 진짜야라고"[23] 씀으로써, 타자화하고 있는 '그대' 안에 '나'를 포함시키고 있다. 읽기에 따라 '나를 비롯하여 범백의 사이비시인들' 운운은 겸양의 표현이라고 해석할 수도 있다. 그러나, 가장 온전한 해석은, '그대'라고 타자화하는 어떤 대상들과 '나'는 원래 하나이며, '나'는 애써 그 동질의 집단으로부터 벗어나오기 위해 애쓰는 '주체'일 뿐이라고 이해하는 것이다. 그러므로, '그대'는 본디 '나'와 구분되는 타자가 아니라, 구분을 위해 '나'가 '그대'라고 부름으로써 비로소 '타자'가 되는 '어떤 대상'인 셈이다.

이 에세이 전체를 지금 김수영이 일본어로 쓰고 있다는 대전제를 다시 상기하면서, 글의 중간지점까지의 의미연관을 재구성해 보면, 「시작노우트」는 시쓰기에 개입하는, 그러나 보이지 않는 '일본어'를 둘러싼 그의(그리고 전후세대) 고뇌에 관한 토로와 관련된 것임을 발견하게 된다. 그렇게 읽을 때, 글의 중간에 맥락과 이어지지 않고 다소 뜬금없이 등장하는 위 인용문의 용도도 제 자리를 찾게 된다.

여기서 hideous의 뜻은 몸서리나도록 싫다는 뜻이지만 이것을 가령 '보이지 않는다'라는 뜻으로 해석하여 to look away from을 빼 버리고 생각해도 재미있다. 나를 비롯하여 凡百의 似而非詩人

---

[23]　위의 글, 133쪽.

들이 기뻐할 것이다. 나를 비롯하여 그들은 말할 것이다. 나는 말하긴 했지만 보이지 않을 것이다. 보이지 않으니까 나는 진짜야.[24]

　전후시인들은 대부분 시를 쓸 때 과정상 가장 먼저 일본어로 먼저 착상이 이루어졌다고 고백한다. 그리고 다시 이것을 한국어로 바꾸어 표현하는 2차 과정을 밟는다. 리얼리티의 축자적 의미에 충실하자면, 결국 전후세대 시인들의 리얼리티의 출발은 이 지점에서 비롯된다. 따라서, 김수영이 글의 머리에 배치한 자코메티의 문장은 이렇게 의역할 수 있다. 일본어로 시작되는 시적 착상을 일본어로 쓰는, 그런 리얼리티를 그대로 표현express-ing할 길은 없다no hope. (그럼에도 김수영은 「시작노우트」를 전부 일본어로 쓰면서 그것을 감행(!)했다.) 만약 최초의 구상대로 일본어로 시를 쓴다면if I did, 그것은 외면하고 싶을 정도로 끔찍한 무엇이 되고 말 것이다it would be hideous something to look away from. 그런데, 김수영은 이 부분을 일부러 바꾸고 싶다고 한다. 그가 바꾼 문장을 완성해 보면 이렇게 된다. 만약 최초의 구상대로 일본어로 시를 쓴다면if I did, 그것은 보이지 않는 무엇이 될 것이다it would be invisible something. 김수영을 비롯한 전후시인들은 이미 알고 있다, 일본어로 시를 써도 결코 그 상태로 발표될 수 없다는 것을. 동시에, 그들이 발표하는 한국어시는, 내남없이 지난한 '자기번

24　위의 글, 132~133쪽.

역’ 과정을 거친 것임을.

　그런데 일본어로 구상되고 씌어지는 시적 리얼리티를 표현하면 보이지 않는 ‘무엇’이 된다는 말에, 왜 김수영을 비롯한 범백의 사이비시인들은 기뻐할까? 가장 큰 이유는 김수영이 직접 고백하고 있듯이, ‘번역의 수고로부터 해방되기 때문’일 것이다. 그러나 그렇게 표현된 것은 ‘보이지 않는 무엇’이 되고 만다: 가장 먼저, 시인 자신이 그렇게 할 수 없기 때문이며, (그러나 김수영은 「시작노우트」를 쓰면서 감행했다.) 설령 쓴다고 해도 발표될 수 없기 때문이다. (역시 김수영의 「시작노우트」는 끝내 일본어로 실리지 못했다.) 그러나, 동시에 이 구절은 중의적으로 해석된다. 비록 한국어로 씌어졌다고 해도, 거기에는 이미 최초의 언어로 구상된 일본어의 흔적을 지울 수가 없기 때문에, 일본어는 리얼리티(의 흔적)로 표현되어 있다고 해도, 그것은 표면의 언어인 ‘한국어’에 가려져 ‘보이지 않는 무엇’이 되고 만다. 그래서, “나는 말하긴 했지만 보이지 않을 것이다. 보이지 않으니까 나는 진짜야”라는 역설이 만들어지는 것이다. 이렇게 읽으면, 자코메티의 언사言辭는 언어해방의 가능성으로서가 아니라, 딜레마와 모순을 표현하기 위해 동원된 셈이다. 김수영은 여전히 ‘일본어’와 고투하고 있었다. 그리고 그 고투는 그만의 문제가 아니라 같은 세대 문인들이 함께 공유하고 있던 문화사적 질곡이기도 했다. 그는 이 싸움에 명분이 필요했고 논리가 필요했으며, 동시에 사상이 필요했다.

이상李箱이 등장하게 된 것은, 시기적으로 그가 이상의 일문시를 번역하고 있었던 이유도 있지만, 이상은 조선어로 조선어시를 쓸 수 있었고, 일본어로 일문시를 쓸 수 있었기 때문에, 김수영과 그의 세대처럼 "말하긴 했지만 보이지 않는" 일도, "리얼리티를 표현하면 끔찍해서 외면하고 싶을" 일도 없었기 때문에, 전후세대가 감당해야 할 언어의 유곡幽谷, 모순과 딜레마적 상황과는 차원이 다르다는 점을 환기하고 싶었을 것이다. 김수영은 자신이 '그대'라고 타자로 호칭하는 자들과 함께 같은 세대로서, 이상이 속해 있던 해방 전 세대의 문인들과도, 그리고 그 이후에 등장한, 일본어도 전혀 모르고 영어도 잘 읽지 않는 무지한 신세대들과도 구분되는 어떤 독특한 위치를 확인받고 싶었던 것이라 짐작된다. 그와 동시에, 그는 한 사람의 시인으로서, 같은 세대로부터 다시 떨어져 나와 한 사람의 시인으로서의 고유성과 독자성을 확인받고 싶어했다. 이 이중의 주체화의 전략이 「시작노우트」를 관통하고 있다. 그러므로, 그것은 탈식민의 가능성이나 이중언어의 질곡으로부터의 해방에 관한 선언이기 이전에, 다시 한번 이중언어자로서의 전후세대의 특수성을 환기시키고, 그것과 치열하게 고투하는 사유의 과정을 보여주는 '상황보고서'라고 할 수 있다. 그러므로, 우리는 「시작노우트」가 제기하는 전후세대와 일본어의 문제를, 지금까지의 연구 성과를 바탕으로 좀 더 섬세하게 들여다 볼 필요가 있다.

4. 전후세대의 문해^{文解}과정과 미적 체험의 문제

개인차이는 있지만 전후세대들은 대부분 '한자 → 일본어 → 한글'의 순서를 밟거나 혹은 '일본어 → 한글'의 순서를 밟아 '문해자文解者'로 성장했다. 앞서 살펴본 박순녀의 경우는 다소 특이하게도 '일본어 → 한자(천자문) → 한글'의 순서를 밟았다. 전후세대 비평가 유종호의 다음과 같은 회고는 이 과정의 한 전형을 보여 준다.

> 태평양전쟁이 발발했던 1941년 일곱 살 나던 해에, 증평 국민학교에 입학을 했다. (…중략…) 1학년 때 담임은 가네무라[金村]선생으로 조선인이었다. 그에게서 처음으로 일본 말 가나를 배웠다. 일본 말을 가르칠 필요 때문에 당시 1학년 담임은 모두 조선인 교사 몫이 되어 있었다. 그 전해까지는 국민 학교에서도 이른바 '조선어' 시간이 주당 2시간 정도는 배당되어 있었으나 1941년부터 전폐가 되고 말았다. 따라서 한글을 처음 깨친 것은 해방 후의 일이다. **처음 천자문을 배우고 이어 일본 말 교육을 학교에서 받았으니 나의 기초적 어문 교육은 중국 문자, 일본 가나, 한글의 순서로 진행된 셈이다.**[25] (강조—인용자)

---

25 유종호, 『나의 해방 전후』, 민음사, 2005(3쇄), 38~39쪽.

글자를 배우고 익히는 과정이 대체로 그러했으므로, 맨 마지막에 접한 '한글'이 가장 서툴고 어색했을 수는 있겠지만, 시간이 흐를수록 원래 쓰고 있던 '입말'로서의 '한국어'와 서로 연동되면서 앞의 두 문자(즉, 일본어문자와 한자)에 비해 더욱 빠르게 익히고 능숙하게 사용할 수 있게 되었으리라는 추측은 그리 무리한 것이 아니다. 그러므로, 개인차가 있겠지만 전후세대 문인들이 시간이 지나면서 점차 한글을 자유자재로 읽고 쓰게 되었으리란 것, 그리고 일본어의 영향이 완전히 사라지기는 힘들겠지만 일반적인 문자생활에서의 그 영향력이란 갈수록 약해졌으리라는 점을 충분히 유추할 수 있다.

그러나, 문자를 익히는 과정 및 그 결과는, 학습을 통해 습득한 문자를 통해 문학 작품을 감상하거나 실제 작품을 창작하는 '미적 체험aesthetic experience'과는 다른 차원의 문제라는 점을 상기해 볼 필요가 있다. 다시 말하면, 일상생활 영역 안에서의 문자생활의 향유와, 문자 및 언어로 이루어진 문학작품을 통한 미적 체험—이 역시 광의의 차원에서는 문자생활의 하나임에는 분명하지만—을 구분해야 한다는 것이다.

거창한 미학 이론을 빌려올 것도 없이, 가장 간단한 예증으로도 이 두 개의 언어활동이 다른 영역에 속한 것임을 알 수 있다. 예컨대, 한글을 읽고 쓰는 데 아무 문제가 없으며 한국어에 능숙한 한국인이라고 해서, 한국어로 된 시나 소설 등의 문학작품을 무리 없이 감상·해석할 수 있는 것은 아니며, 문학작품을 창작하기는 더욱이 쉽지 않다. 앞의 문장에서 '한국어'를 빼고 '일본어'나 '영어'를 대신 삽입해서 읽어도 결과는 같다. 즉, 문학을 매개로 한 미적 지각과 수용 및 미적 활동은 특정한 국민국가의 언어 혹은 모어mother tongue의 구사 능력과 반드시 일치하지 않는다. 미적 체험은 우선 개인의 미적 이상 및 취미의 형성, 그리고 필요수준의 미적 교양과 관련된 일련의 미적 교육 과정과 밀접한 관련을 지니고 있다.

다시 한 번 환기하자면, 내가 여기서 강조하고 싶은 것은, 전후세대 문인을 이해할 때 단지 '일본어'를 다른 문자보다 먼저 배운 자, '일본어'로 사고思考하는 것이 '한국어'보다 더 능숙했던 사람이라는 사실보다 그들이 일본 문학작품을 통해 '언어예술로서의 미적 체험'을 경험한 사람들이라는 사실이 더 본질적이고 중요하다는 점이다.

오프스야니코프는, 예술을 인식의 한 형식으로 규정할 때, 그것은 오로지 예술적 창조과정과 예술가의 활동만이 문제되는 것이 아니며, '미적 지각' 역시 그에 못지않은 중요성을 지니고 있다고 강조한다.[26] 그는 예술의 인식기능이 '예술가—예술작품'

26 오프스야니코프, 이승숙·진중권 역, 『마르크스—레닌주의 미학원론』, 이론과실천사, 1990, 177~205쪽. 오프스야니코프는 다른 미학 이론가들에 비해 '예술작품의 미적 지각'과 '예술 창작' 사이에 존재하는 지각과 실천의 인과적·계기적 과정을 상대적으로 매우 섬세하게 재구성하고 있다. 내가 여기서

의 관계 및 '예술작품―미적 주체'의 관계 속에서 실현된다고 본다. 미적 주체에 의한 미적 지각의 과정이 중요한 이유는, 수용자에게 예술 작품은 묘사객체, 예술가의 미학적 관념과 세계관, 그리고 작가가 그의 작품 속에 제시하려는 예술적 모상 등에 관한 정보의 원천이기 때문이다. 그 뿐 아니라, 예술작품은 또한 현실에 대한 발달된 미적 지각 및 전유능력과, 특정한 역사적 갈등, 인간이 살고 있는 현실의 심리적 측면 등을 사변적으로 파악하는 능력을 형성시켜 주는 도구이기도 하다.

기본적으로 예술작품을 매개로 한 미적 지각은 세 가지 기본 요소로 구성된다. 미적 지각의 객체(예술작품), 미적 지각의 대상(예술적 형상을 모상으로서 수용자의 의식 속에 형성시켜 주는 데 필요한 정보), 그리고 수용자의 의식 속에 발생하는 2차적인 예술형상이 그것이다. 미적 지각의 객체로서의 예술 작품은 대상적 정보 수단들(선, 색, 인쇄물, 음향 등)의 구체적, 직접적, 감각적으로 지각 가능한 체계이자 그 정보수단들이 조직화된 것을 가리킨다.

예술작품 속에 주어진 정보는 '2차 예술형상'의 토대가 되는데, 오프스야니코프는, 동일한 예술작품의 이해를 둘러싼 모든 개인적 특수성들의 다양성에도 불구하고, 지각자의 의식 속에

쓰고 있는 '미적 체험(aesthetic experience)'은 그의 '미적 지각의 과정'과 반드시 일치하는 것은 아니지만 거의 같은 의미로 사용하고자 한다. 이후의 미적 체험의 과정과 그 의미에 관한 이론적 서술의 상당 부분은 오프스야니코프의 이론에 기댄 것임을 밝힌다.

예술가의 이념과 동일한 불변요소로서 재생산되어야 할 예술형상의 근본적·본질적 요소들이 이 정보 체계 안에 존재하며, 이것들은 안정된 사상적·예술적·미적 '의미의 장場'을 대표하는 '방향제시적' 구성요소로서, 이 장을 떠나서는 예술가와 그의 작품의 수용자간의 결합이 파괴된다고 본다.

오프스야니코프의 이런 정식화定式化된 논리를 우리의 정서적·미적 체험 및 창작과정의 일반적 상황으로 옮겨 보면, 대체로 우리가 시나 소설과 같은 문학작품을 짓기 위해서는 이미 시나 소설과 같은 문학 형식에 관한 체계와 언어조직의 원리에 관한 '정보'를 지니고 있어야 하며,(시간 구성의 순서로 보자면 사실은 어떤 대상으로부터 미적·예술적 감정과 정서를 내부로부터 형성하는 과정조차도 이에 포함된다고 볼 수 있을 것이다) 그런 '정보'를 통해 습득된 일련의 훈련과 연습 과정을 통해 하나의 '문학작품'을 만들어 내게 된다고 정리할 수 있다. 즉, 문학작품을 창작하기 이전에 문학작품에 대한 '선이해'가 있어야 하며, 그 '선이해'를 구성하는 정서적·감각적 내용과 형식은 자연적으로 형성되는 것이 아니라, 미적 지각의 대상인 예술작품을 통해 훈련되고 반복된 '어떤 체계화된 정보'에 의해 형성되는 것이라고 볼 수 있다.

오프스야니코프도 적절히 지적하고 있듯이, 미적 지각의 대상인 예술작품과 그것으로부터 주어진 정보로 구성되는 2차 예술형상의 '과정'은 항상 안정적이거나 불변적인 것은 아니며, 개인

및 사회적 조건에 따른 변수가 존재할 가능성이 있음은 물론이다. 그러나, 좀 더 본질적인 것은, 그러한 사회적·개인적 차이를 넘어서는 '미적 지각으로서의 기억'의 문제이다.

그리하여 기억력이 미적 지각에서 정보의 보관 장소이자 원천으로 등장하게 된다. (…중략…) 신경계의 특수성은, 그것이 오직 외부 환경이 수용자에게 직접적인 영향을 끼칠 때에만 '내적'모형을 수립할 수 있는 것은 아니라는 데에 있다. 그것은 외적 자극 자체를 모형화할 능력을 갖추고 있다. 이 능력은 의식 속에서 과거에 받아들인 자극들을 기록하고 기억의 암호로 변형시키는 신경계의 능력에 의존한다. 그 뒤에 이어지는 인식과정에서 이 모형은 정보의 원천으로 등장하게 된다.[27]

일본어와의 접촉이나 문해자로서의 이력보다도 '미적 체험'의 범주로부터 접근하는 것이 전후문학의 성격과 본질을 이해하는 데 더 중요하다는 이 글의 제안의 핵심은 여기에 놓여 있다. 많은 전후세대들이 이 '미적 체험'으로서의 '일본어'의 문제를 토로하고 있음에도, 우리는 종종 그것을 '일본어 / 한국어'라는 언어 일반의 문제로 치환함으로써, 전후세대들이 창작과정에서 겪는 난맥상과 그 고투의 과정, 그리고 결과물로서의 창작물들

27   위의 책, 183쪽.

에 대한 충분할 정도의 중층적 이해에 도달하지 못하고 있다는 점을 환기하고 싶은 것이다.

이를테면, 전후세대 작가의 한 사람인 최일남은 "'역사는 말살할 수 있어도 기억은 말살할 수 없다'는 말이 있듯이, 노년 세대는 몸으로 직접 치른 일본과 일본인에 대한 원체험을 쉬 내치기 어렵다"[28]고 그 허두를 떼면서, "도대체 우리말로 된 동요조차 모르고 살았다. 〈울 밑에 선 봉선화〉도 〈나의 살던 고향은 꽃 피는 산골〉도, 〈따르릉 따르릉 비켜나셔요〉도 배우지 못했다. 해방 이후에야 변성기 소년의 갈라진 목소리로 겨우 입에 올렸다. 일주일에 두어 번 꼴로 정해진 창가 시간에는 그러므로 일본 동요나 군가 합창이 예사였다. 〈유우야케 고야케夕焼け小焼け〉를 불렀다. 역경을 뚫고 일어선 농민의 화신 〈니노미야 긴지로二宮金次郎〉나 〈가카시허수아비〉 또는 〈센유우戰友〉 등의 노래를 목청껏 제창했다"[29]고 토로한다. 그의 일본어를 통한 '미적 체험'의 계보는 한참 더 이어지는 바, 군가와 음악시간에 배운 노래 외에도 〈스이시에이노 가이켕水師營의 會見〉, 〈오보로츠키요어스름달밤〉, 〈고오조오荒城노 츠키月〉, 영화잡지 『키네마준포旬報』와 월간지 『깅구King』, 『고오당구라부講談俱樂部』, 그리고 그런 잡지 덕택에 익힌 당대의 수많은 남녀 유명 배우들의 이름과 브로마이드의 얼굴들. 어린

28 최일남, 『풍경의 깊이 사람의 깊이』, 문학의문학, 2011, 251쪽.
29 위의 책, 253쪽.

시절 그를 매혹시켰던 강담講談 속 검호劍豪들로 나아간다.

또 다른 전후세대 작가인 남정현도 한 대담에서 "우리 집에서 『마이니치每日신문』을 정기구독했습니다. 책은 주로 일본어로 된 책을 읽었지요. 당시에는 한글로 된 읽을거리가 변변치 않았습니다. 지금 기억나는 거로는, 그때 우리 집에 '나츠메 소세키夏目漱石' 전집이 몇 권 있었습니다. 어렸는데도 그이 소설이 굉장히 재미있더군요. 그래서 『와가하이와 네코데아루吾輩は猫である』, 『봇짱坊っちゃん』, 『산시로三四郎』 등등 그의 소설을 꽤 많이 읽었던 기억이 납니다. 『와가하이와 네코데아루』는 참 내가 얼마나 좋아했는지 그 두꺼운 책을 내가 다 욀려고 그랬었다니까. 지금도 앞부분은 제법 욀 수 있어요. 첫 문장부터 기가 막히지요. 내가 세상에서 처음 본 인간이란 게 바로 '서생'이었노라고. 그리고 마지막 장면 말이지요, 술에 취해 독에 빠져서 '나무아미타불, 나무아미타불'을 중얼거리면서 천천히 죽어가는 장면 같은 게, 참 독특하고 재미있더라고요"[30]라고 회고한다.

오프스야니코프의 '미적 지각의 과정'에 관한 정식定式과, 전후세대의 문화·교육적 환경의 특수성을 겹쳐 놓고 이러한 회고를 읽을 때, 우리가 확인할 수 있는 한 가지 사실은, 작품을 한국어로 쓰느냐 일본어로 쓰느냐의 문제보다 선재적이고 본질적인

30　남정현·한수영 대담, 「환멸의 역사를 넘어서」, 『실천문학』, 2012.가을, 92~93쪽.

문제가 미적 지각 및 예술창작 전체 과정에 개입하는 '기억으로서의 미적 체험'의 문제라는 점이다. 요컨대, 전후세대들은 대부분 문학작품이 무엇인지에 관한 일반적 정보와 더불어, 문학작품에서 요구하는(혹은 그것이 야기하는) 미적·예술적 정서에 관한 정보를 그들이 최초로 접한(혹은 가장 인상 깊게 읽었던) 일본어 문학 텍스트들로부터 습득하고 저장하며 하나의 모형으로 수립하게 되는 것이다.

이와 관련하여, 가장 극적이고 전형적인 한 가지 사례를 더 소개하기로 하자. 비록 한국에서 활동하는 시인은 아니지만, 1929년생으로 우리의 전후세대에 속하는 재일在日시인 김시종의 경우다. 잘 알려져 있다시피, 그는 제주에서 자라고 4·3항쟁에 참여했다가 1949년 일본으로 밀항하여 재일조선인으로서 민족운동과 함께 활발한 시작詩作활동을 펼침으로써 재일 조선인사회는 물론 일본 문단에도 문명文名이 높은 대표적인 재일문학자의 한 사람이다. 그는 망명 이후 일본어로 시창작을 하면서 여러 권의 시집과 평론집을 상자한 바 있는데, 전후세대로서의 김시종의 시쓰기와 일본어의 문제는, 우리 전후세대의 문제와는 별도로 심도 있는 논의가 필요한 사안이어서 여기서는 상술하기 어렵거니와,[31] 무엇보다도 그가 유소년기에 경험한 일본시와 노래

---

31 김시종은 비록 재일(在日)시인이며 일본어로 창작활동을 하고 있지만, 그가
    일본어로 일본문단에 활동하기까지의 과정에서 제기되는 언어와 민족, 정치
    와 문화를 둘러싼 여러 가지 쟁점들은 한국문학을 성찰하는 매우 중요한 시금

의 기억이 강렬한 미적 체험의 원형으로 남아 있는 문제는, 우리의 주제와 관련하여 한번 검토해 볼 필요가 있다.

그의 자서전 『조선과 일본에 살다』의 전반부는, 우리가 접했던 어떤 전후세대의 회고보다도 훨씬 자세하고 치밀하게 유년에서 청년기에 이르는 자신의 미적 체험으로서의 독서편력과 창작의 경험들을 밝히고 있다. 여러 페이지에 걸쳐 계속 이어지는 독서 목록과 수많은 일본인 시인·작가와 그들의 작품에 이어 김시종은 다음과 같이 고백한다.

이 일(일제 말 전시기의 긴박한 상황을 가리킴—인용자)을 돌아볼 수 있는 것도 이른바 '해방'을 만났기에 망정이지만, 그로부터 70년 가까이 지났음에도 '나는 무엇으로부터 해방되었는가'라는 자문은 지속됩니다. 1945년 8월 15일을 기해 그때까지의 내 일본어는 어둠 속에 갇힌 말이 되어야 했습니다. 그럼에도 그 어둠의 말을 겉으로 꺼내가며 인생 대부분을 일본에서 지내고 있으니 이것은 자신과의 지독한 숨바꼭질이라는 생각마저 듭니다. 굳이 말할 필요도 없겠지만, 말이란 곧 사람의 의식이기도 합니다. 나로부터 '조선'을 멀어지게 만든 과거의 일본어는 어떤 곡절로 내 시의

석이라고 할 수 있다. 나는 김수영이 이상을 대상으로 했던 '일본적 서정과 조선적 서정'에 관한 그의 언술도, 김시종이라는 프리즘을 통해 검토될 때 한층 풍요롭고 명징한 검증의 기회를 얻을 수 있으리라 본다. 그러나 이 논의는 다른 기회를 빌어 논할 수밖에 없다.

일본어가 된 것일까요? '해방'은 좋든 싫든 내 일본어를 닮은 변전이었습니다만, 일본어가 길러낸 감성까지 바꾼 이변은 아니었습니다. (…중략…) 나의 성장기에 근대서정시는 대체로 율문의 음수율에 기대던 시였으니 내게도 시라면 7·5조의 음수율이 잘 잡혀 입 끝에 올리기 쉬워야 했습니다. 이 습성은 지금도 말의 법칙처럼 내심 깊숙이 자리 잡고 있습니다. 나의 일본어가 완고할 만큼 딱딱하다는 소리를 듣는 것도, 조금만 방심하면 도로아미타불 일본어로 돌아가고 말 것 같은 자신이 언제나 거기에 있기 때문입니다.

시인도 소설가도 단카를 읊고 하이쿠를 짓고, 와카 작가 또한 시의 형태로 노래를 쓰던 시대였으니 요컨대 공통의 리듬감 같은 정감이 어딘지 모르게 감돈다면 그 모든 것이 시 안에 있었습니다. (…중략…) 나는 분명히 역사적으로 '8·15'를 분수령으로 과거의 일본으로부터 벗어났을 터입니다. 틀림없이 '8·15'는 식민지를 강요한 일본과 결별한 날이었습니다. 그런데 일본어만은 이후 부득이한 일본 생활과도 겹쳐서인지, 과거의 나를 고스란히 감싸고 있습니다.[32]

김시종은 자서전의 후반부에서, 오랫동안 자신을 지배하던 일본 서정시를 통한 '미적 체험'의 완강한 관성으로부터 놓여나지

못하다가, 1950년대에 우연히 일본 근대시인 오노 도자부로小野
十三郎의『시론』을 읽고 시와 일본어에 관한 혁명적인 전환을 꾀
할 수 있었다고 회고한다. 일본에 건너오지 않고, 그의 '시론'과
의 만남이 없었다면 '한국에서 그야말로 자유롭게 영탄의 감정
을 싸질러대는 역겨운 서정시인'에 머무르고 말았으리라고 말할
정도로, 김시종의 변화는 극적이다. 그러나, 시인 개인의 실존적
변화와는 별도로, 인용문을 통해 우리는 문학에의 입문 과정에
서 경험하는 '미적 체험'의 내면화와 그 기억이 얼마나 오랜 기
간 동안 한 인간을 지배하는가를 확인할 수 있다. 그런 의미에서,
김시종 스스로가 말하는 '혁명적 변화'는 사실 시인 자신을 지배
하는 '미적 체험'의 관성과 부단히 벌이고 있는 '고투의 연속'의
다른 이름이라고 말할 수 있다. 이를테면, 그것은 깨달음과 결단
으로 단박에 해결되는 것이 아니라, 미적 체험의 기억이 요구하
는 불안정하지만 끈질긴 '관성'과 끊임없이 길항하면서 벌이는
지난한 싸움인 것이다. 인용문의 "나의 일본어가 완고할 만큼 딱
딱하다는 소리를 듣는 것도, 조금만 방심하면 도로아미타불 일
본어로 돌아가고 말 것 같은 자신이 언제나 거기에 있기 때문"이
라는 구절은 바로 이를 가리키는 말이다.

5. '자기번역' 과정으로서의 시쓰기

우리 전후세대의 미적 체험의 과정과 그 결과가 이와 같다면, 시쓰기 과정의 첫 단계가 일본어로 구상되고, 그것이 메모나 초고의 형태를 거쳐 한국어로 '번역'되는 과정을 상정하는 것이 무리한 추론이라고 할 수는 없을 것이다. 기왕의 논의에서 부분적으로 이런 번역으로서의 시쓰기에 대한 논의가 없었던 것은 아니지만, 전후세대의 시쓰기에 내재하는 고뇌와 고투를 좀 더 적실히 이해하기 위해서는, 이 '자기번역'과정이라는 단계를 좀 더 공식화시킬 필요가 있다고 생각한다. 김수영의 일기와 산문을 통해 우리는 '자기번역'과정으로서의 시쓰기의 최초 단계가 존재한다는 사실을 목격할 수 있다. 가장 전형적인 것이 시 「중용에 대하여」의 창작과정을 일기로 적은 부분이다. 이 일기 역시 본래는 전부 일본어로 썼던 것이다. 그가 「시작노우트」를 일본어로 쓰면서 '해방 후 20년 만에 비로소 번역의 수고를 덜은 문장을 쓸 수 있었다'고 읊조리는 것은 결코 과장이 아니었다. 전후시인 전봉건의 회고도 이를 여실히 입증해 준다.

앞에서도 얘기했습니다만, 처음에는 일본어로 글을 쓰기 시작했습니다. 그러다가 해방이 되자 나는 나의 모국어로 글을 쓰지 않으면 안 되었습니다. 그렇지만 나의 국어 실력은 겨우 '가갸거겨'를 간신히 판독할 정도여서, 예컨대 '나는 당신에게로 간다'는 글을 이 해하자면 '나, 는, 당, 신, 에게, 로, 간, 다.' 이렇게 한 자 한 자씩 조심스럽게 띄어 읽고 나서야 겨우 그 전체의 의미를 종합적으로 판독할 수 있는 형편이었습니다. (…중략…) 다행히 나의 창작 의 욕과 비례하여 국어 습득에 대한 열망이 불길처럼 일어난 덕택으로 어느 정도 국어에 대한 자신감을 얻을 수 있었습니다. 그러나 일본 책을 읽듯이 우리말을 유창하게 읽게는 되었으나 이번에는 뜻하지 않는 장벽이 또 앞을 가로막는 것이었습니다. 한 편의 시를 쓰기에 앞서 그것을 머릿속에서 구상할 때, 이렇게 쓰면 되겠다는 것은 알 겠는데 이상하게 머릿속에서 이루어지는 구상은 일본어로 연락되 고 조직되는 것입니다. 그것은 나의 모국어에 대한 실력이 그때까 지만 해도 한 편의 시를 쓰기에는 역부족이었던 때문이죠. 때문에 **나는 한 편의 시를 쓰기 위해 일본어로 된 구문을 해체하고 그것을 다시 우리말로 재조직해야 하는 고통을 수없이 감내하지 않으면 안 되었습 니다. 그것은 구문에 관계되는 것뿐만 아니라 언어가 갖는 의미의 해체 와 재조직에 관한 문제도 마찬가지였습니다.** 이 시기는 우리말에 관 한 일종의 자각과 훈련의 시기였는데 이러한 고통이나 비극은 나와 동시대를 살았던 시인이나 소설가가 역사적으로 짊어졌던 공통적 인 장벽이었으리라고 짐작됩니다.[33] (강조-인용자)

[33] 전봉건, 「나의 문학, 나의 시작법」, 『전봉건 대담시론』, 문학선, 2011, 252~

　'자기번역'의 문제는 이중언어를 구사하는 '주체'의 형성과정
과 그 결과를 '언어'를 매개로 검토할 때 매우 중요한 문제 중의
하나다. 기존의 포스트 콜로니얼리즘에서도 이 '자기번역'에 바
탕을 둔 연구가 없었던 것은 아니다. 그러나, 대개의 경우, 그 연
구의 최종심급은 '정치적 해방'의 여부에 결부되었다. '언어'는
기본적으로 감각과 지각의 표상으로부터 시작되는 것이어서, 그
인식과 수행의 과정 및 결과가 '정치적 지평'으로 수렴되지 않는
것은 아니지만, '정치적 지평'으로 모두 수렴되지 않는 '잉여'의
부분을 처리하기가 어려워진다. 다른 말로 하자면, 우리나라 전
후세대의 경우, 작품을 구상할 때 머릿속에서 우선 '일본어'로
밑그림이 그려지는데(감각과 지각의 차원), 이것을 그대로 언어로
외화할 수 없기 때문에(정치적 제약), 재차 모어(한국어)의 문자체
계로 바꾸는 작업을 거쳐야만 했다. 이 과정에서 정치적 지평의
당위(민족주의적 당위)와 감각 및 지각의 차원에서 일어나는 언어
수행작업은 서로 모순되고, 서로를 소외시킨다. 이럴 때, 우리의
결론은 항상 '정치적 지평'이 '감각 / 지각의 지평'보다 우선하는
것이었다. 그렇게 되면, 전후세대(또는 그 이전 세대의 이중언어 주
체)들은 그들 자신의 언어적 상황 및 맥락을 은폐하거나 감추게
되고, '정치적 지평' 안에서만 자신을 노출시킬 수밖에 없게 된

253쪽. 대담의 원게재지는 『현대문학』(1983)이며, 대담자는 박정만이다. 거
　의 비슷한 내용의 회고가 「시작노우트－고쳐쓰기 되풀이」, 『한국전후문제시
　집』, 신구문화사, 1961에도 나온다.

다. 즉, 그 결과로 드러나는 '문학'의 본질(이중언어적 은폐나 부분
적 노출이 진행된 사태의 핵심)이 감추어지고, 우리는 겉으로 드러
난(즉 한글로 씌어졌다는) 최종적인 상태로만 확인하게 되므로, 전
후문학의 본질이 언어와 어떤 관계를 맺는가를 정확하게 알 수
없게 된다. 그 과정을 면밀하게 고찰하지 않으면, 겉으로 드러난
(한글로 씌어졌다는) 사실에 안주함으로써, 실제로 우리가 구가하
고 누리는 '한글문학'의 본질이 어떤 과정과 맥락 하에서 구성된
것인가를 알 수 없게 된다.[34]

'자기번역self-translation'이란 개념은 '번역학translation studies'
으로부터 파생되어 나온 것으로, '번역학' 자체가 학문으로서
정립되기 시작한 지 얼마 되지 않는 신생학문인 까닭에 '자기번
역'에 관한 학술적 정리는 그보다도 좀 더 영성한 편이다. '자기
번역'의 가장 일반적인 정의는 "원천텍스트source text의 작가가
원천텍스트를 다른 언어의 텍스트target text로 옮기는 일"을 가리
킨다. '자기번역'이란 개념의 핵심은 역시 번역 주체가 작가 자
신(=자기self)인가 아닌가에 두어지기 때문에, 그 상대개념은 '비
작가번역non-authorial translation'이 된다. '자기번역'은 시차時差를
두고 이루어지는 것이 보통이지만, 때로는 원텍스트가 막 끝났거
나 혹은 창작과정에서 이루어질 때도 있다. 이런 경우를 가리켜

---

34 '자기번역'에 관한 이 문제의식의 좀 더 상세한 내용은 저자의 앞의 책, 425쪽
   참조.

따로 '연속적 자기번역consecutive self-translation'이나 '동시적 자기번역simultaneous self-translation'이라고 개념화하기도 한다.[35]

아직은 그 개념과 학문적 논의가 축적되고 있는 과정에 있어서 단정하기는 어렵지만, 일반적으로 정의되는 '자기번역'의 어떤 조건에 비추어 보아도, 실상 여기서 논의하고자 하는 전후세대 시쓰기에서의 '자기번역'은 해당되지 않는다. 왜냐하면, 전후세대의 시쓰기의 '자기번역'은 '보이지 않기' 때문이다.(여기서 김수영이 자코메티의 'hideous'를 '보이지 않는다'는 뜻으로 바꾸어 해석하고 싶었던 일을 기억하기로 하자!)

전봉건의 회고를 토대로 시쓰기의 과정을 재구성하면, 그것은 대체로 '① 일본어로 구상하기 → ② 일본어로 메모하기 → ③ 일본어 구문과 단어의 해체 → ④ 한국어로 번역하기 → ⑤ 한국어로 시쓰기'의 과정을 거친다고 정리할 수 있다. 시인 개인에 따라 혹은 경우에 따라 ②는 생략될 수도 있겠고, ③과 ④가 거의 동시에 진행될 가능성도 있지만, 단계의 구분을 좀 더 명료하게 제시한다면 흐름도는 대체로 이런 순서일 것이다.

---

35   Rainier Grutman, "Self-translation", *Routledge Encyclopedia of Translation Studies*(2nd ed.), Mona Baker · Gabriela Saldanha eds., New York : Routledge, 2009, 257~260쪽. 여기서는 Paul Venzo, "(Self)Translation and the Poetry of the 'In-between'", *Cordite Poetry Review*, 2016.2.1에서 재인용함. '자기번역'에 관한 가장 포괄적인 논의는 Jan Hokenson · Marcella Munson, *The bilingual Text—History and Theory of Literary Self-Translation*, St. Jerome Pub, 2007 참조.

전후세대의 시쓰기 과정에 상정되는 '자기번역'의 과정을 일반적인 '자기번역'의 개념에 편입시킬 수 없는 이유는, 위의 흐름도에서 ①~④의 과정을 물리적 증거로 포착할 수 없기 때문이다. 그런 점에서 시와 시론을 통해 '보이지 않는' ①~④의 과정이 존재함을 고백하고, 이를 고뇌하며 이와 고투를 벌인 김수영은 '예외적 개인'의 하나임에는 분명하다. 동시에, 그는 이 '보이지 않는' 과정으로서의 '자기번역'의 단계에 이미 미학적이며 철학적인 의미를 부여하고 있었다.

이탈리아인이면서 영어도 구사하는 이중언어자로서 시창작 과정에서의 '자기번역'의 경험을 이론화하고자 노력하는 파울 벤조는 이렇게 말한다.

그러나, 내가 실천하고 있는 '자기번역'의 유형은 종종 연속적 자기번역(consecutive self-translation) 혹은 동시적 자기번역(simultaneous self-translation)에 속하는 것이다. 나는 하나의 시를 쓰면서 동시에 두 개의 서로 다른 언어로 자기번역을 하는 경향이 있기 때문이다. 나는 한 편의 시를 쓸 때 두 페이지를 나란히 펼쳐 놓고 한 쪽은 유창한 이탈리아어로, 그리고 다른 한 쪽은 영어로 쓰면서 작업을 진행해 나갈 때가 있다. 이렇게 하면, 번역중인 시(poem-in-translation)는 완성될 때까지 이탈리아어와 영어 두 개의 버전 사이를 계속 번갈아 옮겨 다니며 완성되어 나갈 수 있다.[36]

파울 벤조의 인용문을 읽으면, 시 한편을 쓰면서 국어사전과 일영사전, 불화佛和사전을 이리저리 뒤적이는 김수영의 모습이 포개진다. 사실상, 전후세대의 대부분의 시들은, 이런 '보이지 않는' 자기번역의 과정의 소산물이다. 다만, 우리는 그 사전단계 pre-process로서의 '자기번역'의 증거를 확보하지 못할 뿐이다. 그러나, '보이지 않는'다고 해서 '존재하지 않는 것'은 아니다. 이것이, 김수영이 「시작노우트」에서 자코메티의 잠언을 인용하면서 거듭 확인한 리얼리티의 진실이다.

6. 남은 과제들—맺음말을 대신하여

식민종주국의 언어와 식민지 원주민 언어 사이에 형성되는 불

---

36 Paul Venzo, 앞의 글. 참고로 인용한 원문을 옮기면 아래와 같다. "However, the type of self-translation I practice most often is referred to as consecutive self-translation or simultaneous self-translation . That is, when doing self-translation I tend to write the same poem in two different languages at the same time. When developing drafts I work on two pages sitting side by side, teasing out two versions of the same poem, one predominantly in Italian and the other in English. In this way, a poem-in-translation can be 'built up' by moving back and forth between two versions—one in Italian, the other in English—until completed."

평등하고 비대칭적인 관계는 칼베L. J. Calvet의 『언어와 식민주의 *Linguistique et Colonialisme*』에서 포괄적으로 검토된 바 있다. 그는 주로 아프리카의 프랑스어권 식민지를 중심으로, 식민종주국 언어인 프랑스어가 어떻게 아프리카 원주민의 언어를 침식해 들어가서, 원주민 언어를 절멸의 상태에 빠트리거나 변화하는가를 역사적으로 고찰한다. 프랑스어권 식민지는 아니지만, 포스트식민 아프리카에서 식민종주국 언어와 원주민 언어 사이의 대립과 갈등을 보여준 가장 전형적인 사례로 치누아 아체베Chinua Achebe와 응구기 와 시옹오Nugugi Wa Thiongo의 '영어쓰기' 논쟁을 들 수 있다. '어떤 문자로 쓸 것인가?'는 아시아와 아프리카, 그리고 라틴아메리카의 광범위한 포스트식민 사회를 관통하는 고통스런 질문거리 중의 하나다. 대부분의 포스트식민 사회는 이 문제를 해결하기 위해 두 언어(식민종주국 언어와 원주민언어)를 공용하거나, 어떤 언어로 쓸 것인가에 관해 작가의 개인적 선택과 결단에 맡긴다.

한국도 해방 직후부터 식민종주국의 언어인 일본어를 몰아내기 위한 작업을 시작했다. 한국은 다른 식민지의 경우와는 비교가 안 될 정도로 놀라운 속도로 일본어의 청산에 성공했다. 동시에, 일본어로만 읽고 쓸 수 있었던 전후세대 작가들 또한 빠르게 한글 창작에 적응해 나갔다. 적어도, 해방 이후 한국에서는 식민종주국의 언어를 계속 써야할 것인가 아닌가하는 질문은 제기될 수조차 없었다. 그런데, 외형상 완벽해 보이는 식민종주국 언어의 청산 이면에는, 이를테면 영어(또는 프랑스어)와 스와힐리어, 혹은 스페인어와 아메리카원주민 언어 사이에 형성되는 '제국 / 식민지'의 관계와는 매우 다른 특징들이 작동하고 있다.

일본어와 한국어 사이에 형성된 식민종주국 언어와 식민지원주민 언어의 관계를 이해하기 위해서는, 제국주의와 식민지의 일반적 언어모델을 적용해서는 설명하기 어려운 특수성들이 많다는 사실을 고려할 필요가 있다. 제도와 정책을 매개로 한 강제성, 국가어로서의 일본어가 지니는 공적公的 지위 등과 함께, 한글과 한자 및 한문을 둘러싼 역사적이고 중층적인 특수한 맥락을 고려해야만 이 문제에 접근할 통로를 얻을 수 있다. 일본은 그들이 들인 노력만큼 일본어를 식민지 조선에 뿌리내리는 데 성공을 거두지 못했지만, 역설적으로 해방 이후의 한국은 일본어의 영향으로부터 벗어나는 데 완전히 성공했다고 보기 어렵다.

이중언어 상황의 가장 보편적인 이해 방식은, 제국주의(일본)와 식민지(조선)의 관계항을 중심에 두고 '정치적 지평'으로 접근하는 것이다. 그러나, 이러한 접근방법의 '보편성'은 다른 의미에서는 '한국어' 및 '한국인'이 역사·문화적으로 놓여있었던 이중언어적 상황의 개별적 특성을 '사태'에 맞도록 정확하게 이해하는 것을 방해하는 것이기도 하다. 이를 해명하기 위해서는 새로운 접근 통로가 필요하다.

　무엇보다도 전후세대의 이중언어적 상황과 이중언어 주체의 문제를, 기존의 '정치적 지평'에서 해석하는 것을 넘어서서, 방법론상의 언어철학적 전회가 필요하다. 이 언어철학적 전회는 '구술 / 문자'의 차이와 동질성에 대한 근본적인 이해, 그리고 '보편문자'로서의 '한자'와 관련된 근대 이전 '한국어'의 이중언어적 상황에 관한 새로운 인식을 요청한다. 그리고 이것은 '보편문자'인 '한자'를 공유하던 일본어와의 이중언어적 상황의 특수성을 이해하는 매우 중요한 매개변수가 된다.

　아울러, '한국어'에 관한 현상학적 환원을 통해 '한국인'이 '감각 / 인식'의 서로 다른 지평에서 두 개 이상의 언어에 노출되거나 사용한다는 것이 무엇을 의미하는가를 사태의 근본에 맞게 재구성하고 재고찰하는 일이 필요하다. 여기서 말하는 '현상학적 환원'이란, '모어'를 둘러싸고 우리를 지배하고 있는 '민족(주의)적 당위'에 관한 일시적인 '판단중지'를 해야 한다는 뜻이다. 또한, 현재의 '한국어'를 구사하는 연구주체들의 '한국어'에 대한 감각과 지각을, 아무런 여과과정이나 성찰 없이 50년 전 또는 100년 전의 '한국어'에 그대로 투사하는 방식을 지양해야 한다는 것을 뜻한다.

　'미적 체험'의 관성과 '보이지 않는' 사전단계로서의 '자기번역'이라는 과정을 상정한다고 해서, 전후문학의 해석과 평가에서 당장 달라지는 가시적 변화를 기대하기는 어렵다. 그러나, 이 두 가지의 사안은 전후문학에 관한, 나아가서 한국문학 전반에 관한 우리의 연구와 성찰이 좀 더 근원적이고 발본적인 차원에서 이루어져야 할 필요가 있음을 환기시켜 준다. 이는 동시에, 문학과 언어의 상관관계에 관한 더 많은 공부가 필요하다는 자기성찰이자 주문이기도 하다.

사상이냐 윤리냐

일제 말 문학을 인식하는 에피스테메

– 방민호, 『일제 말기 한국문학의 담론과 텍스트』, 예옥, 2011

1. 일제 말 문학연구의 새로운 종합적 검토[1]

방민호 교수의 노작 『일제 말기 한국문학의 담론과 텍스트』가 출간됨으로써, 1990년대 말부터 새로운 국면에 돌입하여 십여 년 전개되어 온 일제 말 한국문학 연구는 한 차례 종합과 성찰의 기회를 얻게 되었다. 전체 4부 16개의 논문으로 구성된 이 방대한 저작은, '친일문학' 혹은 '대일협력'이라는 프리즘을 가운데 두고, 1937~45년간의 한국문학의 총량을 투과시키고 있다. 대상 문인도 임화를 비롯해 이태준, 김환태, 이효석, 김기림, 이광

---

[1] 이 글은 서울대 인문학연구원이 간행하는 『인문논총』 제66집(2011.12)에 발표되었던 글로, 애초에는 소제목이 없었으나, 책을 엮으면서 단행본 체제의 일관성과 독자의 이해를 돕기 위해 각 장마다 소제목을 붙였음을 밝힌다.

수를 거쳐, 이상, 김남천, 박태원, 채만식, 김사량, 오장환, 조지훈에 이르기까지, 이른바 '친일'과 '대일협력' 문제를 논의할 때 반드시 검토해야 할 작가들이 거의 망라되어 있는 수준이다. 굳이 흠을 잡자면, 동일 주제를 논할 때 한번은 검토하고 넘어가야 할 '재만 조선인 문학'이 빠져 있다든지, 또는 문인 중에서도 최재서나 백철, 그리고 김동리 정도는 한 꼭지를 할애했어야 할 중량감 있는 문인이 아닐까 하는 아쉬움이 없는 것은 아니지만, 이러한 작업이 애초에 사전적 차원의 조망을 감당할 수 없음을 인정한다면, 이 정도의 부피와 중량을 탑재한 연구는 최근의 동일 분야 성과들 중에서 괄목할 만한 것이 아닐 수 없다.

서평자 역시 2005년 말에 『친일문학의 재인식—1937~45년간의 한국소설과 식민주의』(소명출판)라는 책을 내어, 이 논의의 말석末席에 참여한 바 있거니와, 아마도 이런 연유로 방민호 교수의 노작에 대해 한마디 첨언하라는 주문이 떨어진 것이라고 짐작하지만, 서평자의 책은 방민호 교수의 저작에 비하면 그 규모나 밀도에서 비길 바가 못 된다는 것이 책을 통독하면서 첫 번째 찾아든 느낌이다. 또 하나, 서평자를 압도해 온 것은, 이 책 전체를 관류하고 있는 콘텍스트 구성의 풍요로움과 상호텍스트성에 입각한 '겹쳐 읽기'의 입체감이었다. 텍스트 해석에 나타나는 이러한 특징은 방민호 교수의 다른 글들에서도 늘 만나게 되는 그만이 지닌 연구자로서의 개성이자 장점이라고 할 수 있는

데, 그런 능력이 십분 유감없이 발휘된 것이 이번의 저작이 아닌가 생각한다. 저자는 단일 텍스트를 다루는 '작품론' 성격의 논문을 쓰면서도, 사실은 그것이 '작가론'의 형태가 되도록 치밀하게 재구성한다. 그래서, 해석의 대상이 되는 중심 텍스트의 앞뒤로, 해당 작가의 여러 텍스트들을 때로는 선형적線型的으로 배치하여 시간의 전이에 따른 변화를 읽어내려고 애쓰고, 때로는 동심원처럼 하나의 텍스트를 둘러싼 같은 시기의 다른 작가의 텍스트들을 겹쳐 놓음으로써, 단일 텍스트의 의미에 함몰되지 않는 폭넓은 해석의 '겹눈'을 확보하고자 애쓴다. 연구자라면 누구나 그렇게 쓰고 싶어 하지만, 원한다고 모두 그렇게 쓸 수 있는 것은 아니다. 방민호 교수 특유의 박람강기와 유연함 때문에 가능한 글쓰기 방식이라고 생각한다. 그래서, 해당 시기 해당 주제에 관한 입장의 차이를 떠나, 이 책은 일제 말 한국문학을 하나의 '스펙타클'로 만들어내고 있다.

저자는 친절하게도 책의 제일 앞머리에, 일제 말 한국문학을 어떻게 인식하고 해석해야 할 것인가에 대한 방법론과 시각을 일목요연하게 정리한 '총론'을 배치해 두었다. 그래서 일제 말 한국문학, 특히 '대일협력'(저자가 '친일문학'이나 '협력' 혹은 '공모'와 같은 기존 용어를 배제하고 일관하여 이 용어를 사용하므로, 서평자도 그 입장을 존중하여 서평에서 이 용어를 쓰기로 한다. 그러나 나중에 잠시 검토할 기회가 있겠지만, 저자가 고집하는 이 '대일협력'이라는 용어 자체에 이 시기 문학을 이해하는 저자의 입장과 시각이 지닌 한계가 투영되어 있기도 하다)과 관련된 저자의 시각과 방법론, 그리고 해석의 좌표들은, '권두논문'인 일제 말기 문학인들의 대일 협력 유형과 의미를 읽으면 충분히 짐작할 수 있을 것이다. 그러나, 저자의 방법론과 시각을 '총론'을 읽는 것으로 미루어버리면, 서평자로서 달리 할 일이 사라지겠기에, 우선 이 '총론'을 중심으로, 저자인 방민호 교수가 일제 말 한국문학을 이해하는 시각과, 또 그것이 기존 연구의 어떤 점을 비판적으로 계승하거나 반박하고 있는지, 그리고 그것의 의미와 효용은 무엇인지에 대해 먼저 이야기하기로 하겠다.

2. '가면의 문학'으로서의 일제 말 문학
—위장된 순응과 은폐된 저항?

저자는 '대일협력' 문제를 중심으로 일제 말 문학을 연구하는 의의를, "거기에서 한국 현대문학사를 위한 가치 있는 사유를 찾아내고자 하는 것"(4쪽)이라고, 서문에서 선언적으로 밝히고 있다. 저자가 말한 '가치 있는 사유'를 다른 말로 바꾸면, 폭력을 수반한 제도적·법적 강제로서의 '천황제 파시즘'에 '저항'하는 '사유'이며, 그 대상을 좀 더 구체적으로 좁히자면 그러한 '사유'가 기록되고 내장된, 물질적 외화外化로서의 '문학(작품)'이다. 그러므로, 다소의 도식성을 용인한다면, 저자가 생각하는 일제 말 한국문학의 '가치 있는 사유'는 다음과 같이 분명한 위계가 그려질 수 있다. 첫째, 텍스트에 명백한 '저항'이 그려지는 것, 둘째, 그러한 '저항'이 표면에 드러나지 않는다면, 최소한 '침묵'이나 '절필'로, 바꾸어 말하면 더 이상 쓰지 않음으로써 '저항'하는 행위, 셋째, 어떤 이유에서든 '창작'을 계속 할 수밖에 없다면, 그 '창작' 안에 최소한 '저항'의 계기를 내장하고 있는 텍스트, 혹은 단수의 텍스트가 명백히 '협력'을 드러내고 있다면, 해당 작가의 '복수의 텍스트들'을 통해 고뇌와 망설임, 또는 주저躊躇가 발견될 수 있는 것. 책에서 집중적으로 검토하고 있는 것은 이 중 세 번째에 해당하는 것으로, 저자가 자주 표명하는 '(텍스트에 대한) 심층적 음미'는 바로 세 번째 계열의 텍스트들 안에서, '협력'에 관한 고뇌와 망설임, 주저를 읽어내고, 그것을 적극적으로 '추출'하는 작업을 가리키는 것이다. 고뇌와 망설임, 주저를, 저자는 '연기'와 '위장'이라는 말로 대체해서 쓰고 있다.

텍스트에 은폐되어 있는 '연기'와 '위장'을 파악하기 위해, 즉 '심층적 음미'를 위해 저자는 몇 가지 선결조건을 잊지 말아야 한다고 강조한다. 우선, 천황제 파시즘이 '직접적이고 폭력적인 지배구조'였다는 점이다. 둘째는, 다른 식민지 문학과 구별해주는 한국문학의 결정적 요소로서, '한글'이라는 문자로 구축된 문학체계가 식민지 시기에도 독자적으로 굳건히 존재했다는 사실이다. 이 두 가지 조건이 일제 말 한국문학에 관한 기존 연구에 결여됨으로 말미암아, '오도된 자명성'으로 귀결되고 말았다는 것이 저자의 기존 연구에 대한 비판의 핵심이다.

우선, 천황제 파시즘이 '직접적이고 폭력적인 지배구조'라는 사실을 거듭 강조하는 이유는, 최근 연구들이 전제하고 있는 '동의에 의한 지배'의 가능성을 저자가 비판하고 있기 때문이다. 그는, 최근 연구자들의 이런 경향이 호미 바바 등의 포스트 콜로니얼리즘 이론가들의 이론을 무비판적으로 수용하여, 우리와는 전혀 다른 조건과 형태의 '식민-피식민' 상황을 대상으로 만들어진 이론을 기계적으로 우리 문학에 적용함으로써 생긴 '오류'라고 비판한다. 아울러, 문인들의 '대일협력'에 '자발성에 기초한 내적 논리'가 존재할 가능성에 대해서도 동의하지 않는다. 외견상 그렇게 보일 뿐, 일제 말 문학에서 결코 '자발성'은 성립할 수 없다는 것이 저자의 단호한 태도다. 저자는, "친일문학을 '내적 논리', 즉 자발적인 논리 및 신념과 단단히 결부시키게 되면 천황제 파시즘이 근본적으로 폭력적인 체제라는 사실을 간과하게 된다"(32쪽)고 못 박는다.

임종국 선생이 조심스럽게 제안하고, 이를 이어받아 김윤식,

김재용 교수가 본격적으로 제기한 일제 말 소설에서의 '언어민
족주의의 극복' 문제, 다시 말해 일본어로 씌어졌다고 해서 모두
'친일문학'으로 규정할 수는 없으며, 그 내용과 목적에 따라 '협
력 / 저항'의 구분이 달라질 수 있다는 점에 대해서도 저자의 입
장은 단호하다. 그는 "일제 말기의 '일본어 글쓰기'는 오랫동안
서구의 지배를 받아온 나라들에서 일반적으로 제국 언어의 전유
에 내포된 의미와는 다르다"고 전제한 뒤, "서구 식민지들에서
제국의 언어를 전유하는 행위가 새로운 정체성을 획득하거나 구
성하기 위한 수단이었다면 일제 말기 한국문학에 나타난 '일본
어 글쓰기'는 이미 획득되었거나 구성 중에 있는 민족적 정체성
의 약화 내지 해체 효과를 수반한다"고 보고, 그 때문에 '일본어
글쓰기'는 "조선적 에스니서티ethnicity를 일본적 로칼리티locality
로 재규정하는 효과를 낳으며, 따라서 직접적인 '친일' 메시지를
함축하지 않는다 하더라도 '협력'과 전혀 무관할 수 없다"(36쪽)
고 규정한다. 실제로, 그는 같은 작가의 일문日文 소설과 한글소
설을 직접 비교분석하면서, 일문소설들이 매우 제한적이고 부자
유스런 표현으로 이루어진 점을 밝혀내고자 애쓰며, 여러 작가
들이 일문 소설에서 보여준 협력의 농후성을 한글 소설을 통해
희석시키는 전략을 구사하고 있음을 규명하고자 노력한다.

　대체로, 1990년대 말부터 진행되어 온 일제 말 문학연구가 새
롭게 그 지평을 확장한 영역이라고 인정되는 것들, 예컨대 '지배

/ 동의'구조를 중심으로 한 헤게모니 이론이나 '내적 논리와 자발성'의 문제, 그리고 '언어민족주의의 극복'과 같은 사안들에 대해, 저자는 분명하게 선을 긋는다. 그리고 이 시기의 한국문학을 '다시 읽어야 한다'고 제안하는데, 그의 '다시 읽기'의 전제는 이 시기 문학이 근본적으로 '가면의 문학'임을 정확히 인식하는 것이다. 그에 의하면, 폭압적인 파시즘 체제 아래에서 '협력'은 '연기'이며, 그 '위장된 순응'의 이면에 은폐된 '저항의 계기'들을 읽어내는 것이야말로 문학 연구가 집중해야 할 작업이라는 것이다. 그리고 그는 일제 말의 작가들이 이러한 '위장된 순응'과 '연기'를 위해 고안해 낸 새로운 '전략적 장르'가 '사소설'적 글쓰기였다고 주장한다. 그래서, 저자는 채만식, 이태준, 박태원을 비롯한 많은 작가들의 소설을, 저자가 고안한 '사소설적 규약'에 맞추어 해독解讀함으로써, 거기에 암호처럼 내밀하게 숨겨진 '주저'와 '(미약한) 저항'을 읽어 내고, 그 과정을 통해, '협력' 쪽으로 분류된 이들 작가들을 다시 구제해 낸다. 일문소설이나 역사소설, 혹은 작가가 자신을 감출 수 있는 소설 양식의 경우에는 '협력'의 징후가 노출되지만, '사소설'의 형식을 통해서는, '대일 협력'을 거부하고 싶은 작가 내면을 드러내거나 최소한 양심과 자기윤리의 최후방어선을 보여주고 있다는 점에서, 저자에게 일제 말의 '사소설 형식'은 매우 중요한 의미를 지니게 된다.

3. 사상의 주체와 피식민 경험의 특수성의 문제

무려 600쪽에 달하는 규모 큰 책의 내용을, 아무리 방법론과 시각을 중심으로 한다고는 하지만, 이렇게 압축·요약하는 것은 분명히 무리한 일이다. 앞서 언급한 바도 있지만, 『일제 말기 한국문학의 담론과 텍스트』를 읽는 즐거움은, 방법론과 시각의 독창성에서도 느낄 수 있지만, 각론에 해당하는 개별 작가나 텍스트를 다루는 대목에서 더 집중적으로 누릴 수 있기 때문이다. 총론에서 제기된 이러한 방법론과 독해의 코드는, 놀랄 만큼 정확하고 일관되게 개별 작가나 텍스트의 해석에 적용된다. 논리와 적용의 일치를 목도하는 것도 이 책을 읽는 묘미의 하나라고 할 수 있다. 그러나, 서평자로서의 소임 중에서, 이 책의 장처長處와 개성을 소개하는 것은, 미흡하나마 이 정도로 그칠 수밖에 없을 듯하다. 그것은 글의 분량이 이 책의 미덕에 대해 더 많은 지면을 허락하지 않기 때문이다.

이제 남은 것은, 좀 더 생산적이고 발전적인 연구를 위하여, 몇 가지 점에서, 서평자가 납득하기 어려웠거나, 토론이 필요하다고 판단되는 부분들을 이야기할 순서다.

가장 먼저, 저자와 토론을 나누고 싶은 대목은, 일제 말 문학을 인식하는 지평地坪 혹은 에피스테메에 관한 논의이다. 서평자는 근본적으로 일제 말의 한국문학이나 문학사상을 '협력 / 저항'의 축으로 이해하는 것은 이 시기 문학의 해석과 인식의 지평을 너무 제한적으로 축소시키는 것이 아닌가 의구심을 품고 있다. 문학사의 모든 시기가 그러하듯이, 일제 말의 문학 또한 좁게는 '근대 문학사상사'의 한 부분이며, 넓게는 '근대지성사'나 '지식인사'의 한 부분이다. 앞에서, 이 시기의 작가의 행위와 사상을 시종일관 '대일협력이냐 아니냐'로 판단하는 저자의 논점에 어쩔 수 없이 '한계'가 노정되고 있다고 언급한 바 있거니와, 그것은 이 시기 문학에 내장된 '사유' 또는 '사상'의 내용과 형식이, 단지 식민 지배 당국의 정책과 지배이데올로기에 협력하느냐 저항하느냐의 '문제틀'로만 수렴되지 않는 더 많은 '잉여'와 '초과'가 존재한다고 보기 때문이다. 일제 말의 문학을 '대일협력'이라는 좁은 지평으로 접근하는 한, 그 반대편에 '천황제 파시즘'이라는 대타항對他項만을 설정할 수밖에 없다. 그러나, 기실 일제 말 한국 문학사상사를 관류했던 문제의식은, 천황제 파시즘에 대한 태도 여하를 포함하면서, 그것보다도 더 확장된 사상사적 계기들과 접속하고 있었던 것이 사태의 본질이라고 할 수 있다.

『친일문학의 재인식』을 쓰던 때를 돌이켜 보면, 서평자의 내부에서 끊임없이 공명하던 것은 "사상으로서의 친일은 가능한가?"라는 질문이었다. 『일제 말기 한국문학의 담론과 텍스트』의 저자인 방민호 교수는, '협력'의 축에 포함되는 작가들의 작품을 섬세하게 읽어내면서, '협력'처럼 보였던 그들의 텍스트가 사실은 '위장된 순응'이었으며, 기실은 '저항'하고 싶었던 것이라고 주장하고, 이를 입증하기 위해 '사소설의 전략'을 재구再構하며, 마침내 그들을 '구제'하려고 애쓴다. 저자는 이러한 '구제'가 이 시기 문학에 관한 온당한 해석이라고 굳건히 믿고 있지만, 나는 거꾸로 그렇게 하는 것이 그들을 '스스로 판단하고 생각하는 인간'으로부터 그 '주체성'을 박탈하고, 한 시대의 고뇌의 한 가운데 놓인 채 '시대 정신'이 무엇인가를 궁리하고 있던 작가(이자 지식인)를 '식물화'하는 것이 아닌가 생각한다.

저자는 책의 곳곳에서 '한국이 경험한 식민지의 특수성'을 언급하면서, 이 '특수성'을 궁극적으로는 '위장된 순응'과 '가면의 글쓰기'를 행할 수밖에 없었던 당대 작가들의 내면을 읽어내는 최종심급(거꾸로 말하면 식민 지배의 폭압성과 강제성을 강조하는 최종심급) 정도로 사용하는데 국한하고 있지만, 이 지점에서 나는 거꾸로, 한국이 경험한 '식민주의'의 일반성을 좀 더 강조할 필요가 있고, '특수성'의 문제도 저자의 주장과는 다른 각도에서 다른 형식으로 문제 삼기를 제안하고 싶다. 식민주의는 좁게 잡더라도, 18세기 이후 지구인의 2 / 3가 경험하고, 유럽 몇 나라를 제외한 지구의 전 대륙이 경험한 일종의 '보편적 역사현상'이다. 물론 식민지 경험이 없었던 편이 있던 것보다 훨씬 나았으리라고 짐작할 수 있지만, 지배하는 쪽이라고 해도 반드시 지배받는 쪽보다 낫거나 행복하다고 하기는 어려웠을 것이다. 이것은 우리를 지배했던 일본의 국민들을 놓고 보더라도 분명해지는 사실이다. 이런 이야기를 새삼스러이 늘어놓는 까닭은, 강제된 폭력으로서의 '식민지배'만이 강조되는 한, '식민 지배 / 피지배'와 연관된 더 넓고 깊은 역사의 지평이 가려질 우려가 있기 때문이다.

『일제 말기 한국문학의 담론과 텍스트』를 읽는 동안, 나는 『친일문학의 재인식』을 쓸 때 만났던 사유와 사상의 주인인 '주체'로서의 우리 작가들 대신에, 눈치보고 주눅 들고 감추기 급급하고 옹색하고 초라한 우리 작가들을 마주쳐야만 했다. 이런 방식의 (문학)사상사의 재구성은, 작가들을 '수난자'나 '피해자'로 만들어 폭압적인 시대의 '희생양'으로서 면죄부를 받도록 할 수는 있겠지만, 그들을 한국 근대문학사상사나 지성사의 '주체'로 내세우기에는 너무 무력한 방식이라는 생각을 떨치기 힘들다.

저자가 강조하는 '식민지의 한국적 특수성'의 문제에 대해서도, 조금 각도를 달리하여 이야기하고 싶다. 우리가 경험한 식민지배의 가장 큰 특징은, 첫째로 '동일인종'에 의한 지배였다는 점(따라서 인종적 동일성이 동의의 논리적 메카니즘을 구성했던 거의 유일한 식민지배 형식이었다는 점)을 들 수 있다. 이러한 특수성이, 종국에는 '동양 대 서양'이라는 인종적 차이에 기반한 문명사적 구획으로 이어지고, 이것이 '근대초극론'이나 '대동아'라는, 제국을 발신지로 하고 식민지주체들을 '수신자'로 하는 거대한 프로

젝트의 블랙홀로 빠져들게 만드는 근인根因으로 작용했다. 두 번째로는, 한자라는 보편문자(중세 공통문어)의 유산이 완강히 자리 잡고 있어서, 언어습합이나 이중언어와 같은, 식민지배 언어와 피지배 언어 사이의 '언어접촉' 국면이, 다른 식민지와 현격히 달랐다. 이는 '일본어 글쓰기'라는 제한된 문학언어의 문제보다도 더 심층적인, 근대(문학)언어 형성의 문제와 직접 결부되는 문제라고 할 수 있다. '식민주의와 언어'라는 문제틀에서 보자면, '일본어 글쓰기'는 대단히 지엽적인 문제에 불과하다는 것이 서평자의 입장이다. 다시 말하면, 한국의 근대 (문학)언어의 형성과정에 개입되는 식민주의의 문제를 염두에 둘 때, '일본어 글쓰기'는 차라리 너무 명약관화하여 고민할 여지가 없는 문제인 반면에, 저자가 '한글로 구축된 문학세계가 엄연히 있었다'고 말할 때의 그 '한글문학'에 틈입되고 절합되는 제국 언어와의 접촉이나 변용의 문제는, '일본어 글쓰기'만큼 가시적이지 않으면서도, 우리 근대어의 바탕을 관류貫流하고 있는 문제여서 규명하는 데 훨씬 더 공력이 들 수밖에 없는 사안이라는 것이다. 예컨대, 치누아 아체베나 은구기 와 시옹오가 영어로 창작할 것이냐 스와힐리어로 쓸 것이냐를 선택하는 문제가 그들이 경험한 '식민주의와 언어'의 문제의 중핵이라면, 우리에게 그 문제는 그다지 중요한 문제가 아니었다는 점이다. 그것보다는, 해방 전의 김동인이나 해방 후의 김수영이, 일본어로 먼저 써놓고 그것을 '한

글'로 번역해 발표하는 과정에서, '번역'을 통해 지워진 듯 보이지만 기실은, '한글'로 표기된 문학의 저변을 가로지르는 '일본어'의 그림자가 더 중요하다는 의미이다. 따라서 '일본어 글쓰기'가 '협력이냐 아니냐'의 질문에 묶여 있는 한, 정말로 중요한 '식민주의와 언어'의 문제의 본질은 놓치게 될는지도 모른다.

일제 말 문학에 대한 인식 지평의 또 다른 문제점은, 저자가 '제국'이나 '식민주의(자)'라는 주체를 너무 '고정불변의 완결된 실체'로 인식하고 있다는 점이다. 같은 맥락에서, 제국을 발신지로 하는 모든 정책과 아젠다는 기본적으로 '악惡'이거나 '허구'라는 전제에서 출발한다는 점도, 사태의 본질과는 다소 동떨어진 인식 태도이다. 예컨대, 그는 "1931년부터 1945년에 이르는 15년 전쟁 기간 동안 조선인들, 특히 지식인들은 만주전쟁을 만주사변으로, 중일전쟁을 지나사변으로, 태평양전쟁을 대동아전쟁으로 부르는 위선과 허위의 메카니즘에 노출되어 있었다"(445쪽)고 전제하고, "이 사실이 중시되어야 한다"(459쪽)고 거듭 강조한다. 어떤 '사실fact'을 어떻게 '명명'하는가에 따라, 이미 그 '사실'에 대한 해석과 가치판단이 개입된다는 점에서, 위의 전제는 일면적으로 옳은 지적이라고 볼 수도 있다. 그러나, 엄밀하게 말하자면, '만주전쟁'과 '만주사변'이라는 명명에는 서로 다른 시각과 해석이 존재할 뿐, 어느 것이 '진리(진실)'이고, 어느 것이 '허구'인지 선험적으로 규정되어 있는 것은 아니다. '만주사

변’을 ‘만주전쟁’이라고 부르거나, ‘지나사변’을 ‘중일전쟁’으로
부른다고 해서, 후자의 명명법이 곧바로 ‘진리’나 ‘진실’을 드러
내주지 않는다. 일제 말에도 ‘만주사변’이라고 부르기는 해도,
후대에 ‘만주전쟁’이라 명명하는 자들의 해석방식으로 그 ‘사실’
을 인식한 자들이 있었을 것이고, ‘지나사변’이라는 기호로 소통
하고 있었다고 해도, 사건의 성격을 모두가 똑같이 인식하고 있
었던 것은 아니었을 것이다.

　일제 말을 ‘거대한 허위와 위선’의 시대라고 규정하는 이런 인
식은, ‘역사적 사실’이 저자에게는 이미 완결된 의미로서 견고한
‘해석의 봉인’ 속에 가둬져 있음을 보여준다. 히틀러가 주도했던
독일의 파시즘이 어째서 역사의 ‘악惡’이었는가를 규명하는 일
은 필요하지만, 그 일은 파시즘을 선험적으로 ‘악惡’이라고 규정
하고 ‘해석의 봉인’을 찍는 것과는 다른 성격의 일이다. 파시즘
은 역사적으로 ‘완료’된 것이 아니라, 언제든지 조건과 상황이
충족되면 다시 부활할 가능성이 있는, 역사적 활물活物이다. 선
험적으로 ‘악’이 되는 순간, 역사가가 할 일은, 그토록 명백한
‘악’을 어째서 독일 국민들은 ‘선택’했고, ‘환호’했으며 마침내
그 안에서 ‘멸망’할 수밖에 없었는가 하는 역사의 ‘맹목’을 규명
하는 일뿐이다. 그러나, 파시즘의 어떤 성격과 논리가 독일 국민
들을 설득했으며, 체제의 어떤 국면과 가능성에 독일 국민들이
설득 당했는가를 규명해야 그것이 역사의 전면에 다시 부활하는

것을 막을 수 있고, 그러려면, 그것이 선험적 '악'으로 미리 규정되어서는 곤란하다.

똑같은 비유를, 일제 말의 사상사에도 적용할 수 있다. 저자가 힘주어 강조하듯이, 당시는 분명히 제국을 '주체'로 하는 식민지배 이데올로기가 횡행하고 있었던 것이 사실이지만, 이 이데올로기와 맞대면하는 방식은 오로지 '협력이냐 저항이냐' 혹은 '투항이냐 거부냐' 하는 이원론적인 선택지만 주어졌던 것은 아님을 인지할 필요가 있다. 제국을 발신지로 한 담론이라고 해서 모두 하나의 '출구'로부터 나온 것도 아니었다. '신체제'만 하더라도, 좁게 보자면 정당과 의회의 전면적 해산과 그를 대신 하는 '대정익찬회'의 결성이라는, 정치 체제의 혁명적 전환을 가리키는 것이었지만, 사실상 '신체제'는 수많은 지식인과 각종 매체와 전시기의 잡다한 동원 이데올로기가 한데 얽혀 구성해 나가는, 실체 없는 진행형의 '구성체' 같은 것이었다. 어떤 사람에게 그것은 '퍼머넌트 머리'를 더 이상 해서는 안되는, 헤어스타일에 관한 생활규율로 다가왔고, 어떤 사람에게는 평소에 혐오해 마지않던 서구식 '개인주의'나 '자유주의'의 종식을 가져 올 새로운 '공동체적 질서의 규범'으로 인식되었다. 그런 까닭에 그만큼 더 위험했고, 그런 한편으로 자의적 해석과 주관적 전유의 공간을 상대적으로 넓게 허용하는, 성글고 어설픈 것이기도 했다. '근대초극론'이나 '동아협동체' 혹은 '동아신질서'와 같은 문명론이나 동양담론으로 나아가면 사상사의 좌표와 국면은 한결 복잡해지고 미묘해진다.

그 복잡하고 미묘한 국면에서의 작가의 사상적 고투와 선택을 오로지 '협력 / 저항'의 프리즘으로만 투과해서 읽는 것, 그리고 '위장된 순응'과 '양심'의 각축도角逐圖로만 묘사하는 것은 지나친 단순화라는 지적을 피하기 어렵다. 서평자 역시, 일제 말의 작가와 지식인들이, 전시 동원 이데올로기와 총력전 체제하에서 식민지 주체로서 정신적으로나 육체적으로 몹시 고통을 당했으리라는 점을 누구보다도 잘 이해하고 있다고 자부한다. 따라서 폭력을 수반한 제도적·법적 강제로서의 파시즘이 발호하던 시기였음을 기억하고 강조해야 한다는 저자의 제안에 십분 동의하는 바다. 그러나, 그런 시기였다고 해서 작가가 한 시대를 살아나가는 지식인으로서 얼마나 고통스러웠는가에 대한 '연민'으로 사상사의 주체를 구성하는 데는 선뜻 동의하기 어렵다. 그리고 그 '연민'을 바탕으로, 힘겹게 웅얼거리면서 '위장된 순응'을 표현하고, 텍스트의 다른 이면에서 그것이 '연기'이자 '거짓'이었음을 고백하는 순간을 포착해, 그들이 결국은 민족적 '양심'을 지키려고 애썼음을 입증하고 '윤리적'으로 구제하는 것으로, 이 시기의 문학사적 가치를 재구再構하는 데에도 동의하기가 망설여진다.

서평자에게는 1930년대 한국 근대문학이 미학적으로 가장 풍요로운 최초의 시기였다면, 1937~45년간에 이르는 일제 말은 사상사적으로 가장 이채로운 시기로 각인되어 있다. 비록 외발적 계기에 의해 촉발되기는 했지만, 이 시기에 들어서서, 한국의 근대 작가와 지식인들은 그들이 경험하고 있는 '근대'와 '근대성'에 대해 처음으로 발본적 성찰의 기회를 얻을 수 있었다. '동양'과 '서양'에 대한 문명사적 인식의 전환도 이러한 발본적 성찰의 계기와 맞물려 있었다. '서양'과 '근대'를 처음으로 대상화하고 타자화할 수 있었던 점은, 그것이 제국을 발신지로 한 담론인가 아닌가의 여부와 상관없이 중요한 것이었다. '국민국가'의 경계와 위상도, '민족'과 '국민'이 그러한 '국민국가'에 포섭 / 배제되는 양태에 대해서도 이 시기에 이르러 새로운 모색의 계기를 맞게 되었다.

이런 관점에서 접근할 때, 작가와 지식인의 내부에서 형성된 균열은, 저자가 책을 통해 증명해 보이려고 애쓴, '위장된 순응'과 '내면의 양심' 사이에서 형성된 것이 주된 것이 아니라, '근대'와 '근대성'에 관한 그 발본적 성찰이 지닌 의미를 어떻게 제국의 지배 이데올로기나 동원 체제에 포섭되지 않으면서 구현해 나갈 수 있을 것인가를 고민하는 과정에서 형성된 것으로 보는 편이 더 타당하다. 그리고 일제 말 문학사상사에서는 이것이 더 의미있는 '균열'이라고 볼 수 있다. '발본적 성찰'이라고 추상적이고 포괄적으로 표현하기는 했지만, 사실상 그러한 성찰이 진행되는 방식과 형태는, 작가의 지성과 지력知力, 그리고 학문적·예술적 내공에 따라 다양한 스펙트럼을 보여주었다. 제국을 발신지로 하는 모든 담론이 결국은 '거대한 허위와 위선'에 불과할 뿐이라고 인식하는 것은, 당대의 작가와 지식인의 이러한 사상적 고투를 당대의 국면에서 '이해'하기보다는, '지금·여기'의 역사적 해석을 곧바로 당대의 현실에 소급적용하는 것으로 보인다.

나는 일제 말의 문학자들이 창작을 통해 펼쳐 보인 사상적 실천을 '역사적 맹목'이 아닌 '주체적 대응'으로 읽고자 하는 입장이다. 그런 까닭에, 이미 제국발 담론을 '거대한 허위와 위선'이라고 선규정하고, 당대의 작가와 지식인이, 그것에 거짓 포섭되는 '연기'를 얼마나 그럴 듯하게 텍스트에 포장해 내는가를 집중적으로 검토하는『일제 말기 한국문학의 담론과 텍스트』의 해석 전략에 흔쾌히 동의하기는 어렵다. 일제 말 문학을 이렇게 접근할 때의 유용성을 새롭게 깨닫게 된 소득이 따로 있기는 있었다. 그것은, 서평자에게 풀리지 않는 수수께끼였던 해방 직후의 작가와 지식인들의 사상적 변모였다. 일제 말에, 비록 외발적 계기이기는 했더라도, '근대'와 '근대성', 문명사적 전환, 그리고 '국민국가'의 경계를 넘어서는 새로운 정치 체제 등에 대해 그토록 사상적 고투를 벌였던 작가와 지식인들 중, 이 문제가 '일제가 패망한 것'과 상관없이, 그리고 '민족이 해방된 것'과 무관하게 여전히 중요한 문제의식임을 강조하고, 그 사상적 고투의 관성

을 유지해 나간 사람이 하나도 보이지 않는다는 사실이, 놀랍고
도 신기했다. 그것은, 앞 문장에서 '사상적 변모'라고 했지만, 사
실상 '변모'라고 부르기에도 아까운, '사상적 휘발揮發'에 가까운
것이었다.

　고백하건대, 나는 나중에 다케우치 요시미를 읽으면서, 이 의
문의 '공감共感'을 희미하게나마 발견하고 위안을 얻었다. 공교
로운 일이지만, 나는 다케우치가 "'근대의 초극'은 '사건'으로서
는 이미 종결되었지만, 사상으로서는 여전히 진행형"이라고 말
할 때의 그런 감각으로 일제 말 문학사상사를 이해하는 쪽이다.
마찬가지 논리로, '근대의 초극'이 낳은 비극은 그것이 전쟁과
파시즘의 이데올로기였다는 점에 있는 것이 아니라, 그것조차
되지 못했다는, 역설적인 결론에 부분적으로 공감을 하고 있다.
그런 감각의 차원에서 해방 직후를 볼 때, 일제 말의 그 사상적
고투가 갑자기 사라지고, 난무하는 것은 '역사적 맹목'에 대한
'반성' 일색임을 발견하는 심정은 쓸쓸하다. 그러나, 『일제 말기
한국문학의 담론과 텍스트』의 해석에 의하면, 이 문제는 간단히
해결된다. 왜냐하면, 일제 말의 그 사상적 고투는 진정성이 매개
된 것이 아니었고, 그저 한낱 '위장'이나 '연기'였을 뿐이기 때문
이다. 그러므로, 그것이 '위장'이고 '연기'인 한, 해방 직후에 할
수 있고 마땅히 해야 할 것은, '위장'과 '연기'를 청산하는 일밖
에, 다른 것이 있을 여지가 없다. 『일제 말기 한국문학의 담론과

텍스트』가 가리키는 방향과 내용에 충실하자면, 일제 말의 문학을 들여다보는 우리들은, 우선 우리의 작가들에게 '위장'과 '연기'를 강요한 식민지배의 폭압성을 열심히 비난하는 것이 옳다. 그리고 그 간난신고의 시간을 '위장'과 '연기'로나마 가까스로 버텨내고, 텍스트에 '위장전술'과 '연기'가 얼마나 힘든가를 행간과 행간 사이에 암호처럼 어렵게 섞어 넣는, 작가들의 그 고행을 위무하고 어루만지는 일이 필요하다. 왜냐하면, 그동안 우리는 그 고행을 이해하지 못하고, 열심히 비난해왔기 때문이다. 이제 작가들은 양심을 끝끝내 저버리지 않았다는 '윤리적 구제'의 판정을 받게 되었다. 그들은 '협력한 것처럼 보였을 뿐', 결코 진정으로 '협력했던 것'은 아니기 때문이다. 사소설의 장르적 규약은 바로 이 지점에서 그 전략적 소임을 훌륭하게 마무리 짓는다. 사소설로서 읽어야, 이 내밀한 '위장된 순응'의 고백을 읽어낼 수 있기 때문이다.

그러나, 한국문학사의 사상적 '주체'는 문득 자취가 묘연해진다. 당시에 제기된 '근대'에 관한 발본적 성찰의 기회는, 무려 50년을 기다려, '해체'나 '포스트모더니즘'이라는 새로운 버전의 '박래품'이 도래할 때까지, 사상사의 어두운 창고에서 깊은 잠을 자야만 했다.

서평자인 내가 취하고 있는 이러한 입장이 지닌 주관성과 과도한 단순화의 위험성을, 나는 충분히 알고 있다. 그 점에서, 일제 말을 오로지 '협력 / 저항'으로 읽어내기 위해 애쓰는 쪽과 어슷비슷한 형국이라고 자위한다. 좀 더 정직하게 말하자면, '협력 / 저항'의 제한된 이분법적 구획에 대한 일종의 '어깃장'일지도 모른다. 왜냐하면, 식민주의의 역사적 관성, 그것이 미친 영향, 그것이 드리운 역사의 그늘은, '협력 / 저항'의 구획만으로 도저히 포괄할 수 없기 때문이다. '식민지인으로 산다는 것은 무엇인가?'라는 질문에 대해, '협력이냐 저항이냐' '투항이냐 거부냐' 하는 이분법적 질문은, 아주 적은 일부분의 진실만을 드러내 줄 수밖에 없기 때문이다. 그러나, 안타깝게도, 『일제 말기 한국문학의 담론과 텍스트』는, 그러한 질문방식의 주박呪縛에서 벗어나지 못하고 있다.

4. 맺음말

일제 말의 문학을 보는 관점, 혹은 인식의 지평에 중점을 두어 이야기하느라, 개별 텍스트 해석에서 이 책이 보여준 성취를 세세히 적지 못했다. 그러한 성취의 예를 들자면 한이 없다. 이를테면, 서평자의 해석을 직접 거론하면서 비판한 몇 개의 글들을 통해 많은 점을 새롭게 일깨움 받았다. 예컨대, 『'자화상' 연작의 의미-박태원의 경우』 같은 논문에서, 박태원의 『채가』를 해석하는 새로운 시각을 환기 받았다. '합리성'을 매개로 '근대'와 '전통'의 문제를 고민했다고 본 서평자와는 달리, 저자는 그 소설에서 일본인 '와타나베'의 상징성과, '창씨개명'의 문제, 혹은 '채가'라는 제목에 함축된 '빛'의 다양한 내포를 읽어냈다. 충분히 동의할 만한 해석이다. 물론, 이러한 동의와 환기가 기존의 내 해석을 포기하거나 오류라고 인정하는 것은 아니다. 나는 여전히 그러한 해석이, 일제 말의 박태원을 읽는 유효한 코드라고 믿고 있다. 따라서, 그러한 상이한 해석은 '빙탄불상용'이 아니라 '공존 가능'한 해석의 자유에 해당하는 문제다. 여러 곳에 밑줄을 그으며 읽었지만, 그중의 한 구절을 되새기면서 이 글을 끝맺을까 한다. "어떤 연구들은 결코 다른 연구에 의해 극복되는 법이 없다."(14쪽) 그렇다. 이 서평의 후반부에 『일제 말기 한국문학의 담론과 텍스트』를 다소 신랄하게 비판했지만, 그렇다고 이 노작의 빛이 바래지거나 쇠퇴하지는 않을 것이다. 오랜만에 일제 말 문학사상사에 관한 무게 있는 저작을 만나게 되어 반가웠고, 이를 토대로 작금의 한국 근대문학연구가 아연 활기를 띠면서 다양한 토론이 만개하기를 기대할 뿐이다. 오랜 시간 동안 공들여 연구하고 쓰는 일을 반복했을 방민호 교수의 노고에, 같은 길을 걷는 동학으로서, 깊고 뜨거운 축하의 인사를 보낸다.

한국전쟁의 타자성과 세계성

라파엘 움베르또 모레노-두란의 『맘브루』에 나타난
한국전쟁과 콜롬비아[1]

1. 연민과 상상의 인력引力에 끌려
『맘브루』를 읽다

『문학동네』로부터 라파엘 움베르또 모레노-두란의 『맘브루』 서평을 써달라는 청탁을 받았을 때, 나는 처음에 완곡하게 거절했었다. 첫째는 밀려 있는 원고들이 많아서 마감일을 도저히 지키지 못할 것 같았기 때문이지만, 그보다 더 중요한 건 라틴아메리카 문학에 대해서는 문외한이라는 자격지심 때문이었다. 빼어난 라틴아메리카 문학 전공자들을 두고 왜 하필 나인가 묻자,

---

1 이 글은 『문학동네』, 2015.가을에 발표된 글로, 원래의 제목은 「전쟁의 재구성, 혹은 환멸의 기록」이었다. 책으로 엮으면서 '한국전쟁'에 내재된 의미를 조금 더 강조하고 싶어 원래의 제목을 약간 고쳤음을 밝힌다.

'한국전쟁'을 다룬 소설이기 때문에 한국문학 전공자가 어떻게 읽을지 알고 싶다는 것이었다. 나는 외유 중이니 돌아가서 다시 얘기를 하자고 며칠 말미를 얻었는데, 그렇게 말하는 순간 사실은 처음 연락을 받았을 때의 완강하던 마음에서 한번 써봐야겠다는 쪽으로 마음이 기울어져 있었다. 마음이 바뀐 것은, 연락을 받던 그때 '공교롭게도' 일본의 어느 소도시 성곽 위에 있었기 때문이다.[2] 공교롭다고 이야기한 건, 한국에서 원고청탁 연락을 받던 그 순간에 내가 '전쟁'을 상상하고 있었던 까닭이다. 내가 서 있던 그 성곽에서 '보신戊辰전쟁'[3]의 마지막 전투가 있었다.

2　정확히 밝히자면 내가 서있던 곳은 일본 홋카이도[北海道]의 항구도시인 하코다테[函館]에 있는 고료카쿠[五陵郭]였다.

3　보신[戊辰]전쟁은 1868년부터 1869년 사이에 에도 막부(도쿠가와 막부)의 세력과 교토 어소(御所)에 정치 권력을 반환하기를 요구하는 세력과의 싸움으로, 일본에서 일어난 내전이다. 이 전쟁으로 막부파는 반막부파에 의해 완전히 몰락하게 된다. 전쟁은, 일본이 개항하면서 에도 막부(도쿠가와 막부)의 이이 나오스케(히코네 번)가 고메이 천황의 칙허도 없이 5개의 외국(미국, 네덜란드, 러시아, 영국, 프랑스)과 체결한 안세이 5개국 조약이 불평등 조약이었다는 반막부 세력의 불만에서 비롯되었다. 1866년 도사 번 출신이던 사카모토 료마와 나카오카 신타로의 중개에 의해 사쓰마 번과 조슈 번 사이에 삿초 동맹이 맺어지자 군사적 위협을 느낀 쇼군 도쿠가와 요시노부는 정치 권력을 메이지 천황에게 헌납하여(대정봉환) 도쿠가와 가문을 보존하고, 미래의 신정부에 참여할 것을 기대했다. 그러나 에도에서 교토 어소 측의 군사적 움직임이 보이는 한편 사쓰마 번, 조슈 번, 도사 번, 사가 번을 비롯한 반막부 세력이 12월 9일 쿠데타를 일으켜 조정을 장악하고, 대정봉환을 계기로 도쿠가와 막부의 폐지와 신정부를 수립할 것을 선언했다. 그 결과로 무진년인 게이오 5년(1868)에 일본 전국에서 내전이 발발한다. 사쓰마와 조슈를 비롯한 반막부 세력의 군대가 막부 세력보다 비교적 근대적이었기 때문에 도바 후시미 전투를 서막으로 여러 전투에서 승리할 수 있었고, 결국 에도까지 후퇴한 도쿠가와 요시노부는 개인적인 항복을 선언한다. 이후 오우에쓰 열번 동맹의 패배에도

보신전쟁과 한국전쟁은 '전쟁'이라는 점 말고는 겹치는 데가 단 하나도 없지만, 19세기 후반, 머나먼 이역에서 벌어진 일본인들끼리의 '전쟁'을 상상하고 있던 내게, 그보다도 더 아득히 먼 나라인 콜롬비아의 젊은이들이 겪은 한국에서의 '전쟁'은 대체 무엇이었을까 하는 궁금증이 겹쳐지면서, 지친 여행자의 상상력을 마구 자극하기 시작했다.

라틴아메리카 문학에는 문외한임에도 불구하고, 『맘브루』의 서평을 써보겠다고 마음먹은 다른 이유도 있다. 한국전쟁과 한국문학의 연결고리들을 더듬어오는 동안 깨닫게 된 확실한 한 가지는 이 전쟁이 명백히 '세계전쟁'이었다는 사실인데, 『맘브루』는 그 점을 다시 일깨워 주었기 때문이다. 전쟁의 외연을 따지자면 '세계전쟁'이라는 규정이 하나도 새로울 것이 없지만, 흔히 '동족상잔'이라는 수사修辭로 표현되는, 같은 민족끼리의 비극적 전쟁이라는 이미지에 지나치게 사로잡혀 있는 우리 한국인들은 그 사실을 재삼 환기할 필요가 있다. 한국전쟁에 관한 지정학적 상상력에 있어서만큼은 세계사의 지평을 확보하고 있다고 자부해 오던 터였는데, 『맘브루』는 그런 나를 반성하게 만들었다. 왜냐하면, 내 머릿속에서 확장되는 지리적 경계는 기껏해야 남한과 북한, 일본과 중국, 그리고 러시아와 미국 정도에 불과했

<hr>

불구하고 도쿠가와 가문에 끝까지 충성한 잔당과 북부 혼슈 세력은 홋카이도까지 후퇴하여 에조 공화국을 건국했으나, 하코다테 전쟁을 마지막으로 보신전쟁은 반막부 세력(일본 신정부군)의 승리로 막을 내리게 된다.

기 때문이다.

부끄러운 고백이지만, 나는 원고청탁 받을 당시는 물론이고, 『맘브루』를 제대로 읽기 직전까지도, 콜롬비아가 한국에 파병한 16개국의 하나였는지 모르고 있었다. 라틴아메리카에서 한국전쟁에 군대를 보낸 유일한 나라라는 사실은 더더구나 모르고 있었다. 미국이나 영국 같은 몇몇 강대국을 제외하고는, 지금도 16개국의 면면을 자세히 모르기는 여전하다.

기록이나 통계가 아니라, 한국전쟁이 진짜로 한국인만의 전쟁이 아니라 세계 여러 나라의 젊은이들이 치른 '세계전쟁'이라는 것을 감각적으로 경험했던 것은 몇 해 전 미국에서였다. 그때 나는 인구 30만 정도의 아주 작은 남부의 소도시에 살고 있었는데, 그 동네에 명문 사립대학이 있다는 것 빼고는, 딱히 내세울 게 없는 한적하고 평화로운 곳이었다. 어느 날 참으로 우연히, 평소에는 잘 지나다니지도 않는 외진 길가에서 나는 작은 공원묘지를 하나 발견하게 되었다. 백여 기基 남짓 모여 있는 평장식 무덤의 동판 묘비명을 보고나서야 나는 그 공동묘지가 '참전용사'를 위한 것임을 알았다. 비명에는 무덤 주인의 이름과 생몰연도, 그리고 그가 생전에 참전한 전쟁이 새겨져 있었는데, 망자들은 20세기 초반에 이곳에 살던 미국의 남성들로, 비명에는 대부분 두 개 이상의 전쟁이 기록되어 있었다. '세계 2차대전, 한국전쟁, 베트남전쟁'. 동판 비명에서 '한국전쟁'이란 글자를 발견하는 순간, 이상하게도 목울대가 아리면서 가슴이 먹먹해져 왔다. 누군지도 모를 이 무덤의 주인공들이 60여 년쯤 전에, 낯선 한국 땅에 와서 총을 들고 전쟁을 치렀을 장면을 상상하니 기분이 묘했고, 전쟁의 원인과 결과, 혹은 역사적 의미를 다 떠나서, 나는 갓 스물을 넘겼을 이 시골 청년들이 낯선 이역의 땅에서 느꼈을 아득한 두려움과 긴장, 그리고 낯모를 적들을 향해 방아쇠를 당기며 그런 공포와 불안을 이겨내고자 애썼을 것이 떠올라 마음이 애틋해졌었다. 그리고 그들을 알링턴 국립묘지가 아닌 남부 시골의 작고 외진 묘원에서 만나게 된 것을 다행으로 여겼다.

또 한 번은 역시 그 미국 소도시의 어느 전자제품 수리매장에서 만난 흑인 노인을 통해서였다. 고장 난 노트북을 고치러 다운타운에 있는 지정 수리매장에 갔을 때 내 뒤에서 차례를 기다리고 있던 인상 좋은 흑인 노인이 나를 보고 어디서 왔느냐고 말을 걸어 왔다. 내가 '사우스 코리아'라고 대답하자, 그는 자기가 젊었을 때 '한국전쟁'에 참전했었다고, 한국의 겨울은 지독히도 추웠다고, 그리고 나한테 자기가 아는 유일한 한국말은 '영등포'라고 또렷이 발음해 주었다. 나보고 '영등포'를 아느냐고 물었다. 자기네 부대가 주둔했던 곳이어서 지금까지 기억하고 있노라고. 팔순이 훨씬 넘었을, 백발과 검은 피부가 절묘한 콘트라스트를 빚어내는 이 흑인 노인의 입에서 '영등포'라는 단어를 듣는 순간, 나는 이상하게도 그 작은 공원묘지의 묘비명을 봤을 때처럼 목울대가 아려 왔다. 그의 부대는 아마도 삼팔선을 넘어 북진했다가 매서운 북한의 겨울을 맞았으리라. 하얗게 이를 드러내고 웃으며 '영등포'를 아느냐고 내게 묻는 그의 주름진 얼굴을 보면서, 나는 머나먼 아시아의 작은 나라에 도착해 두려움과 호기심으로 이리저리 눈을 굴리는 스무 살의 그를 상상해 보았었다.

그 연민의 기억들이, 『맘브루』를 다잡아 읽도록 이끌었다. 콜롬비아의 젊은이들이 겪은 한국전쟁은 무엇이었을까.

2. 무수히 등장하는 일인칭 화자들의 비밀

『맘브루』는 분명히 한국전쟁을 배경으로 하고 있고, 한국이 묘사되고 있지만, 전쟁 당시였던 1950년대 초반의 '한국'이라는 구체적인 장소는 그다지 큰 비중을 차지하지 않는다. 작가가 한국에 대해 공부한 흔적은, 소설의 주된 시간 배경인 1950년대보다도 오히려 소설의 현재시점인 현대 한국을 그릴 때 그 진가를 발휘하며 드러난다. 예컨대, 독자들은 이문열의 「우리들의 일그러진 영웅」을 읽는 주인공을 보거나, 떠올리기조차 싫은 '삼풍백화점'에서 등장인물들이 쇼핑하는 장면을 읽게 된다.[4] 혹은 최초로 한국을 방문한 콜롬비아 대통령을 맞은 전두환 대통령의 육성을 "Uisarul Puruszyo!"[5]라는 대사를 통해 들을 수 있다.

이 책의 통독 과정에서 가장 인상적이었던 건, 읽기에 몹시 불편했다는 점이다. 그것은 이 소설의 형식적인 독특함 때문인데, 아마도 성격 급한 독자라면 읽는 도중에 몇 번이나 짜증을 낼는지도 모르겠다. 라틴아메리카 소설을 그다지 많이 읽어보지는 않았지만, 다행인지 불행인지 호르헤 보르헤스의 소설들을 통해 현대 라틴아메리카 문학에 입문한 덕분에, 내용의 난해함과 인내심의 필요성을 일찍 깨우친 바 있는 나로서도, 『맘브루』는 여전히 읽기 힘들었다. 이 소설을 읽기 어렵게 만드는 가장 큰 이유는, 독특한 화자의 배치방식에 있다. 그런데 독자를 불편하게 만드는 그 방법적 특성이 이 소설의 형식적 특징인 동시에, 한국전쟁과 콜롬비아의 상관관계를 조명하는 작가의 사상의 진면목이 드러나는 부분이기도 하여, 『맘브루』를 제대로 읽기 위해서는 이 난관을 극복하지 않으면 안된다.

---

4   소설의 현재시간이 1987년이므로 삼풍백화점 붕괴사건이 나기 7년 전이다. 그런데 삼풍백화점이 문을 연 것은 1989년 12월 1일로, 소설의 현재시간인 1987년에는 삼풍백화점이 서울에 존재하지 않았다. 작가의 단순한 착오일 수도 있다. 그러나 한국사회에 있어서 이 백화점 붕괴사고가 지닌 상징성이 워낙 강해 세부사실과는 다름에도 불구하고 작가가 일종의 '소설적 허구'로 그렇게 설정한 것으로 보인다.

5   소설 후반부에, 방한한 콜롬비아대통령 비르힐리오가 복막염과 게실염으로 사열 도중 졸도하고, 함께 리무진을 타고 있던 전두환 대통령이 놀라 소리치는 장면에 등장한다. "의사를 부르시오!"의 음역일 것이다. 비르힐리오 바르꼬 대통령은 1987년 9월 8~10일 3일간 공식 방한했었다.

이 소설은 현재인 1987년과 과거인 1951년이 교차 전개된다. 1987년 현재의 화자는, 이 소설의 (형식적) 주인공이라 할 수 있는 '비나스코 교수'다. 소설에는 두 명의 '비나스코'가 등장하는데, 그중 한 명은 '교수 비나스코'이고, 다른 하나는 교수 비나스코의 아버지이자 한국전쟁에 참전했다가 전사한 '비나스코 중위'다. 소설의 형식 구성은, 화자를 '비나스코 교수'로 하는 전체 프롤로그가 있고, 본문은 총 6부로 나뉘어, 각 부는 다시 6개의 절과 에필로그로 구성되어 있다. 독자를 가장 곤혹스럽게 만드는 것은 각 부에 들어있는 6개의 소절의 화자들이 매번 바뀐다는 점이다.[6] 작가가 그 화자들이 누구인지 친절하게 밝혀놓지 않은 탓에, 독자들은 등장인물과 사건의 맥락 그리고 대화 내용을 고려하면서 지금 진술하고 있는 '나'가 누구인가를 매번 유추해야만 한다. 그래서 화자가 누구인지를 알기까지는 시간이 한참 걸린다.

형식구성이 이렇게 된 것은, 소설의 중심 얼개가 생존한 참전 군인들의 개인 인터뷰와 회고담으로 구성되어 있기 때문이다. 그래서 이런 화자 구성방식은 어떤 의미에서는 불가피한 면이 있다고 인정할 수 있지만, 어쨌든 독자에게는 썩 친절한 방식은

---

6   소설을 끝까지 읽고 나면 전체 화자인 비나스코 교수 외에, 주로 화자로 등장하는 것은, 참전군인 갈린데스, 아녜스, 로차, 아르벨라에스, 바에나, 인시그라네스 등임을 알 수 있다. 다만, 이들이 챕터마다 번갈아 화자로 나서기 때문에 회고담 속의 '나'를 파악하는 데는 시간이 걸린다.

아니다. 오히려 몰입을 방해하는 측면이 강하다. 작가도 이 점을 몰랐을 리가 없다. 그렇다면, 애써 독자를 불편하게 만드는 이런 방식을 고집스럽게 소설의 처음부터 끝까지 밀고 나간 이유는 무엇일까?

나는 그 이유를, 작가가 전쟁의 '의미'를 온전히 개인 한 사람 한 사람의 '개별적 체험'으로 해체하고 싶었기 때문이라고 짐작한다. 전쟁 체험의 '개별성'에 관한 이 구상은, 사실 소설 전체를 구축하고 있는 작가의 의도와도 밀접한 연관이 있다. 작가는, 콜롬비아와 한국전쟁의 관계, 더 구체적으로 말하면 콜롬비아 파병부대가 겪은 '한국전쟁'을 공식기록이나 공적 기억으로부터 떼어내, 철저히 개인적이고 사적인 체험과 증언으로 해체 / 재구성하고자 애쓴다. 역사책이나 공공문서, 신문기사와 같은 공식 기록에 대한 불신은 이 소설의 곳곳에 등장한다. 그것은 "군사보고서의 냉정한 통계 또는 자서전이나 회고록의 흥겨운 어조는 참전용사들이 육성으로 제공한 기록과 일치하는 바가 없었기"(18쪽) 때문이다. 그 불신을 한 마디로 압축한 소설 속의 문장을 직접 옮기면 "진실과 기억은 양립할 수 없다"(418쪽)이다.

모든 전쟁의 기록은 '복수의 주체'의 기록이다. 그것이 국가문서나 역사책과 같은 공식문서인 경우는 말할 것도 없지만, 심지어 『삼국지』나 『일리어드』 같은 허구조차, 종국에는 '복수의 주체'들이 하나의 집단으로 수렴되어 펼치는 이야기다. 그 복수의 주체는 대체로 국가나 왕조와 같은 단일한 표상에 귀속되지만 때로는 그보다 훨씬 큰 집단에 수렴되기도 한다. 냉전체제는 이 '복수의 주체'를 국민국가 단위를 뛰어넘어 지구의 동과 서, 두 개의 블록으로 구성했다. 그 점에서 냉전체제는 아마도 전쟁의 기록에서 가장 거대한 '복수의 주체'가 등장하는 케이스로 남을 것이 틀림없다. 국가나 왕조 혹은 체제의 유지·보존의 필요와 정당성이 곧 '전쟁의 의의'로 둔갑한다. 전쟁에 참여하는 모든 개별 주체들이 겪는 육체적·정신적 고통과 전후戰後의 후유증은 '전쟁의 의의'라는 '블랙홀'에 빨려 들어가 버린다. 개별 주체들의 죽음과 고통은 '훈장'이라는 이름의 양철조각, '전쟁영웅'이라는 거짓 계관桂冠 혹은 몇 푼의 연금으로 대체된다. 이 기만과 조작이 반복되는 동안 생기는 가장 심각한 병폐는 정작 개별 주체들의 경험과 기억들마저 '공식 기록'과 '공적 기억'에 오염되어버린다는 것이다. 전선에서 실제로 경험하고 몸소 느낀 것과는 전혀 다른 후방의 '거짓 기억'을 점차 내면화함으로써, 이런 역전 현상이 일어나는 것이다. 『맘브루』를 관통하는 작가의 저항의 시작과 끝은 여기에 집중되어 있다. 그는 한국전쟁에 참전한 콜롬비아 부대의 '진실'을 공식 기록이나 문서가 아닌 개별 주체들의 체험을 통해 재구성하려는 것이다.

그러므로, 이 소설은 콜롬비아부대의 전공戰功, 그들이 놓여 있던 전황戰況, 참전의 세계사적 의의 따위에는 관심이 없다. 그

대신에 소설을 가득 메우고 있는 것은, 1차 파병대대 구성원 개개인의 참전 동기, 콜롬비아에서의 그들의 삶, 출신배경과 가족 환경 등이다. 전투장면 묘사가 아주 없는 건 아니지만, 그보다 더 큰 비중을 차지하는 건 부대 내 인간관계, 개인의 취향, 오락과 여가 등이다. 그래서, 전쟁터였던 '한국'에 관한 묘사를 기대한 독자에게는 실망스러운 일이지만, 이 소설은 전투현장인 한국보다 휴가지였던 동경의 환락가—신주쿠와 가부키쵸, 롯뽕기의 사창가와 술집—에 관한 묘사가 훨씬 자세하고 비중이 크다. 가장 큰 비중을 차지하는 것은 개개인의 심리에 관한 집요한 묘사이다. 작가가 가장 공들여 그려내는 건 군인 개개인의 심리, 특히 전투 상황에서의 공포와 불안이다. 그 공포와 불안은 융단폭격으로 폐허로 변한 마을을 목격했을 때 "그 황량한 모습을 보자 빳빳하게 발기"(124쪽)되는 신체의 반응으로 나타나기도 하고, 10미터쯤 떨어진 곳에서 강력한 폭발음을 듣고는 "자칫 괄약근이 풀리는 우스운 꼴이 될까 두려워지는"(309쪽) 것으로 묘사된다. 작가는 심리묘사에 늘 신체의 구체적 반응을 동원한다. 몸이야말로, 개별성을 드러내는 가장 구체적인 물리적 연장延長이라는 사실을, 작가는 간파하고 있다.

그리고 그 개별성을 담보하는 물리적 '연장'으로서의 몸에 관한 작가의 관심은, 혈기방장한 스무 살 청년들의 지칠 줄 모르는 '성욕'의 향배向背로 귀결된다. 병사들은 출처와 공급원을 알 수 없는 포르노잡지와 영화에 중독되고, 5일간 주어지는 도쿄에서의 휴가를 낯선 동양 매춘부의 육체를 탐닉하는 데 소모한다. 그리고 이 소설의 키워드의 하나이기도 한 '동성애'에 몰두하는 몇몇 개인들도 있다. 문제는 이십대들의 '성욕'과 '전쟁'이라는 두 인자囚子의 함수관계에 있다. 흔히, 우리는 '이십대의 왕성한 성욕'이라는 '자연성'에 방점을 찍게 되지만, 소설은 '전쟁'이라는 특수한 상황이 그 '자연으로서의 성욕'을 어떻게 변형·왜곡시키는가에 집중한다. 전쟁은 '성욕'의 '자연성'을 지우고, 인공적으로 가공하거나 왜곡시킨다. 그 가공과 왜곡의 최종 종착지는 개개인의 육체이고 정신이다. 그러므로, 나는 이 소설의 화자 배치 방식의 형식적 특징은 '개별성'을 전경화前景化하고자 하는 작가의 서사전략에서 비롯된 것이고, 동시에 이 소설의 내용과 형식을 관통하는 '꽃'이라고 생각한다. 그래서 우리는 『맘브루』의 세계로 진입하기 위해 이 관문을 인내심을 가지고 잘 통과해야만 한다.

3. 우리나라에서는 자유가 범죄인데 머나먼 아시아국가로 가 자유를 위해 죽으라니!

소설의 현재 시간인 1987년, 화자 '비나스코 교수'는 콜롬비아 현직 대통령 비르힐리오의 방한 수행단의 일원으로 한국을 향해 가고 있다. 정치가도 관료도 아닌 그가 수행단의 일원이 될 수 있었던 이유는, '전쟁영웅'을 아버지로 둔 덕분이다. 그의 아버지 '비나스코 중위'는 한국전쟁에 참전해 전투 도중 전사했다. 거기에, 아들 비나스코가 콜롬비아 국제분쟁사를 전공으로 하는 역사학자라는 점, 특히 최근에는 콜롬비아와 한국전쟁의 관계를 집중적으로 연구·조사하고 있다는 점이 수행단에 포함되는 또 하나의 이유가 되었다.

그러나, 비나스코 교수 자신의 방한 목적은 정작 다른 데 있었다. 그는 오랜 동료이자 친구인 서울대 교수 정권태를 만나 정교수가 최근에 발견한 콜롬비아 참전 자료를 건네받아야 했고, 정교수가 찾아낸 참전병사 '갈린데스'를 만나기 위해 비행기에 올랐다. '갈린데스'는 특이하게도 휴전 후 콜롬비아로 돌아가지 않고 도쿄에 남았고, 지금은 서울에서 스트립 바를 운영하며 살고 있다. 또 한 가지의 방한 목적은 자신의 아버지이자 '전쟁영웅'인 '비나스코 중위'의 죽음의 진실을 알고 싶어서였다. 아들 비나스코는, 아버지의 죽음에 대해 의문을 품고 있다. 그가 참전군인들을 일일이 만나 인터뷰하는 이유는, 개인의 증언을 통한 한국전쟁의 '진실'을 재구성하려는 목적도 있지만, 동시에 아버지가 언제 어떻게 왜 죽었는지를 밝히고 싶은 개인적 목적도 있다.

공식 기록에 의하면, 콜롬비아는 1951년 5월 21일 1,086명으로 구성된 첫 번째 연대파견을 시작으로 1953년 7월 6일까지 모두 4개 연대 4,058명을 파병했고, 참전으로 인한 사망자는 156명, 부상자 610명, 실종자 69명, 그리고 송환포로 30명이라고 한다.[7] 그러나 이 건조한 숫자의 나열은 아무것도 이야기해주지 못한다. 소설은 카르데나스 장군(국립 한국전쟁참전용사협회 회장)의 입을 빌려, 이 건조한 숫자에 막강한 의미를 부여한다. 장군은 한국전쟁 파병으로 콜롬비아가 "현대화된 무기를 얻었고, 무기에 대한 고급지식을 익힐 수 있었으며, 가장 진보된 기술과 새로운 원칙의 전략과 전술을 배웠다"고 설파한다.(220쪽) 그는 한국이 "우리 군대에게 최고의 학교였다"(220쪽)고 강조한다. 소설은, 카르데나스 장군이 역설하는 이 참전효과가, 실제로는 콜롬비아 국내의 반군게릴라를 소탕하는 데 유효적절하게 사

---

7   차경미, 『콜롬비아 그리고 한국전쟁』, 한국학술정보, 2006, 115~118쪽. 차경미 씨는 이 자료를 '한국전쟁참전용사회(ASCOVE)'로부터 제공받은 것이라고 밝히고 있다. 소설 속에서 카르데나스 장군의 입을 빌려 제시하는 통계와는 약간의 차이가 있다. 그는 사망 163명, 부상 448명, 포로 28명이라고 '나(비나스코 교수)'에게 말한다.(225쪽)

용되었다는 사실을 폭로한다. 그리고 라틴아메리카에서 유일하
게 미국의 냉전논리의 추종자가 되어 파병을 결정함으로써 미국
으로부터의 경제 원조를 이끌어내고, 마침내 미국 경제에의 종
속상태가 심화되었다는 현실을 환기시킨다.

당시의 콜롬비아 정부가 자국의 청년들을 한국에 파병하면서
내건 동원이데올로기는 철저하게 미국의 냉전논리를 답습하는
것이었는데, 그것은 동아시아에 공산주의가 확산되는 것을 막
고, '자유'의 존엄과 가치를 공산주의자들로부터 지켜내는 것이
었다. 이 공식 동원이데올로기는 참전병사들의 신랄한 비판과
풍자, 예컨대 "우리나라에서는 자유가 범죄인데 머나먼 아시아
국가로 가 자유를 위해 죽으라니 그게 말이 된다고 생각합니
까?"(54쪽), 혹은 "우리는 지구상의 염병할 곳에서 우리나라에조
차 없는 것을 위해 싸우다 죽으려고 온 방랑자들이었어요"(248
쪽)와 같은 진술을 통해 여지없이 그 허구성이 무너진다. 이 소
설의 기록정신은 단 한 번 등장하는 참전용사 보오르케스의 다
음과 같은 진술에 압축되어 있다.

천 명의 하인들인 우리는 다름 아닌 자유를 위해 싸우려고 좆같
은 세상을 향해 가고 있었으니까요. 우리가 화장실에서 미국 놈들
의 똥을 닦는 동안, 우리를 전쟁터로 파견한 개자식은 대통령 궁의
주방에 틀어박혀 카사바 치즈빵 반죽을 하고 있었어요. (…중

략…) 아무도 믿지 않겠지만, 미국의 압력과 매카시 상원의원의 히스테리 앞에 순순히 바지를 내리며 스스로 명예를 잃어버린 건 우리나라뿐이었습니다. 오직 우리나라만이 제1파견대로 천 명이 넘는 염병할 놈들을 징병한 국가였단 말입니다. 우리가 한국에 관해 뭘 알고 있었을까요? 아무것도 몰랐어요. 그래서 칠판 앞에 모여 북한의 파렴치한 행위에 맞서 남한이 얼마나 위대하게 행동했는지 들을 때에도 우리는 아무것도 이해하지 못했어요. (…중략…) 우리는 항상 가장 비천한 일을 하는 노동자였어요. 역사는 전쟁에서 화려한 경력을 쌓은 사람들에게 위대함이라는 자리를 마련해주고 그들의 이름을 기록하지요. 하지만 우리 같은 찌꺼기들에게는 화장실이 기다리고 있을 뿐이에요. (166~167쪽)

콜롬비아 참전군인들의 이런 회고담을 읽는 순간, 우리는 어쩔 수 없이 그로부터 십여 년 후에, 똑같은 동원논리로 한국의 젊은이들 삼십여 만 명이 베트남에 파병되고, 그중 오천여 명이 전사하고 수만 명이 부상당했던 사건을 떠올릴 수밖에 없게 된다. 동시에, 베트남에 보내졌던 그 수십만 명의 참전군인들의 개인적 고통과 참상이, '경제성장의 주춧돌', '외화획득의 교두보', '한국군대의 현대화'와 같은 참전효과에 의해 은폐되는 방식의 '닮은꼴'에 섬뜩한 느낌을 지울 수 없다.

심지어는, 참전군인들이 콜롬비아로 돌아와 쏟아내는 온갖 무용담과 영웅신화의 허구성, 그리고 국가와 정부가 계몽하는 참전 효과들의 무차별 확산을 비집고, 힘겹게 전쟁의 진실을 드러내는 소수의 용기 있는 고백과 발언에 가해지는 폭력의 양상조차 똑같다. 이를테면, 참전군인의 하나였던 '아르벨라에스'는 종전 삼십 주년을 기념하기 위해 제작된 텔레비전 프로그램에서의 발언 때문에 다른 참전용사 그룹으로부터 '조국의 배신자'라는 비난을 당한다. 그들은 이렇게 말한다. "왜 그렇게 더러운 것들을 휘저으려 하지? 그냥 있는 그대로, 참으로 애국적이고 투명하게 놔두는 게 어때?"(299쪽) 이 대목은 십수 년 전, 베트남에 파병되었던 한국 군대의 민간인 학살 문제를 폭로한 어느 언론사에 가해졌던 베트남참전 단체의 폭력적 반응과 고스란히 겹친다. 그때, 베트남참전 노병들은 '자유 수호를 위해 청춘을 바친 자신들의 '순수한 명예'를 신문사가 한 순간에 더럽혔기 때문'에 분노한 것이라고 밝혔는데, 그들 역시 '그냥 있는 그대로, 참으로 애국적이고 투명하게 놔두기를' 바랐던 것이다.

그러나, 이 참전효과와 성전聖戰의 의의, 그리고 참전용사들의 명예의 금자탑은, 비나스코가 정리해서 올리는 다양한 회고와 증언에 의해 하나씩 무너진다. 우선, 그들은 조국의 명예나 세계 자유의 수호와 같은 거창한 명분 때문에 입대한 것이 아니었다. 그들의 입대 동기는 천차만별로, 미국 대학에 입학할 수 있고 미국으로부터 장학금을 받을 수 있다는 선전에 혹했던 학구적인 이유로부터 시작해 사촌누이와의 근친상간의 발각, 상해죄로 체포되기 직전의 피신, 부도덕한 부친과의 의절, 창녀와의 지독한 사랑의 후유증으로부터의 해방, 빈민출신 문맹자의 노동지옥에서 벗어나기 등등 각양각색이다. 그 모든 개인적인 입대동기의 차이에도 불구하고, 한 가지 공통되는 것은, 이들의 입대와 파병이 국가가 내세운 '자유수호' 따위와는 아무 상관이 없다는 것, 그리고 군대가 그들의 피난처가 될 수 없었다는 점이다. 입대 후 그들이 깨달은 건, 군대도 사회와 똑같이 계급과 출신성분, 인종과 연령, 종교와 취향, 정치적 지향과 사상, 지역과 학력에 따른 차별과 억압이 반복되는 또 하나의 냉혹한 '사회'일 뿐이라는 점이다.

4. 어떤 전쟁에도 영웅과 신화는 없다

소설의 중심화자인 '비나스코 교수'는, 참전용사들과의 인터뷰를 통해 한국전쟁 참전을 둘러싼 공식기록의 허구와 개인 증언을 통한 진실의 재구성 작업을 추진하는 한편으로, 자신의 아버지 '비나스코 중위'의 죽음에 얽힌 진실을 밝히기 위해 애를 쓴다. 아버지 비나스코 중위가 한국전에서 전사한 건, 아들 비나스코가 여섯 살 때의 일로, 그는 그 후로 '전쟁영웅의 아들'이라는, 자신은 결코 동의한 적이 없는, 타자로부터 주어진 '정체성' 속에서 성장했다. 그는 이것을 "내 것이 아닌 것을 가지고 주인 행세를 하는 것 같은 느낌을 받았다"(415쪽)고 회고한다.

세계의 어떤 전쟁에도 '영웅'은 없고, 또한 '영웅담'도 없다는 전제. 그 화려한 휘장 뒤에 가려진 이면의 참상과 비극을 제대로 들여다봐야 비로소 '전쟁'의 진실을 알 수 있다는, '비나스코 교수'의 신념에 충실하자면, 아버지에 관한 이 '전쟁영웅' 신화마저도 철저히 해체해야만 하는 것이었다. 그러나, 어쩌면 이 작업은 그가 지금까지 진행해 온 '공적 기억'의 허구성을 해체하는 일보다 훨씬 어려운 일일는지도 모른다. 아버지를 둘러싼 신화의 해체는, 그 자신의 정체성의 해체와 바로 연결되는 문제일 수도 있기 때문이다. 그래서인가. 사백여 쪽에 달하는 소설을 끝까지 읽어도 아버지 '비나스코 중위'의 죽음에 관해서는 어떤 확실한 진술이나 증언도 등장하지 않는다. 그러나, 비나스코 교수는 이미 장례식장에서 어머니의 표정으로부터 아버지의 죽음에 모종의 비밀이 숨어 있으리라는 징후를, 그 어린 나이에도 불구하고 읽어낸 적이 있다. 어머니의 표정에서 어린 '비나스코'는 그 어떤 슬픔이나 애도도 찾아낼 수 없었다. 어머니의 얼굴은 시종일관 '무덤덤한 의무'로 가득 채워져 있었던 것이다.

아버지 '비나스코 중위'의 죽음의 진실을 이해하기 위해서, 독자들은 마치 고급 추리소설을 읽을 때와 같이, 난마처럼 얽힌 단서들을 하나씩 찾아 퍼즐조각을 맞추는 수고를 해야만 한다. 그 단서들은, 여러 명의 참전병사들의 진술에 '숨은 그림 찾기'처럼 하나씩 흩어져 제시된다. 병사들의 회고와 진술은 대체로 두 갈래로 나뉘는데, 그중 하나는 '비나스코 중위'가 다른 장교와는 달리 매우 친절하고 겸손했으며, 모든 사병들을 평등하게 대하려고 노력하는 '좋은 사람'이었다는 것, 그래서, 장교로서의 그의 이런 행동들이 종종 다른 장교들로부터 비판과 지적의 대상이 되기도 했었다는 것이다. 그러나, 산만하고 불확실하게 흩어져 있는 진술의 조각들을 조립하면, 비나스코 중위는 뜻밖에도 부대 내에 형성되어 있던 동성애 네트워크의 한 축에 엮여 있었음을 감지하게 된다. 부대 내의 이 동성애 네트워크에는, 최소한 군종신부 카스트리온과 게레로 대위, 비나스코 중위가 포함되어 있고, 그 네트워크의 중심에 사병인 엘킨 트루히요가 있다. 비나스코 중위는 사병 엘킨을 사이에 두고 게레로 대위와 '연적' 관계에 있었던 것만큼은 분명해 보인다. '게이 신부'라는 별명으로 부대 내에 더 유명한 카스트리온도 비나스코에 대해 적대적이었다. 한 가지 분명한 것은, 비나스코 대위의 죽음은 '전투'와 상관없고 이 동성애 네트워크의 스캔들과 관련이 깊다는 점이다. 소설은, 끝내 비나스코 중위가 어떻게 죽게 되었는지에 대해 명시적으로 밝히지 않는다. 단서를 모으고 그 퍼즐조각을 맞추어 마지막 그림을 완성하는 일은 독자의 몫으로 남겨 두었다.

이 소설에서 아버지 '비나스코 중위'의 장례식이 갖는 상징성에도 주목해 볼 필요가 있다. 비나스코 중위는 전사한 뒤 한국에 묻혔기 때문에 콜롬비아에서의 장례식은 시체 없이 치른 빈껍데기의 '행사'에 불과한 것이었다. 모든 손님들이 조의를 표하고 물러난 그 관棺은 사실 텅 빈 것이었다. 장례식에 참석한 대부분의 참석자들, 특히 군 장교들은 여섯 살 난 어린 '아들 비나스코'에게 "네 아버지는 진정한 영웅이었고, 너는 영웅의 아들이다"라고 추켜세운다. 시체 없는 빈 관은 '전쟁 영웅'의 허상을 폭로하는 더 없이 훌륭한 비의다. 아들 비나스코가 36년 후 실제로 한국에 묻혀 있는 아버지의 무덤 앞에 섰을 때, 그는 이미 아버지의 죽음을 둘러싼 거의 모든 진실을 알게 되었다. 비어있는 관으로 만난 아버지는 '영웅'이었는데, 시신이 묻힌 실제의 무덤 앞에서 더 이상 아버지는 '영웅'이 아니다. 무덤 속에는 병사 엘킨과 동성애로 얽히고 게레로 대위나 군종신부 카스트리온에게 질투의 대상이었던 스캔들의 주인공이 누워있을 뿐이다.

아버지 비나스코 중위의 죽음을 둘러싼 이야기는, 이 소설의 작가가 '공식 담론'과 '공공의 기억'의 신화화 내지는 영웅화—그 대상이 국가이든 한 개인이든—에 얼마나 철저한 반감과 저항 의지를 가지고 있는지를 다시 확인하게 만든다. 비나스코 교수는 말한다. "우리는 전쟁이 끝난 날부터 우리에게 주입된 거짓 역사를 지겨워하고 있었고, 현실을 덕지덕지 치장해주는 허구에 신물이 나 있었다."(419쪽) 그래서, 그는 아버지의 시신이 안장되어 있는 공원묘역에서 "지금 내가 서 있는 이 넓디넓은 묘지는 거짓으로 세워진 기념물"(414쪽)이라는 상념에 사로잡히고, "우리 아버지를 둘러싼 모든 전설이 새로운 증언을 들을 때마다 해체되는"(420쪽) 까닭에, 아버지를 향한 어떤 "슬픔도 눈물도, 향수의 기척도" 드러낼 수가 없다. 이 철저한 회의와 부정의 정신이야말로, 이 소설을 떠받치고 있는 가장 중요한 예술적 핵심이다.

5. 한국의 거울, 콜롬비아

번역자 송병선 교수가 '해설'에서 친절하고 자세하게 써놓은 바 있듯이, 이 소설에는 전편에 걸쳐 아이러니와 역설, 그리고 풍자와 유머가 적재적소에서 서사적 긴장을 조율하고 있다. 작가는 손자병법의 광신도 아벤다뇨 중령을 통해 고급장교들의 비합리주의와 사유불능을 신랄하게 풍자한다. 아벤다뇨 중령의 오리엔탈리즘은 자신의 전령 '아녜스'에게 전하는 자신의 동양관,

"난 잔잔한 게 좋아. 서양인인 우리는 이해하지 못하는 그 공허한 상태가 좋아. 다시 말하면 나는 생각 없는 정신 상태를 좋아해"(343쪽)에서 절정에 이른다. 아네스는 이렇게 회고한다. "그 마지막 말이 나를 결정적으로 좌절시켰지요. 정말이에요. 생각 없는 정신 상태야말로 일반적으로 군인의 머리를 정의하는 말이 아닙니까?"(343쪽) 장교들의 이 '생각없음'에 의해, 일반병사들은 종종 어이없는 작전명령을 하달 받고 망연자실에 빠진다. 죽을 고비를 다해 고지점령 작전을 수행하자마자 그 고지로부터 무조건 철수하라는 후퇴명령을 받는가 하면, 한밤 중 정찰명령을 수행하는 바람에 어둠 속에서 피아 식별도 못한 채 아군끼리 총질하는 상황에 놓이기도 한다.

소설에는, 우리에게 오시마 나기사의 영화 『감각의 제국』으로 유명해진 1936년의 '사다 사건'이나, 최근 우리 문단에서 화제가 되었던 미시마 유키오의 소설 「우국」의 실제 모델인 다케야마 신지와 그 아내 레이코의 자살사건도 등장한다. 이문열의 「우리들의 일그러진 영웅」에서 아이스킬로스의 『아가멤논』까지, 모레노-두란은 동서고금의 다양한 텍스트들을 동원해 1951년의 콜롬비아 청년들의 내면을 그려낸다. 게다가 유명한 영국의 역사학자 에릭 홉스봄, 라틴아메리카 문학의 거장 가르시아 마르케스, 한국의 대통령 전두환과 1987년 노사분규 도중 최루탄에 맞아 숨진 노동자 이석규와 같은 실존 인물들도 등장시킨다.

종횡무진 소설을 관통하는 이 다양한 텍스트들의 교직交織과 인물들이 펼쳐 보이는 군무는, 근대소설의 개연성, 혹은 리얼리티라는 미혹迷惑으로부터 독자를 각성시키는 역할을 톡톡히 하고 있다. 전혀 연결고리가 없을 것 같은 이질적인 텍스트와 인물들을 결합시켜 '낯설게 만듦'으로써, 현실의 인식적 자동성으로부터 독자들을 분리시켜 놓는다.

『맘브루』는 한국전쟁을 다루고 있지만, 기실 거기에 1951년의 특정한 공간 '한국'은 없다. 그래서 '한국전쟁'을 다룬 소설이므로 한국문학 전공자가 읽고 어떤 '의미'를 간취해 주기를 바란 편집진의 바람은 헛된 것이 되고 말았다.

이 소설 속에서 '한국'이란 장소의 진정한 의미는, 전쟁을 둘러싼 신화의 가면이 벗겨지고, 전쟁의 생생한 민낯이 제 모습을 고스란히 드러내는 진실의 발견, 혹은 진실이 완성되는 곳이라고 할 수 있다. 그러나, 안타깝게도 그 진실의 민낯은 '환멸'이었다. 그래서 콜롬비아가 거짓과 신화의 장소라면, 한국은 진실의 장소이자 환멸의 장소이다. 한국전쟁에 참전한 콜롬비아 부대의 참모습을 알기 위해 '비나스코 교수'는 많은 군인들과 인터뷰를 하지만, 그에게 가장 결정적이고 중요한 이야기를 들려주는 건, 서울에서 만난 '갈린데스'였다. 다른 모든 인터뷰들이 직소퍼즐의 조각이라면, 갈린데스의 증언과 회고는 그것을 최종 완성시키는 마지막 한 조각과도 같다. 그리고 그는 마침내 36년 만에 아버지의 무덤 앞에 서게 된다. 아버지의 죽음의 진실이야말로, 진실을 찾아 떠난 비나스코 교수의 긴 여정의 마지막 종착지다. 동시에 환멸의 끝이기도 하다. 그러므로, 이 소설 속에서의 '한국'이라는 장소는, 사실적 재현이나 묘사의 적확성보다는, 그 상징성이 더 중요하다. 비나스코 교수는 오랜 도정을 끝내고 비로소 '한국'에서 환멸로서의 진실과 마주서게 되는 것이다.

사회·역사적 맥락에서 보자면, 소설에는 1951년의 '한국'보다 오히려 같은 시간대의 '콜롬비아'가 훨씬 명료하게 그려지고 있다. 극우보수정당 출신의 대통령이 '독재'로 권력을 농락하고, 농민과 노동자, 도시빈민의 이해와는 사뭇 동떨어진 지배계급끼리의 권력 투쟁이 '정치'로 둔갑하는 곳. 민중의 입장을 대변하는 세력은 곧 '빨갱이', '좌익'으로 몰려 군대와 경찰의 토벌대상이 되는 곳, 백색테러가 체제수호라는 미명하에 버젓이 저질러지는 곳, 문민대통령을 축출하고 장교가 군사쿠데타로 권력을 잡는 곳, 그런 곳이 1950년대의 콜롬비아인데, 책을 읽는 동안 이 익숙하고도 낯익은 '기시감旣視感' 때문에 나는 내내 곤혹스러웠다. 1950년대의 콜롬비아는 곧 한국이기도 한 셈이다. 작가의 의도인지 아닌지는 알 수 없지만, 1951년의 한국파병을 둘러싼 콜롬비아 국내외 정세와 그 내막은, 1960년대 중반 베트남 파병 때의 한국의 정황들과 거의 흡사하다. 모레노-두란이 콜롬비아를 충실히 그리면 그릴수록, 한국의 독자들은 거기서 '한국'을 읽게 된다. 이 '거울효과'가 『맘브루』가 한국 독자들에게 선사하는 '선물'이자 곤혹스러움이다.

그러나, 정말 중요한 건, 『맘브루』가 '한국전쟁'에 관한 소설만은 아니라는 사실이다. 『맘브루』는 결국 모든 전쟁에 관한 이야기다. 세계의 모든 전쟁에 공통적으로 삼투되어 있는 특징들, 허세와 과장, 거짓과 위선, 영웅담과 신화화, 무지와 비합리에 대한 야유와 폭로이다. 그리고 『맘브루』는 거짓과 영웅담이 활개를 치는 동안 위장막의 깊은 그늘에 가려져 있던 인간의 공포와 불안, 고통과 신음, 욕망의 왜곡과 파탄, 에로스와 타나토스를 불러내 '전쟁'을 재구성한다. 한국전쟁이 곧 세계전쟁이었다는 건, 그러므로 단순히 참전국의 숫자에만 상관되는 이야기는 아니다. 『맘브루』는 왜 한국전쟁이 동시에 세계전쟁이었는지, 거기에 관한 콜롬비아 사람으로서의 자문諮問이자 대답이다. 작가는 전쟁의 진실을 찾아가는 도정의 마지막 종착지가 결국 '환멸'과 '무의미'로 가득한 것일지라도, 그 시간여행을 멈추어서는 안 된다고 충고한다. 그 '환멸'의 맨얼굴과 마주서는 용기만이, 우리로 하여금 전쟁의 미몽과 환각으로부터 깨어나 반전反戰의 이성을 회복할 수 있도록 만들기 때문이다.

참고문헌

1. 기본자료

『동아일보』

『경향신문』

『조선문단』

『조선중앙일보』

『조선지광』

『학지광』

김수영, 「시작노우트」, 『한국문학』, 1966.여름.

______, 『김수영 전집 1-시』·『김수영 전집 2-산문』, 민음사, 1981.

안수길, 『망명시인』, 일지사, 1976.

______, 『벼』, 정음사, 1965.

______, 『안수길 전집』 1~18권, 글누림출판사, 2011.

염상섭, 『견우화』, 경성박문서관, 1924.

이상, 김주현 주해, 『정본이상문학 전집 1-시』, 소명출판, 2009.

______________, 『정본이상문학 전집 2-소설』, 소명출판, 2009.

______________, 『정본이상문학 전집 3-수필·기타』, 소명출판, 2009.

이효석, 『도시와 유령』, 동지사, 1931.

______, 『새롭게 완성한 이효석 전집』 1~8권, 창미사, 2003.

______, 『성화』, 삼문사전집간행부, 1939.

______, 『화분』, 인문사, 1939.

최서해, 곽근 편, 『최서해 작품, 자료집』, 국학자료원, 1997.

____________, 『최서해 전집』 상·하, 문학과지성사, 1987.

한설야, 「주림」, 『조선문단』, 1926.3.

______, 『청춘기』, 동광출판사, 1989.

R. H. Moreno-Duran, 송병선 역, 『맘브루』, 문학동네, 2015.

有島武郎, 유은경 역, 『돌에 짓눌린 잡초(石にひしがれた雜草)』, 소화, 2006.

________________, 『어떤 여자(或る女子)』, 향연, 2006.

横光利一, 김옥희 역, 『상하이[上海]』, 소화, 1999.

横光利一, 인현진 역, 『요코미츠 리이치 단편집』, 지식을만드는지식, 2016.

2. 논문 및 단행본

강계숙, 「김수영 문학에서 '이중언어'의 문제와 '자코메티적 발견'의 중요성」, 한국근
　　대문학회, 『한국근대문학연구』 27, 2013.3.

______, 「김수영은 왜 시작노트를 일본어로 썼을까」, 『현대시』, 2005.8.

강영안, 『타인의 얼굴-레비나스의 철학』, 문학과지성사, 2005.

강인숙, 『佛日韓 3국의 자연주의 비교연구』 2, 솔과학, 2015.

고은, 『이상평전』, 청하, 1992.

곽명숙, 「김수영의 시와 현대성의 탈식민적 경험」, 『한국현대문학의 연구』 9, 2001.

권영민, 『이상텍스트연구』, 뿔, 2009.

김민수, 『이상평전』, 그린비, 2012.

김소운, 『김소운수필선집』 5, 아성출판사, 1978.

김승희, 「김수영의 시와 탈식민주의적 반언술」, 『한국문학이론과 비평』 5집, 1999.

김시종, 윤여일 역, 『조선과 일본에 살다-재일시인 김시종 자전』, 돌베개, 2016.

김영민, 「염상섭 초기문학의 재인식-'제야' 연구」, 문학과사상연구회 편, 『염상섭문
　　학의 연구』, 소명출판, 2016.

김윤식, 『안수길연구』, 정음사, 1986.

______, 『염상섭연구』, 서울대 출판부, 2004(4쇄).

______, 『이상연구』, 문학사상사, 1987.

김재영, 「이효석 소설에 나타난 '성'의 특성 연구」, 한국문학연구학회, 『현대문학의 연
　　구』 43, 2011.

______, 「최서해 초기소설에 형상된 '공포'와 '파국의 상상력'」, 『현대문학의 연구』 55
　　집, 2015.

김주현, 『실험과 해체-이상문학연구』, 지식산업사, 2014.

______, 『이상소설연구』, 소명출판, 1999.

김현, 「테러리즘의 문학」, 『김현 문학전집』 2, 문학과지성사, 1995(3쇄).

남정현·한수영 대담, 「환멸의 역사를 넘어서」, 『실천문학』, 2012.가을.

란명(蘭明) 외, 『李箱的 越境과 詩의 生成』, 역락, 2010.

류리수, 「한일 근대 서간체 소설을 통해 본 신여성의 자아연소-아리시마 타케오의 「돌
　　에 짓눌린 잡초」와 염상섭의 「제야」」, 『일본학보』 50호, 2002.

문심정연 편, 『김수영연구의 새로운 진화-이중언어, 자코메티 그리고 정치』, 보고사,

2015.

박남수, 『그리고 그 후』, 문학수첩, 1999.

_____, 『박남수 전집』 2, 한양대 출판원, 1998.

박노해, 『노동의 새벽』, 풀빛, 1984.

박상준, 『한국소설 텍스트의 시학』, 소명출판, 2009.

박수연, 「1960년대 한국문학의 계보―계간지 『한국문학』을 중심으로」, 한국언어문학
     교육학회 편, 『한어문교육』 27, 2012.

박수영, 「「제야」와 『어떤 여자』에 나타난 신여성의 성 서사전략으로서의 매체 활용 양
     상 비교」, 『외국문학』 43호, 2011.

박순녀, 국립예술원 구술사아카이브, http://oralhistory.knaa.or.kr/oral/archive
     /interview.

박신헌, 「최서해 소설에 나타난 tremendismo」, 한국어문학회, 『어문학』 54, 1993.

박영희, 「'신경향파' 문학과 '무산파'의 문학」, 『조선지광』, 1927.2.

박지영, 「김수영 문학과 '번역'」, 『민족문학사연구』 39집, 2009.

_____, 「번역과 김수영 문학」, 김명인·임홍배 편, 『살아있는 김수영』, 창비, 2005.

배개화, 「김수영 시에 나타난 '탈식민적 언어'의 양가성」, 한국어교육학회, 『국어교육』,
     2006.

_____, 「김수영 시에 나타난 양가적 의식」, 『우리말글』 36, 2006.

배병삼, 「유교의 공과 사」, 『동서사상』 14집, 2013.2.

서석배, 「단일 언어 사회를 향해」, 동국대 한국문학연구소, 『한국문학연구』 29, 2005.
     하반기.

서영채, 『사랑의 문법』, 민음사, 2004.

손병석, 『고대 희랍로마의 분노론』, 바다출판사, 2013.

손유경, 『고통과 동정』, 역사비평사, 2008.

송효정, 「1930년대 후반기 장편소설에 나타난 두 가지 미학적 양상―김남천 『사랑의
     수족관』과 이효석 『화분』을 중심으로」, 민족어문학회, 『어문논집』 56, 2007.

신동집, 『나의 詩論 나의 팡세―신동집회고록』, 도서출판 청학사, 1992.

신수정, 「탈고향의 과정과 현대적 감수성의 양상―이효석의 『화분』을 중심으로」, 한국
     어문교육연구회, 『어문연구』 148, 2010.

신현승, 「성호 이익의 공공성 이념과 정치철학 고찰」, 『인문과학연구』 44, 2015.3.

심진경, 『한국문학과 섹슈얼리티』, 소명출판, 2006.

안용희, 「'그늘에 피는 꽃', 최서해 문학의 아포리아」, 『민족문학사연구소』 57, 2015.4.

우치다 미츠[内田 滿], 「有島武郎の創作方法(下)―「石にひしかれた雑草」から『或る女子』へ」,

『同志社國文學』11호, 1976.

유영희, 「사단칠정-도덕적 감정과 일반적 감정」, 한국사상연구회 편, 『조선의 유학개념들』, 예문서원, 2002.

유종호, 『나의 해방 전후』, 민음사, 2005(3쇄).

유태영, 「최서해 소설에 나타난 폭력의 성격연구」, 한국언어문화학회, 『한국언어문화』 23, 2003.

이경훈, 『이상, 철천의 수사학』, 소명출판, 2000.

이광수, 「前 '조선문단' 회고담」, 『조선문단』, 1935.8.

이금재, 「이상의 「날개」와 요코미츠 리이치의 「새[鳥]」」, 『일어일문학연구』 40집, 2002.

______, 「한국과 일본의 모더니즘문학-이상과 요코미츠 리이치를 중심으로」, 『일어일문학연구』 59권 2호, 2006.

______, 「한국문학에 있어서 요코미츠 리이치의 수용-이상 문체를 중심으로」, 『일본학보』 44집, 2004.

이명찬, 「박남수시의 재인식-이미지에 가려진 분단의 상처」, 한국시학회 편, 『한국시학연구』 31호, 2011.8.

이상옥, 『이효석의 삶과 문학』, 집문당, 2004.

이현주, 「이효석 문학의 배경에 대한 주석적 연구」, 연세대 박사논문, 2009.

이혜영, 『한국 근대소설과 섹슈얼리티의 서사학』, 소명출판, 2007.

임세화, 「김수영의 시와 시론에 나타난 시어로서의 '국어'와 '번역'의 의미」, 경성대 인문과학연구소 편, 『인문학논총』 36, 2014.

임화, 「조선신문학사론서설-이인직에서 최서해까지」, 『조선중앙일보』, 1935.10.9 ~11.13.

장만호, 「박남수론 : 한 월남문인의 이력과 '순수'의 이면-수기와 전집미수록 시를 중심으로」, 한국시학회 편, 『한국시학연구』 32호, 2011.12.

장인수, 「전후 모더니스트들의 언어적 정체성」, 국제어문학회, 『학술대회자료집』, 2011.5.

전봉건, 「나의 문학, 나의 시작법」, 『전봉건 대담시론』, 문학선, 2011.

정귀련(丁貴連), 「'新女性'の愛と性、そして'戀愛至上主義'-有島武郎「石にひしがれた雜草」と廉想涉'除夜'を手がかりとして」, 『外國文學』 62호, 2013.

정명교, 「김수영과 프랑스문학의 관련양상」, 『한국시학연구』 22호, 2008.

정희진 편, 『성폭력을 다시 쓴다-객관성, 여성운동, 인권』, 한울아카데미, 2003.

조강석, 「김수영의 시 의식 변모과정 연구-'시적 연극성'과 '자코메티적 전환'을 중심으로」, 『한국시학연구』 28, 2010.

조연정, 「'번역체험'이 김수영 시론에 미친 영향-'침묵'을 번역하는 시작태도와 관련하여」, 『한국학연구』 38집, 2011.

조정래, 「1930년대 서정소설론 재고-이효석의 『화분』을 중심으로」, 『현대문학의 연구』 20, 2003.2.

차경미, 『콜롬비아 그리고 한국전쟁』, 한국학술정보, 2006.

최일남, 『풍경의 깊이 사람의 깊이』, 문학의문학, 2011.

최현석, 『인간의 모든 감정』, 서해문집, 2011.

한국사상연구회 편, 『조선유학의 개념들』, 예문서원, 2002.

한수영, 『전후문학을 다시 읽는다-이중언어·관전사·식민화된 주체의 관점에서 본 전후세대 및 전후문학의 재해석』, 소명출판, 2015.

______, 「돈의 철학, 혹은 화폐의 물신성을 넘어서기-최서해의 장편소설 "호외시대"론」, 『현대문학의 연구』 3, 1993.

______, 「떠도는 자의 초상, 혹은 '이산'이라는 운명-탄생 100주년에 생각하는 안수길의 문학과 사상」, 『문학사상』, 2011.3.

______, 『친일문학의 재인식-1937~45년간의 한국소설과 식민주의』, 소명출판, 2005.

Andre Vltcheck·Rossie Indira, 여운경 역, 『작가의 망명-인도네시아의 대문호 프라무댜 아난타 투르와의 대화(*Exile—conversation with Pramoedya Ananta Toer*)』, 후마니타스, 2011.

Anthony Giddens, 배은경·황정미 역, 『현대사회의 성·사랑·에로티시즘(*Transformation of Intimacy*)』, 새물결, 1996.

Aristoteles, 최명관 역, 『니코마코스 윤리학(*Ethica Nicomachea*)』, 서광사, 1989.

Edward W. Said, 장호연 역, 『말년의 양식에 관하여(*On Late Style*)』, 도서출판 마티, 2008.

Edward W. Said, 김석희 역, 『에드워드 사이드 자서전(*Out of Place*)』, 살림, 2001.

Georges Bataille, 조한경 역, 『에로티즘(*L'erotisme*)』, 민음사, 2009.

H. Stuart Hughes, 김창희 역, 『지식인들의 망명-사회사상의 대항해, 1930~1965(*The Sea Change; the migration of social thought, 1930~1965*)』, 개마고원, 2007.

Hannah Arendt, 홍원표 역, 『혁명론(*On Revolution*)』, 한길사, 2004.

Hannah Arendt, 이진우·태정호 역, 『인간의 조건(*The Human Condition*)』, 한길사, 1996.

Jan Hokenson·Marcella Munson, *The bilingual Text—History and Theory of Literary Self-Translation*, St. Jerome Pub, 2007.

Jonathan Gathorne-Hardy, 『킨제이와 20세기 성연구(*Alfred C. Kinsey. Sex the Measure of All Things. A Biography*)(1998)』, 작가정신, 2010.

Leela Gandhi, 이영욱 역, 『포스트 식민주의란 무엇인가(*Postcolonial Theory —a critical introduction*)』, 현실문화연구, 2000.

Maxim Gorky, 최윤락 역, 『어머니(*Мать*(*The Mother*))』, 열린책들, 1989.

Michail Fedotowitsch Owsjannikow, 이승숙·진중권 역, 『마르크스−레닌주의 미학원론(*Marxistisch —leninistische Ästhetik*)』, 이론과실천사, 1990.

Otto Weininger, 임우영 역, 『성과 성격(*Geschlecht und Charakter*)』, 지식을만드는지식, 2012.

Paul Venzo, "(Self)Translation and the Poetry of the 'In-between'", *Cordite Poetry Review*, 2016.2.1.

Rainier Grutman, "Self-translation", *Routledge Encyclopedia of Translation Studies(2nd ed.), Mona Baker · Gabriela Saldanha eds., New York : Routledge, 2009.*

Wilhelm Reich, 황선길 역, 『파시즘의 대중심리(*Die Massenpsychologie des Faschismus*)』, 그린비, 2006.

Михаил Михай лович Бахтин, 전승희·서경희·박유미 역, 『장편소설과 민중언어』, 창작과비평사, 1988.

加藤周一, 김태준·노영희 역, 『일본문학사 서설』 2, 시사일본어사, 1996.

溝口雄三, 정태섭·김용천 역, 『중국의 공과 사』, 신서원, 2006.

溝口雄三, 고희탁 역, 『한단어사전 공사』, 푸른역사, 2013.

溝口雄三 외 편, 김석근 외 역, 『중국사상문화사전』, 책과함께, 2011.